MICK SCHULZ
Wenn Löwen weinen

MICK SCHULZ

Wenn Löwen weinen

Kriminalroman

GMEINER

Bisherige Veröffentlichungen im Gmeiner-Verlag:
Nenn es Schicksal (2018), MS Mord (2018), MS Mord – tödliches Nordlicht
(2019), MS Mord – baltische Angst (2020), Wenn Löwen weinen (2021)

Personen und Handlung sind frei erfunden.
Ähnlichkeiten mit lebenden oder toten Personen
sind rein zufällig und nicht beabsichtigt.

Immer informiert

Spannung pur – mit unserem Newsletter informieren wir Sie
regelmäßig über Wissenswertes aus unserer Bücherwelt.

Gefällt mir!

Facebook: @Gmeiner.Verlag
Instagram: @gmeinerverlag
Twitter: @GmeinerVerlag

MIX
Papier aus verantwor-
tungsvollen Quellen
FSC® C083411

Besuchen Sie uns im Internet:
www.gmeiner-verlag.de

© 2021 – Gmeiner-Verlag GmbH
Im Ehnried 5, 88605 Meßkirch
Telefon 0 75 75 / 20 95 - 0
info@gmeiner-verlag.de
Alle Rechte vorbehalten
1. Auflage 2021

Lektorat: Sven Lang
Herstellung: Mirjam Hecht
Umschlaggestaltung: U.O.R.G. Lutz Eberle, Stuttgart
unter Verwendung eines Fotos von: © Impala / stock.adobe.com
Druck: CPI books GmbH, Leck
Printed in Germany
ISBN 978-3-8392-0093-3

Der deutsch-namibischen Freundschaft
und meinem Liebling »Löwenherz« gewidmet

PROLOG

Fast eine Stunde hatte er diesmal gebraucht. Die Leuchtziffern seiner Armbanduhr zeigten drei Minuten vor halb fünf. Auf der Kurt-Schumacher-Straße begann sich der Verkehr zu regen, die ersten Sattelschlepper überquerten die Oker. Doch bis zu ihm war die Morgendämmerung noch nicht gedrungen. Schwarz wie im Höllenschlund war es hier unten. Selbst das schreiende Pink durchbrach nicht diese Dunkelheit, die ihn zwang, sich fast ausschließlich an seiner inneren Vorstellung zu orientieren. Dicht neben ihm standen die Farbdosen aufgereiht. Jede hatte ihren Platz, er fand sie blind und konnte sie mit ein paar Handgriffen verstauen, wenn Gefahr drohte.

Natürlich hatte er den Ort bei Tageslicht inspiziert, sogar mehrmals. Er wusste genau, wo er ansetzen musste, um die Wand Zug um Zug zu erobern, sein Thema unmissverständlich und unverwechselbar auf die Fläche zu bannen. Wie im Fieber arbeitete er. Er liebte den Geruch des Lacks aus den Sprühdosen, er stachelte ihn an, nicht weniger als die Erwartung auf die nächste Schlagzeile. Der Moment, wenn er am Morgen danach die Zeitung aufschlagen und lesen würde: »*Straßenherz* hat wieder zugeschlagen«. Das war mehr als ein Kribbeln, das war wie ein Orgasmus ...

Rascheln ganz in der Nähe. Er hatte die Taschenlampe im Anschlag, für den äußersten Fall steckte auch eine Dose Pfefferspray in seiner Gesäßtasche. Hier unter der Brücke trieb sich allerhand Gesindel herum. Meistens waren es aber Ratten, Katzen und Füchse auf ihren nächtlichen Touren. Er vermied es, die

Lampe zu benutzen, ein noch so kurzer Flash könnte ihn verraten. Sein Risiko war gestiegen. Seit geraumer Zeit hatte er das Gefühl, dass man ihm auf der Spur war, als schaute ihm jemand bei der Arbeit über die Schultern. Vielleicht waren es nur die Nerven. Vielleicht hielt er dem Druck nicht mehr stand. Wenn sie ihn aufspürten, dann wäre nicht nur das Geheimnis seiner Identität entzaubert, dann wäre er seinen gut dotierten Posten los und seine Zukunft ruiniert.

Das Rascheln drang aus den Sträuchern am Ufer der Oker zu ihm herüber, ein paar Schritte von ihm entfernt. Er hielt den Atem an, seine rechte Hand umschloss fest die Taschenlampe. Was folgte, war ein klägliches Piepsen, begleitet von einem leisen Knurren. Er starrte in die Finsternis, konnte nichts erkennen, aber offenbar war der nächtliche Beutezug eines Jägers erfolgreich ausgegangen.

Während über ihm dröhnend ein schwerer Sattelschlepper in Richtung Kennedy-Platz rollte, entspannte er. Der beißende Geruch von Urin stieg ihm wieder in die Nase, und erneut kroch ein Schauer über seinen Rücken. Doch er durfte sich nicht ablenken lassen. Er war noch nicht fertig, musste sich konzentrieren. Es fehlte nicht mehr viel, dann war dieses düstere Loch ein Kunstwerk. Er entschied sich für Rot, flammendes Rot brachte die klamme, stinkende Betonwand zum Glühen ...

Ein Knacken im Unterholz, ganz nah. Ohne zu überlegen, schaltete er die Taschenlampe an. Der Lichtstrahl traf auf ein Gesicht. Er sah zwei große, lauernde Augen und griff sofort an seine Gesäßtasche. Wo war die Dose mit dem Pfefferspray?

1. ANSICHTSSACHE

Der Kriminalrat hieß Senge und wartete unten vor der Haustür auf sie. Eine freundliche Geste, wenn einen der Chef mit dem Wagen abholte. Insoweit fing der Tag, ihr erster bei der Mordkommission Braunschweig, gut an. Während sie den letzten Schluck Kaffee aus ihrer grünen Jumbotasse trank, blieb Hellas Blick an den sonnigen Balkonen von gegenüber hängen. Sie hatte die Schattenseite erwischt. Wahrscheinlich hatten die zwei Zimmer, Küche, Diele, Bad mit knarzenden Böden und ramponierten Jugendstil-Fliesen vor allem deshalb auf sie gewartet. Was tröstete, war die Lage. Vom östlichen Ring aus ließ sich das Kommissariat Mitte gut erreichen, der Stadtpark lag fußläufig, und man hatte Ruhe vom Lärm der Hauptstraßen.

Fünf Minuten über die Zeit, ihre Handflächen fühlten sich feucht an. »Kopf hoch, Mädel!« So oder ähnlich hätte ihr Vater ihr jetzt Mut gemacht. In dem Moment vermisste sie ihn unbeschreiblich, ihren Dad, wie sie ihn genannt hatte, seit sie sechzehn war. Damals fand sie alles Deutsche »spießig« und alles Amerikanische »cool«, bis sie Billy kennenlernte und mit ihm in eine Ehe hineinschlidderte, die überhaupt nicht cool gewesen war …

Ein schrilles Geräusch schraubte sich in ihre Ohrmuscheln. Ob sie sich irgendwann an die Türklingel gewöhnen würde? Senge schien jedenfalls Sehnsucht nach ihr zu haben. Vor dem Garderobenspiegel fuhr sie sich noch einmal durchs Haar. Beim Friseur nebenan hatte sie sich Strähnchen für den ersten Tag machen lassen.

Gegenüber auf der anderen Straßenseite stand ein Einsatzfahrzeug der neuesten Baureihe. Aus dem geöffneten Fahrerfenster blickte sie jemand an, dessen Gesicht sie von Fotos aus dem Internet her kannte. Bislang hatten sie nur telefoniert. Wie der erste Eindruck von ihr ausgefallen war, konnte sie dem stoischen Grinsen nicht entnehmen. Aber sie würde es gleich herauszufinden. Als sie die Straße überquert hatte, sprach sie den Kriminalrat durchs Fenster an.

»Ich hoffe, der Anblick entspricht der Aktenlage. Melde mich zum Dienst, Chef. Name: Helena Budde, Alter: achtunddreißig, Größe: ein Meter einundsechzig, Gewicht ...«

»Halt! Lassen Sie mich doch auch einmal«, stoppte er sie schmunzelnd. »Was sind schon Zahlen? Alles Ansichtssache.« Könnte es sein, dass sich der Mann einen Rest Taktgefühl bewahrt hatte? Nicht einfach in dem Beruf. Oder er hatte bereits gewusst, dass ihr Gewicht nicht mehr ganz zur Größe passte ...

»Jetzt steigen Sie schon ein, die Kollegen haben heute noch anderes zu tun, als die Neue zu beschnuppern«, sagte er gut gelaunt. Vom Beifahrersitz aus gesehen entsprach sein Profil dem eines Hungerhakens, und er roch nach abgestandenem Zigarettenqualm. Jedenfalls war Hella fürs Erste erleichtert. Offensichtlich waren sie beide auf Droge. Er auf Nikotin und sie auf Nugat.

»Haben Sie sich gut eingelebt?«, fragte er, während er den Wagen wendete und in Richtung Innenstadt fuhr. »Aber was sage ich. Sie sind ja von hier, Braunschweig ist Ihre gute Stube.«

Ja, die Löwenstadt war ihre Heimat, ihre ganze Kindheit und einen Teil der Ausbildung hatte sie in dieser Stadt verbracht. Doch seitdem ihr Vater tot war, hatte sie keine Familie mehr. Selbst die zahlreiche griechische Verwandtschaft ihrer Mutter war mittlerweile in alle Himmelsrichtungen zerstreut.

Das Kommissariat Mitte befand sich in der Münzstraße. Den dunklen Bau kannte Hella schon seit ihrer Kindheit. Man erwartete sie bereits. Im Konferenzraum 231 herrschte bleierne Stille, als sie erschienen. Die bohrenden Blicke der Kollegen wechselten zwischen erstaunt bis mitleidig. Das war zu erwarten gewesen. Warum hatte sie nur gedacht, dass es anders sein könnte? Irgendwie freundlicher? Sie ärgerte sich, das Geld für diese blöden Strähnchen ausgegeben zu haben. Als ob das einen Unterschied gemacht hätte.

»... und wie ihr alle wisst, ist Frau Budde die Tochter unseres hochgeschätzten und viel zu früh verstorbenen Kriminaloberrats Henning Budde, mit dem auch ich zusammenarbeiten durfte ...«

Stöhnte da jemand leise? Der ältere Kollege rollte tödlich gelangweilt mit den Augen. Den erhofften Vorteil, die Tochter eines Ehemaligen zu sein, konnte sie sich also auch abschminken.

»Vielen Dank für die freundliche Begrüßung, Kollegen, ich setze auf eine gute Zusammenarbeit und eröffne den kleinen Imbiss. Greift zu«, hörte sie sich sagen. Lauwarmer Applaus, dann zerstreute sich das Team. *Den* Teil der Tagesordnung hatte sie also überstanden, dabei war der nächste kein bisschen leichter: Sie musste tatenlos mit ansehen, wie die Platte mit den Mettbrötchen im Handumdrehen leer geräumt wurde.

»Wollen Sie nicht auch?«

»Nein, danke, ich habe gut gefrühstückt«, log sie und riss sich los von dem verstörenden Anblick.

»Aber einen Kaffee werden Sie trinken?« Der Kollege, der das fragte, sah blendend aus und lächelte unbefangen.

»Gern«, erwiderte sie.

»Nein, bitte, bleiben Sie, wo Sie sind. Ich hole Ihnen einen. Milch und Zucker?«

Sie nickte.

»Mein Name ist Tom, Tom Seipold«, stellte er sich vor, als er zurückkam und ihr den Kaffee reichte. »Wir werden im Doppel zusammenarbeiten. Sicher hat Senge Ihnen das bereits gesagt, oder?«

»Nein«, erwiderte sie, »aber er wird es bestimmt noch tun.«

»Ich arbeite Sie gern ein, schließlich kenne ich mich aus, bin über zehn Jahre hier. Da lernt man, worauf es ankommt.« Ein freundliches Angebot, wenn da nicht ein gewisser Unterton gewesen wäre, den sie nur allzu gut kannte. »An welchem Fall arbeiten Sie aktuell?«, entgegnete sie.

»Mord an einer Rentnerin in Wenden, vermutlich war es der Sohn. Tat und Motiv ergeben ein ziemlich klassisches Bild.«

»Und weil Sie Erfahrung haben, wissen Sie natürlich, dass sich die sogenannten klassischen Fälle oft genug als Überraschungseier herausstellen. Mir ist es mehrmals so gegangen.« Er sollte ruhig wissen, dass sie kein Kindermädchen brauchte, sondern eine kurze, präzise Einarbeitung. Schließlich sollte sie die Ermittlungen leiten. Und anscheinend hatte er verstanden, was sie meinte, denn er wurde plötzlich ziemlich wortkarg. »Na, dann bis später«, verabschiedete er sich auch schon, »auf gute Zusammenarbeit.«

Das hoffte sie auch, dachte Hella.

»Sie können es sicher kaum erwarten, Ihr Büro zu beziehen«, meinte Senge. Der leere hohe Gang hallte wie alle Behördenflure. An der Tür prangte bereits ihr Name: »Kriminalhauptkommissarin Helena Budde«. Ein ausgesprochen heller Raum. Dieses Büro schien mehr Sonne abzubekommen als ihre Wohnung, wie die ausgedörrte Botanik auf der Fensterbank bestätigte.

»Meins ist gleich nebenan«, sagte der Kriminalrat und grinste. Sie wusste nicht, ob sie das gut oder eher weniger gut finden sollte. Fürs Erste diente es jedenfalls der Orientierung. Die Einrichtung überraschte nicht weiter. Das Foto einer Männermannschaft hing goldgerahmt rechts neben der Tür.

»Unsere Fußballelf«, präsentierte Senge stolz.

Und wo war die Frauenmannschaft?, wollte Hella fragen, verkniff es sich aber, als ihr das einsame Foto auf der Schreibtischplatte ins Auge fiel: Ein Polizist in Uniform hielt ein Kind an der Hand, ein pummeliges Mädchen mit Ponyschnitt.

»Es gehörte zu den Sachen Ihres Vaters, ich wollte es nicht …«

Sie konnte sich nicht daran erinnern, bei welcher Gelegenheit der Schnappschuss gemacht worden war, aber ihrem Dad hatte das Foto offenbar am Herz gelegen. Hätte er es sonst an seinem Dienstplatz aufgestellt? Seine Stimme klang wieder in ihren Ohren. Einmal, vor einem nicht ungefährlichen Einsatz, hatte er sie in die Arme genommen und hochgehoben, während er mit Mutter sprach: »Mach dir keine Sorgen, Kathyna, mir passiert schon nichts. Unsere Prinzessin bringt mir Glück.« Das bewahrheitete sich. Bei Einsätzen hatte er nicht ein Mal einen Kratzer abbekommen, aber dann vor nicht ganz zwei Jahren, drei Wochen vor der Pensionierung, kippte er in der kleinen Küche seiner Wohnung in Stöckheim einfach um und war sofort tot …

»Danke, das ist in Ordnung«, erwiderte sie. Der Blick aus dem Fenster ging auf den Vorplatz des Kommissariats, so groß wie ein Kasernenhof. »Mir scheint allerdings, dass mein Vater es nicht bei allen Kollegen zur Legende gebracht hat.« Sie drehte sich plötzlich auf dem Absatz um und schaute Senge direkt in die Augen.

Er zuckte mit den Schultern. »Nun … wissen Sie … Ich war lange Jahre sein Assistent, habe viel bei ihm gelernt. Jeder hat natürlich seine eigenen Erfahrungen mit ihm gemacht … Ist alles Ansichtssache.«

»Schon gut … Wollten Sie mir nicht noch etwas Dienstliches mitteilen?«

»Ja, ja, natürlich. Ich habe Ihnen Tom Seipold zur Seite gestellt, er kennt sich aus …«

»Und weiß, worauf es ankommt?« Sie schmunzelte.

»Genau. Ich sehe, Sie sind bereits im Bild. Wenn Sie weitere Fragen haben, beantworte ich sie gern. Sie wissen ja, wo Sie mich finden.« Sein Zeigefinger wies auf das Büro nebenan.

»Eine Frage noch: Hatte sich auch jemand aus dem Team auf meine Stelle beworben?«

»Wir sind froh, dass Sie hier sind, Hella, Ihr Ruf als erstklassige Ermittlerin geht Ihnen voraus, und wir wollen alle im

Team mitspielen. Das ist aber nur möglich, wenn ...« Offenbar fühlte er sich in die Enge getrieben, sonst würde er kaum den Chef herauskehren.

»Wenn wir mit offenen Karten spielen?«, ergänzte sie vielleicht etwas zu scharf.

Senge seufzte. »Genau so, aber deshalb muss ich mit Ihnen am ersten Tag nicht über meine Personalpolitik reden.«

»Wenn Sie nicht wollen, ist das okay für mich, danke jedenfalls für den freundlichen Empfang, ich weiß das zu schätzen.« Sie versuchte, versöhnlich zu klingen, aber Senge hatte sich abgewandt und ging wortlos aus dem Raum. Auch wenn der Herr Kriminalrat eine ziemlich dünne Haut hatte, war Hella fest entschlossen, mit ihm einen neuen Anfang zu machen.

Den Nachmittag verbrachte sie mit Tom Seipold im Außendienst und nahm an zwei Zeugenbefragungen teil, die seinen aktuellen Fall betrafen. Dass Tom ihr gegenüber nicht unvoreingenommen war, hatte sie bereits beim Imbiss gespürt, und der abschätzige Blick, den er ihr zwischenzeitlich zuwarf, wenn er meinte, sie wäre abgelenkt, eignete sich auch nicht gerade als vertrauensbildende Maßnahme. Als er sie gegen achtzehn Uhr vor ihrer Haustür absetzte, fragte sie: »Meinen Sie, dass Sie darüber hinwegkommen können?«

»Was soll das heißen?«

»Sie haben sich auch auf meine Stelle beworben, stimmt's?«

»Wie kommen Sie darauf?«

»Für mich ist das kein Problem, wenn Sie keins daraus machen.«

Er versuchte die Fassung zu wahren, aber sein hochrotes Gesicht verriet ihn.

»Ich konnte es mir zusammenreimen. Wer der neuen Teamleitung beim Kennenlernen unter die Nase reibt, dass sie noch viel lernen muss, der ...«

»Moment, das habe ich nie behauptet.«

»Das nicht, ist aber so angekommen ... Bis morgen.«

Als sie die Haustür aufschloss, glaubte sie noch, dass der Tag für sie einigermaßen gelaufen war, aber bereits im Treppenhaus war es damit aus. Sie wollte es doch besser machen. Gelassen bleiben. Nicht mehr so überreagieren, wenn sich irgendwer oder irgendwas gegen sie richtete, das hatte ihr die Polizeipsychologin eingetrichtert. In Braunschweig wollte sie ihren inneren Frieden finden, und dann das: Nicht einmal acht Stunden im Dienst, und sie hatte sich bereits mit zwei Kollegen angelegt ...

Im Hausflur war es so dunkel wie in einem Dachsbau. Hella drückte den Lichtschalter und lief auf den Stapel Zeitungen zu, der am Fuß der Holztreppe lag. Den Aufmacher konnte sie geradeso lesen. »Straßenherz at his best«, darunter das halbseitige Foto einer bemalten Fassade. Sie blieb stehen, griff sich eins der Blätter und starrte auf einen Elefanten, der dicke blutrote Tränen weinte.

»Sind Sie nicht die Neue aus dem dritten Stock? Ich bin Frau Voglmaier und wohne gleich nebenan«, krähte eine abgemagerte Siebzigerin, die plötzlich hinter ihr stand und ihr ein eiskaltes Händchen anbot.

»Angenehm, Budde, Kriminalhauptkommissarin«, gab Hella zurück. Sie hatte die Hände nicht gezählt, die sie an dem Tag bereits geschüttelt hatte.

Frau Voglmaier musterte sie mit großen Augen. »*Sie* sind von der Polizei?«, entfuhr es ihr ungläubig. Aus dem freundlichen wurde ein eher verlegenes Lächeln. »Na, da kann uns in diesem Haus ja nichts mehr passieren.« Auf einmal schien sie es eilig zu haben. »Dann werden wir uns jetzt öfter sehen. Entschuldigen Sie, aber ich muss los. Einen schönen Abend wünsche ich.«

Mit dem sicheren Gefühl, dass auch die Bekanntschaft mit dieser Frau zu keiner wahren Freundschaft führen würde, wandte sich Hella wieder dem Treppenhaus zu. Die einzig wahren Freunde warteten im dritten Stock auf sie: ihre weiche Couch und der volle Kühlschrank.

2. DAS HERZ DER STRASSE

Die Nacht hatte den August auf April heruntergekühlt. Das störte Hella nicht, tropische Hitze konnte sie ohnehin nicht ausstehen. Als sie am Dienstagmorgen um 8.28 Uhr im Kommissariat ihren Dienst antrat, störte sie etwas anderes: Es gab Arbeit, aber einer hatte sich bereits vor ihr bedient.

»Tom hatte gerade in der Gegend zu tun, als die Meldung einging, Hella, und da habe ich ihn losgeschickt, damit möglichst schnell jemand den Tatort sichert. Das soll keineswegs bedeuten, dass …«

Hella spürte, wie sich ihre Härchen auf den Unterarmen aufstellten. Sie war hier zwar neu, aber nicht erst seit gestern bei der Polizei.

»Tom hat die Lage im Griff, darauf kannst du dich verlassen. Ich sag ihm Bescheid, dass du gleich da bist.«

Sie mied es, Senge in die Augen zu sehen, nahm ihm stumm die Schlüssel zu ihrem Einsatzwagen aus der Hand. »Ich darf doch, oder wollen Sie mir zuerst noch das Ausparken beibringen?«, wollte sie fragen. Aber die Psychologin in ihrem Hinterkopf verhinderte das rechtzeitig. Außerdem sollte sie so schnell wie möglich los, um nicht noch mehr Zeit verstreichen zu lassen. Als Leitende Ermittlerin musste sie von Anfang an alle Fäden in der Hand halten.

Senge gab ihr nur wenige Fakten mit auf den Weg. Offenbar war ein Sprayer auf gewaltsame Weise zu Tode gekommen. Der Fundort der Leiche befand sich in der Weststadt. Eine Gegend mit langweiligen Mietskasernen, wie Hella von früher wusste. Häuserwände fand man dort allerdings genug. Nach weniger als fünfzehn Minuten stand sie vor einem der unzähligen vierstöckigen Bauten mit schmutzig grauer Fassade, der sich von den benachbarten nur durch die Hausnummer unterschied. Durch die ganze Siedlung zogen sich sonnenverbrannte Rasenflächen, die feucht im blassen Morgenlicht schimmerten. Auf dem Fußgängerweg vor dem Haus mit der Nummer acht drängten sich die Anwohner mit gezückten Smartphones, jederzeit bereit, alles mit dem Rest der Welt zu teilen, was sie mit der Linse einfingen. In den meisten Fenstern hingen Gaffer, obwohl es zur Straße hin nichts zu sehen gab, denn der Fundort der Leiche befand sich vor der fensterlosen Nordseite.

Tom und die Streife hatten den Tatort notdürftig abgesperrt und hielten die Leute auf Abstand. Die KTU war noch nicht vor Ort. Der Tote lag zusammengekauert unter einem halb fertigen Bild inmitten von Farbdosen und einer schwarzen Strumpfmaske, die Tom ihm vom Gesicht gezogen hatte. Die Hände des Toten steckten in Latexhandschuhen. Offensichtlich war er darauf bedacht gewesen, keine Spuren zu hinterlassen und nicht mit den Farben in Berührung zu kommen, um sich nicht zu verraten. Die Hose war allerdings voller Flecken.

»Mit einem spitzen Gegenstand erstochen, soweit ersichtlich, aber von der Waffe haben wir bisher keine Spur«, erklärte Tom. »So leid einem der Kerl auch tun kann, jedenfalls hat er seine letzte Fassade ruiniert. Es war nur eine Frage der Zeit, wann einer der Brüder die Quittung bekommen würde. Allein was es kostet, die Fassaden von den sogenannten Kunstwerken zu reinigen. Vielleicht hat ihn der Hausbesitzer erwischt, und dem ist dann …«

»Das Messer aus der Tasche gesprungen … So könnte es gewesen sein. Zum jetzigen Zeitpunkt können wir nichts ausschließen.« Hella beugte sich über die gekrümmte Leiche. Die

Totenstarre hatte bereits eingesetzt. Die Tat musste vor Stunden passiert sein. Genaueres würde sie von der Gerichtsmedizin erfahren.

»Kennt jemand den Toten? Wer hat die Leiche gefunden und wann? Papiere? Geldbörse, Autoschlüssel?«, fragte sie.

Tom schüttelte den Kopf. »In seiner Kleidung war nichts zu finden. Nur die Farbdosen und eine Dose Pfefferspray in der Gesäßtasche. Aber die ist nicht zum Einsatz gekommen. Wahrscheinlich ist er überrascht worden.«

»Oder er kannte den Täter.«

»Ja, oder er kannte den Täter«, echote Tom. »Der Zeitungsjunge hat gegen sechs etwas Verdächtiges gesehen, sich aber zuerst nicht getraut nachzuschauen. Die Streife alarmierte er erst eine Viertelstunde später. Senge hat mich losgeschickt, weil Sie noch nicht da waren ...«

»Sie hätten mich abholen können«, erwiderte Hella.

»Ich wohne nicht weit von hier, und ich dachte, dass jemand so schnell wie möglich den Tatort sichern sollte.«

Ein akzeptabler Grund. Also hielt sie besser den Mund. Außerdem waren die Kollegen der KTU soeben eingetroffen und begannen mit der großräumigen Absperrung des Tatortes. Jemand tippte ihr auf die Schulter.

»Darf ich vorstellen«, sagte Senge, »unser Neuzugang Kriminalhauptkommissarin Budde, Staatsanwalt Klapproth.« Das Eindrucksvollste an dem Staatsanwalt war sein Schnäuzer, dessen zwei Enden wie die Hörner eines Stiers in die Höhe stachen.

»Willkommen«, sagte Klapproth. »Endlich eine Frau, die den Männerladen aufmischt. Ich mag starke und resolute Frauen.« Er scannte sie von oben bis unten, worauf er ihr ungeniert zuzwinkerte.

Warum liefen ihr keine normalen Männer über den Weg? Entweder zimmerten sie Intrigen oder fielen mit anzüglichen Blicken über sie her, dachte Hella. Im Gegensatz zu Senge und

Tom Seipold würde ihr der Staatsanwalt allerdings nur selten über den Weg laufen.

Die Leiche wurde entfernt, und nachdem die Lage des Körpers bei Auffindung markiert und alle nötigen Untersuchungen durchgeführt worden waren, fotografierte ein KTU-Mitarbeiter die besprühte Fassade von allen Seiten. Das weit aufgerissene Maul eines Hais kam auf den Betrachter zu, erschreckend naturalistisch. Der Körper war nur angedeutet.

»Dazu ist er offenbar nicht mehr gekommen ... Von hinten erstochen, ein feiges Verbrechen«, wandte sich der Kollege von der KTU an Hella, ohne dabei seine Arbeit zu unterbrechen. »Nicht einen müden Cent haben die Kollegen bei ihm gefunden. Raubmord? Wer raubt schon einen Sprayer aus? Da ist nichts zu holen, genauso wenig wie bei den Leuten, die hier leben. Soviel ich weiß, hat die Wohnungsgesellschaft wieder einmal die Mieten erhöht. Vielleicht hat das Graffiti damit zu tun, soll einen Miethai darstellen oder so ähnlich. Erinnert mich an ...«

»Straßenherz?«, dachte Hella laut. Das Elefantenbild auf der Titelseite des Werbeblättchens fiel ihr ein. »Aber hat er nicht erst vor ein paar Tagen ...?«

»Der ist unberechenbar. Manchmal hört und sieht man fast ein Jahr nichts von ihm, dann ist er plötzlich wieder da mit einer Reihe spektakulärer Bilder. Er stellt sich immer auf die Seite der Schwachen, wissen Sie. Deshalb nennen ihn die Leute Straßenherz.« Er ging auf die Wand zu und fuhr mit der Hand fast liebevoll über den Kopf des Riesenfisches. »Vielleicht ist es sein letztes ... Irgendwann musste er ja auffliegen. Er hatte sich ja nicht nur Freunde gemacht. Vor zwei Jahren wurde sogar eine Belohnung für denjenigen ausgesetzt, der seine Identität aufdeckt. – So, das wär's. Das Material steht Ihnen in knapp einer Stunde zur Verfügung. Schönen Tag noch.« Er schob seine Kamera ins Futteral und machte seinen Kollegen ein Zeichen.

»Ebenso, und besten Dank für die Infos«, erwiderte Hella. Dann rief sie nach Tom. Der Unmut darüber, dass er ab heute ihre Anweisungen befolgen sollte, stand ihm ins Gesicht geschrieben. »Fällt Ihnen etwas auf, wenn Sie das Bild betrachten?«, fragte sie ihn.

»Nein, bin ja kein Kunstsachverständiger.«

»Schade, den könnten wir jetzt gut gebrauchen.«

»Deswegen haben Sie mich doch nicht gerufen …«

»Nein, natürlich nicht. Bitte befragen Sie alle Mieter in diesem Haus und auch die der benachbarten, ob ihnen etwas Verdächtiges – ein lauter Streit oder Ähnliches – aufgefallen ist. Gehen Sie allen Hinweisen nach, die uns helfen könnten, den Tathergang zu klären und die Identität des Opfers festzustellen.«

»Was meinen Sie, was ich seit über zwei Stunden tue?«

»Gut so. Rufen Sie mich an, wenn es Neuigkeiten gibt. Ich habe volles Vertrauen in Sie, Tom.«

»Und Sie?«

»Machen Sie sich um mich keine Sorgen, für mich bleibt genug zu tun.«

Er zog wortlos ab. Ob er jemals akzeptieren würde, dass er die Nummer zwei war? Erst dann konnte es zwischen ihnen funktionieren, dachte Hella, worauf sie sich in ihren Einsatzwagen setzte und sich vom Navi wieder auf den Ring dirigieren ließ. Schließlich warteten auf dem Kommissariat noch andere Kollegen auf Arbeit.

Zurück in der Münzstraße begab sich Hella auf direktem Weg zu Senge.

»Der Kriminalrat erwartet Sie«, sagte die Sekretärin, als handelte es sich um eine Dienstaufsichtsbeschwerde.

»Wie kann er das, wo ich mich doch gar nicht angekündigt habe?«, erwiderte sie gut gelaunt. Doch dem rhabarbersauren

Gesicht der Sekretärin zu entnehmen, fehlte dieser offenbar jeglicher Sinn für Ironie. Roswitha Stengler – wenn das Namensschild, das am Monitor ihres Computers klebte, nicht log – griff zum Telefon. Da stand Senge bereits in der Tür und dirigierte Hella in sein Büro.

»Musste das sein?« Er bot ihr den Stuhl vor seinem Schreibtisch an.

»Ich weiß nicht, wovon Sie reden.«

»Tom hat mich angerufen, du würdest mit ihm umspringen, als sei er dein Leibeigener. Wir sind hier ein Team, Hella, und die anderen sind nun einmal länger hier als du. Tom hat in der Zeit, in der deine Stelle unbesetzt war, die Leitung der Fälle übernommen. Wir sind ihm dankbar dafür. Es gibt keinen Grund, ihn wie ...«

Senge duzte sie plötzlich, das klang familiärer, machte die Situation aber nicht einfacher. Also daher wehte der Wind. »Vor Ort waren nur er und ich, Ludger. Also habe ich ihm die Befragung der Leute übertragen. Das ist Routinearbeit, wenn auch viel davon abhängt, und gerade Tom wird sie gut machen, weil er so viel Erfahrung hat.«

»Das ist es nicht, Hella, der Ton ist es. Der Ton macht die Musik.«

Sie spürte den Stau in ihrem Hals. Aber Senge war noch nicht fertig.

»Nicht alles funktioniert gleich reibungslos, da muss man eben Fingerspitzengefühl beweisen ...«

Das sogenannte Feeling fehlte ihr also auch. Der zweite Tag im Dienst und ihre Aussichten auf eine kollegiale Zusammenarbeit waren erschreckend geschrumpft.

»Vielleicht ist es das, was du zuerst hier lernen musst. Wir alle müssen lernen, jeden Tag.«

Eigentlich konnte sie das nicht auf sich sitzen lassen. – Aber dann sah sie in die verzweifelten Augen des Kriminalrats und dachte an ihren Vater, ihren Dad, wenn ihn die Sorgen fast erdrückten ...

Sie schwiegen eine Weile.

»Ich leite also nach wie vor die Ermittlungen in dem Fall und setze meine Leute so ein, wie ich es für richtig halte?«, fragte sie dann und schaute von unten zu ihm hinauf.

Senge seufzte. »Natürlich, Hella.«

»Dann soll Tom weiterhin die Befragungen durchführen. Wir kennen immer noch nicht die Identität des Toten. Das, was auf der Fassade zu sehen ist, erinnert irgendwie an Straßenherz. Fragt sich nur, wer wirklich dahintersteckt.«

»Die von der Gerichtsmedizin haben mir einigermaßen gute Aufnahmen auf mein Smartphone geschickt ...«

Ach nein, und warum hatte sie die nicht längst?

Senge ahnte wohl, was sie sagen wollte. »Ich hatte gerade vor, sie dir zu mailen, Hella, aber da warst du bereits hier ...«

»Mein Fingerspitzengefühl sagt mir, dass ich jetzt besser schweigen sollte ...«

»Ein bisschen mehr Vertrauen könnte auch nicht schaden«, erwiderte er und bedeutete ihr mit einem Wink, dass für ihn die Unterredung beendet war.

»Ich bin der Kai«, sagte Fischbach und kaute ungerührt weiter an seinem Salami-Baguette. »Dass ich mittlerweile zum Inventar gehöre, hat man Ihnen sicher bereits verraten.«

»Freut mich, Kai. Ich weiß Erfahrung und Zuverlässigkeit zu schätzen«, hörte sich Hella sagen. Das klang verdammt nach einem Satz aus dem Lehrbuch für Mitarbeiterführung. Zweifellos Senges Einfluss.

»Ich kannte Ihren Vater. Wir haben fast dreizehn Jahre zusammengearbeitet. Am Anfang waren wir nicht gerade die besten Freunde, aber mit der Zeit ...«

Jedenfalls zeigte der Kollege nicht gleich die Zähne. »Ich

brauche Ihre Hilfe, Kai. Es geht um den Tod des Sprayers in der Weststadt. Seine Identität ist noch nicht geklärt. Werfen Sie einen Blick in Ihren Postkasten. Ich habe Ihnen Fotos des Toten aus der Gerichtsmedizin zugemailt. Checken Sie die aktuellen Vermisstenzugänge, und wenn das keine Ergebnisse bringt, senden Sie die besten Fotos an die Medien: Internet, Landesfunk, Regionalfernsehen und so weiter. Wir brauchen eine lückenlose Fahndung auf allen Ebenen. Sie sind mein Mann der Stunde ...«

»Aber in einer Stunde werde ich das kaum ...« Seine Begeisterung schien sich in Grenzen zu halten.

»Sie schaffen das, Kai. Ich brauche übrigens auch jemanden, der sich in der Street-Art-Szene auskennt.«

Fischbachs Augen erhellten sich. »Damals, wissen Sie, als ich noch mit Kollege Brumby auf Streife war, da sind uns beinahe zwei dieser Schmierfinken in die Falle gegangen. Wir hatten sie eingekreist, aber in der Dunkelheit ... Bei der Verfolgung ist Hannes, also der Kollege Brumby, über eine Mülltonne gestolpert und hat sich den Steiß angeknackst, lag danach drei Wochen im Krankenhaus ...«

Das klang nicht gerade Erfolg versprechend, aber sie musste jeden verfügbaren Mitarbeiter einbinden. »Haben Sie eine Idee, wie wir mit der Szene Kontakt aufnehmen könnten?«

»Was die machen, ist nicht immer legal, deshalb ist keiner scharf darauf, es mit der Polizei zu tun zu haben.«

»Aber es ist eine Chance herauszufinden, wer der Tote ist. Sie müssen mir helfen.«

Sie ahnte, dass Fischbach ein Frauenversteher war. Und er reagierte prompt: »Wir könnten es anders versuchen, Hella. Es gibt ja nicht nur den Underground. Einige machen das ganz seriös und beruflich. Aber die wissen natürlich voneinander. Vielleicht findet sich auch etwas im Internet ...«

»Dann mal los!«

»Das hat Ihr Vater auch immer gesagt.«

»Ich bin jederzeit erreichbar. Und bitte, tu mir einen Gefallen, Kai. Nenn die Straßenkünstler in meiner Gegenwart nie wieder Schmierfinken.«

Seit über einer Stunde keine Rückmeldung. Auch von Tom keine Nachricht. Hella saß an ihrem Schreibtisch, vor sich die Galerie der gesammelten Werke von Straßenherz, soweit sie das Internet hergab. Was der Mitarbeiter der Spurensicherung darüber erzählt hatte, ging ihr im Kopf herum. Von Kunst verstand sie nicht viel, aber sie wusste, dass jeder Maler von Format einen persönlichen Stil hatte, und die Art, wie dieser Straßenherz seine Botschaften darstellte, passte auch zu dem Graffiti in der Weststadt. Für sie bestand kaum noch Zweifel, dass es sich um ihn handelte. Offenbar hatte ihn einer seiner Feinde aufgespürt. Der »Miethai« auf der Hauswand hätte ihm zumindest neue beschert ...

Solange seine Identität unklar blieb, war alles Spekulation, und Hella hatte kaum Anhaltspunkte. Die Tat konnte geplant, aber auch das Ergebnis einer zufälligen nächtlichen Begegnung sein: jugendliche Schläger, die ein Opfer suchten, oder einer dieser Gewalttäter, die von gleich auf jetzt einfach durchknallten. Sie griff zu ihrem Handy, um Tom anzurufen, als das Display aufleuchtete.

»Hella Budde.«

»Dr. Weinreb hier, Gerichtsmedizin. Sind Sie die neue Kommissarin?«

»Ja«, antwortete Hella der tiefen weiblichen Stimme, im Hintergrund klirrte Besteck wie in einer Restaurantküche.

»Vor mir auf dem Tisch liegt der Leichnam des Mannes, den Ihre Leute in der Weststadt aufgefunden haben: circa achtundvierzig Jahre alt, eins siebenundsiebzig groß, bringt knapp dreiundachtzig Kilo auf die Waage. Identität unbekannt ...«

»Gibt es bereits Befunde?«, unterbrach Hella.

»Sie haben Humor, ich fange gerade an. Aber unabhängig von der Obduktion kann ich Ihnen einen Tipp geben: Ich glaube, den Mann zu kennen. Aus dem Kunstverein. Der Tote hat starke Ähnlichkeit mit Bernhard Jelinski, dem Direktor vom Herzog Anton Ulrich-Museum. Ich bin mir allerdings nicht sicher, denn ich komme nur selten unter Leute und schwänze regelmäßig die Jahreshauptversammlungen ...«

»Danke Ihnen ...«

»Viel Glück. Ich melde mich, wenn der Bericht fertig ist.«

Dr. Weinreb hatte aufgelegt, als sich Fischbach am Dienstapparat meldete.

»Wir haben den ersten Hinweis. Der Mann ist angeblich vorgestern auf einem Rummelplatz in Rüningen gesehen worden ...«

»Sehr gut, Kai, weitermachen!« Schließlich konnte auch eine Gerichtsmedizinerin irren. Solange nicht unumstößlich feststand, dass der Straßenmaler, den Hella für Straßenherz hielt, in seinem bürgerlichen Leben Museumsdirektor war, würde sie Fischbach nicht zurückpfeifen. Wo blieben nur die Nachrichten von Tom?

Ein Vergleich der Fotos aus der Gerichtsmedizin mit denen im Internet, die Jelinski in der Öffentlichkeit und als Leiter des Museums zeigten, ergab eine starke Ähnlichkeit. Der nächste Schritt war, zu überprüfen, ob es sich um einen Zufall handelte. Die Jelinskis standen sogar im Telefonbuch – mit Adresse. Noble Gegend. An der Herzogin-Elisabeth-Straße gegenüber vom Prinzenpark reihten sich die alten Gründerzeitvillen aneinander. Hohe Sonnenfenster, glänzendes Parkett, stuckverzierte Decken ...

Hella ließ es zweimal durchklingeln, ohne Erfolg. Auf dem Anrufbeantworter bat sie um Rückruf, hielt es aber keine zehn Minuten untätig aus. Jelinskis Frau hieß Désirée, und wenn die

Infos stimmten, die Hella mit ein paar Klicks aus dem Internet zog, dann arbeitete sie als Professorin für Kunstwissenschaft an der hiesigen Hochschule. Zwei Anrufe später brachte ihr die Sekretärin in der Verwaltung der Hochschule zur Kenntnis, dass die Frau Professor gerade eine Vorlesung halte und nicht zu sprechen sei. Bei einem Tötungsdelikt gab es keine Extratouren, dachte Hella und beschloss, der Dame persönlich einen Besuch abzustatten.

Die Vorlesung war offenbar gerade beendet, alle Studierenden strebten gleichzeitig dem Ausgang zu. Hella betrat den Raum, als sich die Professorin nur noch im Gespräch mit einem jungen Mann befand, athletisch gebaut, mit einem gewissen verwegenen Lächeln – bei dem Anblick durchfuhr es Hella. Der Typ Mann, der einmal das Gesetz der Schwerkraft in ihrem Leben ausgehebelt hatte und nie mehr eine Rolle darin spielen durfte. Aber die Erinnerung an Billy wurde sie einfach nicht los.

»Jelinski, kann ich etwas für Sie tun?« Allein die Erscheinung der Frau zog Aufmerksamkeit auf sich, ihr modisches Outfit zusammen mit der krebsroten Haarsträhne über der Stirn erweckten einen selbstbewussten Eindruck. Ihre tadellose Figur ließ auf den ersten Blick glauben, dass die Professorin selbst zu den Studierenden gehörte. Erst beim zweiten Hinsehen verriet sich, dass sie die fünfzig überschritten hatte. Auch lag in ihrem Blick etwas Erfahrenes, vielleicht auch Müdes, das Reife voraussetzte.

»Budde, Kriminalhauptkommissarin«, erwiderte Hella.

»Kommissarin? – Ist etwas passiert?«

»Leider ja, wir haben eine Leiche gefunden.«

»Und was habe ich damit zu tun?«

»Das wissen wir noch nicht. Alles, was wir wissen, ist, dass es sich um einen Straßenmaler, einen Street-Art-Künstler handelt.« Wenn Désirée Jelinski etwas Neugier gezeigt hatte, entspannte sie jetzt völlig.

»Entschuldigen Sie, aber ich kann Ihnen nicht folgen. Inwiefern betrifft das mich?«

»Gegenfrage: Haben Sie Ihren Mann heute Morgen bereits gesehen?«

»Sie meinen, es könnte … mein Mann … ein Straßenmaler? – Ausgeschlossen!«

Klang da etwa akademische Borniertheit an?

»Möchten Sie meine Frage beantworten? Wir haben gute Gründe …« Anscheinend imponierte Hellas bestimmter Tonfall der Professorin.

»Also gut: Am Montag, wenn die Museen geschlossen haben, halten wir gewöhnlich ein ausführliches gemeinsames Frühstück ab. Das kann bis nach elf dauern. Wir erzählen uns dann, was die vergangene Woche so gebracht hat. Ansonsten begegnen wir uns allerdings kaum beim Frühstück. Mein Mann ist Frühaufsteher, wissen Sie. Heute habe ich ihn noch nicht gesehen. Manchmal übernachtet er auch bei Freunden und frühstückt dort.«

»Wo könnte er sich jetzt aufhalten?«

Geduld schien nicht die Stärke der Professorin zu sein. Sie warf einen Blick auf ihre Armbanduhr, seufzte und griff nach ihrer Handtasche, die noch auf dem Tisch lag. Doch diese Frage musste sie noch beantworten, dachte Hella, bevor sie die nächste Stufe zündete.

»Na, im Museum. Soviel ich weiß, bereitet er gerade eine neue Ausstellung vor. In diesen Tagen sollten die Leihgaben aus Zürich angeliefert werden. Ich gebe Ihnen gerne Bernhards Durchwahl. Auf mich wartet ein wichtiger Termin. Eine unaufschiebbare Projektbesprechung.«

Hella blieb, wo sie war. »Bitte rufen Sie in meiner Gegenwart selbst kurz durch, dann ist die Angelegenheit geklärt.«

»Also gut«, klang es beinahe zickig. Offenbar war die Professorin es nicht gewohnt, dass man ihr widersprach. Sie drückte die eingespeicherte Nummer. Doch es meldete sich niemand.

»Hören Sie, Frau … Budde. Auch wenn ich ihn jetzt nicht erreiche. Mein Mann ist Museumsdirektor und kein Straßenmaler.«

Der Zeitpunkt war gekommen. Hella zeigte ihr die Fotos aus der Gerichtsmedizin: das bleiche, aber unversehrte Gesicht des Toten frontal, von oben und von allen Seiten.

Der Blick der Professorin prallte davon ab wie ein Gummiball. »Er ist es nicht. Ich habe es Ihnen ja gleich gesagt. Und jetzt lassen Sie mich …«

»Es tut mir leid. Ich muss Sie bitten, mich in die Gerichtsmedizin zu begleiten.«

Während der kurzen Fahrt schwiegen sie. Die angespannten Züge der Professorin verrieten ihren äußersten Unmut darüber, dass eine kleine, übergewichtige Polizistin sie so einfach abkommandieren durfte, und er klang noch in dem Klacken ihrer Absätze nach, als sie den Gang zum Obduktionssaal betraten.

Hella wusste, was auf sie zukam, für sie war es nicht das erste Mal. Fast unmerklich würde sich ein mit nichts zu vergleichender Geruch ihrer Atemluft beimischen, der immer intensiver wurde und ein beängstigendes Gefühl hervorrief: der Geruch der Verwesung. Dumpfe Noten von Desinfektionsmitteln, Formaldehyd und menschlichen Ausscheidungen drangen durch die Nase bis ins Gehirn. Als die Wirkung bei Désirée Jelinski eintrat, verlangsamte sie ihren Schritt. Ihr Gesicht verfiel in Sekunden. Sie hielt sich die feingliedrige rechte Hand vor Mund und Nase und vermied es, Hella in die Augen zu sehen.

Sie waren am Ziel. Ein von Edelstahl blinkender, vom Boden bis zur Decke weiß gefliester Raum, der auf den ersten Blick an eine Großküche erinnerte, lag vor ihnen, mehrere Obduktionstische standen in Reihe. Am Ende des Saals unterbrach eine hoch gewachsene Person in grüner Berufskleidung ihre Arbeit.

»Kommissarin Budde?«, hallte es zu ihnen herüber.

»Ja. Ich bringe Ihnen …«

»Frau Jelinski?«

Désirée Jelinski hatte es die Sprache verschlagen.

»Ja«, übernahm Hella.

»Einen Moment, bitte. Bleiben Sie da stehen, wo Sie sind.«

Der Geruch nach Desinfektionsmittel überflutete alle anderen Eindrücke. Als sie vortreten durften, war die Leiche mit einem weißen Tuch bedeckt, ringsherum befanden sich noch blutverschmiertes Schneidewerkzeug und Organschalen.

»Warum haben Sie sich nicht vorher gemeldet?«, murrte die Ärztin. »Wir können schließlich nicht zaubern.« Sie hatte sich an das Kopfende des Tisches begeben und zog jetzt langsam das Tuch von der Leiche.

Hella blieb aus gutem Grund an der Seite der Professorin, schließlich konnte man nie wissen.

»Ich habe Ihnen doch gleich gesagt, das ist nicht mein Mann«, fuhr die jedoch gleich gereizt auf. »Wir können gehen!« Ohne sich noch einmal umzusehen, rannte sie los, an den Stahlregalen vorbei in Richtung Ausgang. Dr. Weinreb hielt Hella an der Schulter zurück und drückte ihr etwas Rundes, Hartes in die Hand.

Kurz bevor Désirée Jelinski die Schwingtür erreicht hatte, holte Hella sie ein. »Ich habe etwas für Sie«, sagte sie ganz ruhig und zeigte ihr, was die Ärztin ihr mitgegeben hatte. »Er steckte am Mittelfinger des Toten. Darin ist eine Gravur.«

Der bestürzte Blick der Frau verriet, dass sie begriffen hatte. Den Ehering ihres Mannes mit zitternden Händen umfassend, gab sie ihren inneren Widerstand auf: »Ja, er ist es, Bernhard Jelinski, mein Mann.«

3. VERSTECKSPIEL

Die Frau, die Hella noch vor einer halben Stunde so selbstbewusst gegenübergetreten war, kauerte jetzt wie ein verstörtes Kind auf dem Beifahrersitz ihres Einsatzwagens. Medizinische und psychologische Hilfe hatte sie abgelehnt, sie wolle jetzt nur noch nach Hause. Hella hatte getan, was getan werden musste, Senge die neuesten Ergebnisse mitgeteilt und die KTU zu der Adresse der Jelinskis bestellt.

Dort öffnete ihnen eine Haushälterin die Tür zu einer riesigen Altbauwohnung, bei deren Ausstattung nichts dem Zufall überlassen worden war. Kunst an den Wänden und in allen Ecken. Ein Kapitalverbrechen passte eindeutig nicht hierein, dachte Hella. In einem der hohen Räume machte die Professorin halt und sank kraftlos auf eine muschelförmige Couch.

»Ich möchte jetzt allein sein«, sagte sie kleinlaut.

Nachvollziehbar, doch Hella hatte einen Fall zu lösen und ihr lief die Zeit davon. »Es bleiben viele unbeantwortete Fragen, Frau Dr. Jelinski. Bislang ist nur die eine Identität Ihres Mannes geklärt. Wir wissen, dass er der Museumsdirektor Bernhard Jelinski war, aber das schließt nicht aus, dass er auch der Street-Art-Künstler Straßenherz gewesen sein könnte.«

Désirée Jelinski zuckte mit den Schultern. »Ich wüsste zwar nicht, wie ich Ihnen helfen könnte, aber bitte, wenn es sein muss, stellen Sie Ihre Fragen.« Sie schenkte sich Mineralwasser ein, das in einer Karaffe auf dem polierten Marmortisch stand.

»Hat Ihr Mann selbst gemalt?«

In dem Moment hallte ein Gong durch die Räume.

»Das werden die Kollegen von der Kriminaltechnischen Untersuchung sein. Der Durchsuchungsbeschluss folgt. Ich gehe davon aus, dass Sie einverstanden sind.« Hella wollte die Tür öffnen, aber die Haushälterin kam ihr zuvor.

»Glauben Sie etwa, ich hätte etwas damit zu tun?«, entgegnete die Witwe mit müder Empörung.

»Mit Glauben hat das nichts zu tun. Wir machen nur unseren Job. Aber Sie haben meine Frage noch nicht beantwortet.«

»Ja, er malte als Hobby. Er bekam manchmal solche Anwandlungen, als fühlte er sich verpflichtet, selbst zum Pinsel zu greifen.« Offenbar hielt sie nichts von den künstlerischen Ambitionen ihres Mannes, wie unschwer herauszuhören war. »Verstehen Sie mich nicht falsch. Er war ein genialer Aussteller, niemand konnte Kunstwerke besser präsentieren und den Leuten näherbringen als er. Aber man sollte seine eigenen Grenzen kennen.«

»Wo hat er gemalt, und was?«, fragte Hella.

Désirée Jelinski erhob sich und öffnete eine der Flügeltüren, die direkt vom Wohnsalon ausgingen. Sie führte in eine Art Atelier, anscheinend Jelinskis häuslicher Arbeitsraum. In einer Ecke befanden sich Staffelei und Malwerkzeug. Aber es roch weder nach frischer Farbe noch nach Terpentin, und die Bilder, die an der Wand hingen oder daran lehnten, hatten mit denen, die Hella von Straßenherz kannte, nichts zu tun: Landschaften und Stadtansichten, langweilig und fast laienhaft gemalt. »Wann hat Ihr Mann das letzte Mal den Pinsel in die Hand genommen?«

»Ist bereits länger her. Ich hatte immer die stille Hoffnung, dass er endlich damit aufhört.«

Vielleicht spielte er Versteck, dachte Hella. »Hatten Sie eine gute Ehe?«

Doch die Antwort blieb aus. Désirée Jelinskis Augen füllten sich mit Tränen, das Ende ihrer Belastbarkeit war offenbar erreicht. Hella entschloss sich, die Befragung abzubrechen, als einer der Kollegen der KTU im Raum stand.

»Habt ihr etwas gefunden, das auf Straßenherz hindeutet?«, fragte sie.

Ein Kopfschütteln war die Antwort.

»Gehören weitere Räume zur Wohnung, Kellerräume zum Beispiel?«, wandte sie sich an die Witwe.

»Ja, ein Keller und ein Abstellraum im Speicher. Meine Haushaltshilfe wird Ihnen die Schlüssel dafür geben.«

Nachdem die Kollegen von der KTU auch Speicher und Keller durchsucht hatten, mussten sie ohne nennenswerte Ergebnisse abziehen. Doch in Jelinskis Büro im Herzog Anton Ulrich-Museum wartete neue Arbeit auf sie.

Um 12.34 Uhr stellte Hella den Einsatzwagen auf dem Hof des Kommissariats ab und ging die wenigen Schritte in die Innenstadt zu Fuß. Die Mittagspause bot Gelegenheit, sich die Braunschweiger Luft um die Nase wehen zu lassen und irgendwo etwas zu essen. Stimmengewirr, Alltagstreiben auf dem Markt. Die Sonne blinzelte zwischen den Wolken hindurch. Diese Seite der Altstadt hatte Hella immer besonders geliebt, die Burg Dankwarderode, den Dom. Auf der anderen Seite waren jetzt die Schlossarkaden dazugekommen, das verrückte Happy Rizzi House … Man konnte es spüren, Braunschweig hatte sich erneuert, war mehr als die legendäre Löwenstadt mit den Denkmälern, sie war im einundzwanzigsten Jahrhundert angekommen, sie sprudelte, diese Stadt.

Der Kohlmarkt lag vor ihr mit dem alten Brunnen. »Siehst du, ich habe dir gesagt, du musst aufpassen. Jetzt ist sie kaputt.« Da war sie wieder, die Stimme ihrer Mutter mit dem griechischen Akzent, der zu ihr gehörte und den sie nie verloren hatte. Es war hier am Kohlmarkt gewesen, Hella hatte sich ihre neue Strumpfhose an den rauen Mauersteinen zerrissen. Sie hatte ihre Mutter geliebt, sehr sogar, aber es war nicht genug gewesen. Als sie plötzlich krank und immer dünner wurde, hatte ihr Vater zu ihr gesagt: »Du musst jetzt ganz besonders lieb zu Mami sein, Prinzessin, dann wird sie wieder gesund.« Doch Hella war nicht lieb genug gewesen, denn plötzlich lag Mami im Sarg, die Sonne war aus ihrem Gesicht verschwunden, die ihr Dad immer darin gefunden hatte. Dass er seine Kathyna, sein Kathrinchen, so früh an den Himmel abgeben musste, hatte er nie verwunden, und Hella, dass ihre Liebe nicht gereicht hatte, um ihre Mami zu retten. War die Idee wirklich so gut gewesen, zurückzukehren und die alten Erinnerungen wiederaufleben zu lassen?

»Der schönste Platz in ganz Braunschweig ...«

Die Stimme kannte sie. Kollege Fischbach saß kauend an einem der runden Bistrotische auf der Schattenseite des Kohlmarktes. Er schien sich vor allem von Baguettes zu ernähren.

»Ist er es oder ist er es nicht?«, fragte er.

Hella war klar, was er meinte. »Museumsdirektor ja, aber ob er Straßenherz ist, hat sich bisher nicht bestätigt.« Sie setzte sich zu ihm, obwohl sie lieber allein geblieben wäre. Aber in seiner Gegenwart würde sie sich beim Essen weniger beobachtet fühlen. Sie warf einen Blick auf die Speisekarte, als sich ihr Handy meldete. Fischbach hörte auf zu kauen. Der Kurzbericht von der KTU aus dem Museum.

»Und?«, fragte er, kaum dass sie das Handy vom Ohr genommen hatte.

»Keine weiteren Anhaltspunkte.«

»Es kann Zufall sein, aber bitte erklär mir einer, was Jelinski in der Weststadt zu suchen hatte«, sagte Fischbach und stopfte sich etwas Thunfisch in den Mund.

Wieder das Handy. Désirée Jelinski. »Wir kommen«, sagte Hella und zwinkerte Fischbach zu.

Sein Wagen stand gleich um die Ecke, und bis zur Wohnung der Jelinskis am Prinzenpark waren es nur wenige Minuten.

»Mit einem einfachen Polizistengehalt kommt man in dieser Gegend nicht weit«, seufzte Kai, als er den Motor abstellte.

»Aber um das zu schaffen, muss man Karriere machen, Karriere um jeden Preis …« Er seufzte.

Fischbachs larmoyanter Unterton gefiel ihr nicht. Hella kannte diese Sprüche von ihrer alten Dienststelle. Hoffentlich gehörte Fischbach nicht auch zu der Sorte Frustschieber, die andere nur ausbremsten. Leider konnte sie sich die Kollegen nicht aussuchen.

Die Witwe öffnete ihnen selbst die Haustür. Nach dem Schock am Morgen wirkte sie wieder aufgeräumt. »Entschuldigen Sie«, wandte sie sich sofort an Hella, »das Gartenhaus hatte ich ganz vergessen. Wir nutzen es als Abstellkammer für ausrangierte Möbel und allerlei Krimskrams, betreten es aber kaum. Ich jedenfalls bin dort eine Ewigkeit nicht mehr gewesen. Ich zeige es Ihnen gern, bitte kommen Sie mit.«

Hinter der Villa erstreckte sich ein von einer alten Linde überschattetes Wiesengrundstück, an dessen Ende das von Sträuchern überwucherte Gartenhaus lag. Die Holztür ließ sich nur schwer öffnen, worauf ihnen der starke Geruch von Fäulnis und Moder entgegenschlug. Zwei kleine Fenster erhellten den Innenraum, der mit alten Holzmöbeln zugestellt war.

»Bernhard konnte sich so schwer trennen, wissen Sie. Das sind noch Stücke von seinem Vater«, sagte Désirée Jelinski.

Hellas Aufmerksamkeit lag auf etwas anderem. »Fällt dir was auf, Kai?«, fragte sie. Warum sollte der Kollege nicht arbeiten? Dann kam er wenigstens nicht auf falsche Gedanken. Fischbach ließ die Blicke schweifen, allerdings ohne einen Geistesblitz folgen zu lassen.

»Staub … Auf dem Schreibtisch befindet sich kein Stäubchen, als hätte jemand gewischt.«

»Ja, und Spinnweben gibt es auch nicht.« Fischbach war offenbar aufgewacht.

Sie öffneten alle Schränke und Schubladen, gerieten jedoch nur an fleckige Postkarten und vergilbte Romane. Wenn die

Leiche Straßenherz gewesen war, dann machte er sie noch nach seinem Tod zum Affen, dachte Hella. »Nichts, ich glaube, wir sind hier ...«

»Moment, Hella«, bremste jetzt Fischbach, offenbar hatte er vorhin ihre Gedanken gelesen. Mit dem Fuß schob er das Stück abgewetzten Teppich zur Seite, anscheinend wollte er beweisen, dass er nicht zu den Frustschiebern zählte, die nichts als Dienst nach Plan verrichteten. Unter dem Teppich befanden sich allerdings nur morsche Dielen und flüchtende Kellerasseln. Hella hätte ihm den Erfolg gegönnt.

»Danke Kai, aber ich glaube, wir sind hier fertig.«

Fischbach schien es nicht gehört zu haben, jedenfalls begann er, die Wände abzuklopfen. Zuerst die Wand zur Gartenseite, dann die Rückwand, anschließend nahm er sich die Wand an der Grundstücksmauer vor, als es plötzlich hohl klang.

Kommissariat Mitte. Fischbach sei es zu verdanken, dass sie das Ergebnis vorweisen könnten, betonte Hella dem Kriminalrat gegenüber, als sie ihm kurz vor drei in seinem Büro Bericht erstattete. »Jelinski versteckte seine Entwürfe und sein Arbeitsmaterial in einer Art Geheimfach in der Mauer des Gartenhauses. Offenbar bereitete er seine Arbeiten präzise vor, wie aus den Entwürfen zu erkennen war. Die Kollegen von der KTU werden sich das noch näher anschauen.«

Senge lief vor dem Schreibtisch nervös auf und ab und knetete seine bleichen Hände. »Der Direktor unseres bekanntesten Museums ist also Straßenherz. Eine Sensation ... Ich meine, eine traurige Sensation.« Der Kriminalrat war anscheinend ebenso erstaunt über die doppelte Identität Jelinskis wie die Witwe. »Wir dürfen jetzt nicht durchdrehen, verstehst du, Hella«, murmelte er, während er sich die wenigen Haare auf seinem Kopf raufte. »Wir konzentrieren uns ganz auf die solide Polizeiarbeit, Schritt für Schritt ...«

Was sonst, dachte sie, aber sie verstand seine Anspannung in der Situation. Alle Augen richteten sich plötzlich auf seine Abteilung, und jeder Fehler zählte doppelt. Vielleicht würde es der Fall seines Lebens werden, sein Name auf Gedeih und Verderb mit ihm verknüpft sein ...

»Es könnte der Fall deines Lebens werden, Hella. Du hast das Zeug dazu, ihn zu lösen, und ich habe Vertrauen zu dir. Also, enttäusche mich nicht!«

Ach ja, natürlich. Wie konnte sie das nur vergessen? – Im Zweifelsfall blieb der schwarze Peter immer an den Ermittlern hängen.

»Ich weiß, was zu tun ist, Ludger«, erwiderte sie. Der Kriminalrat nickte wortlos. Offenbar war er in Gedanken bereits weit weg, als es an der Tür klopfte und die Sekretärin erschien. Noch bevor sie »Pressekonferenz« ganz ausgesprochen hatte, eilte Senge bereits hinaus.

16.58 Uhr, seit dem Frühstück hatte Hella nichts gegessen. Die Kantine war längst geschlossen, wenigstens gab es dort einen Sandwich-Automaten. Sie wollte sich soeben aufmachen, als Tom mit seinem Bubencharme in der Tür zu ihrem Büro stand, den morgendlichen Anruf bei Senge schien er völlig vergessen zu haben.

»Glückwunsch zu dem Erfolg«, sagte er. »Manchmal wächst der gute Kai direkt über sich hinaus.« Natürlich musste er betonen, dass Fischbach das Versteck des Malers gefunden hatte und nicht sie. Das war zu erwarten gewesen, trotzdem fiel es ihr nicht leicht, sich ein Lächeln abzuringen. Friede zwischen ihnen war noch nicht in Sicht ...

Tom Seipold drehte den Stuhl vor ihrem Schreibtisch um und schwang sich demonstrativ locker auf die Sitzfläche. »Hier mein Kurzbericht. Ich habe noch einmal den Zeitungsjungen und die Mieter von Haus Nummer acht befragt«, begann er. »Außerdem soll sich der Hauswart bei uns melden, wenn er etwas in Erfahrung bringen kann, das uns bei der Rekonstruktion der Tat helfen könnte.«

»Also für mich bitte noch mal von vorn, Tom.«

»Dem Zeitungsjungen ist kurz vor sechs das Geschmiere auf der Fassade von Nummer acht aufgefallen und dass etwas davor am Boden lag. Er konnte aber von der Straße aus nicht erkennen, dass es sich um einen Menschen handelte. Erst später dämmerte es ihm ...«

»Wann genau war das?«

»Etwa eine halbe Stunde danach, also gegen 6.30 Uhr, als er mit dem Fahrrad nach Hause fuhr. Er blieb dann stehen und schaute nach, weil ihm das Ganze verdächtig vorkam. Als er entdeckte, dass in den Klamotten ein Toter steckte, benachrichtigte er sofort die Streife. Der Junge war fix und fertig. Ich glaube kaum, dass er etwas mit der Tat zu tun hat.«

»Möglich ist aber, dass er unbewusst Zeuge von etwas wurde, von dem er nicht ahnt, dass es uns weiterführt ...«

»Mir hat er jedenfalls gesagt, dass ihm nichts weiter aufgefallen ist.«

»Gibt es in diesem Viertel eine Bürgermiliz oder Ähnliches, die nachts patrouilliert?«

»Nicht, dass ich wüsste.«

»Dann bringen Sie es bitte in Erfahrung.« Die Art, wie er sie angrinste, provozierte sie, aber er sollte es nicht schaffen, sie aus der Reserve zu locken. Außerdem hatte sie nicht die geringste Lust, wieder bei Senge antanzen zu müssen. »Gibt es etwas von den Nachbarn zu berichten?«

»Angeblich haben sie nichts gesehen und gehört. Zwei Parteien hatten den Fernseher aufgedreht wegen der Fußballübertragung, außerdem war Alkohol im Spiel; ein Rentnerehepaar ist bereits nach den Zwanzig-Uhr-Nachrichten ins Bett gegangen; eine Alleinstehende hat Schlaftabletten genommen. Soweit die erste Spurenermittlung ergeben hat, fanden sich auf dem knochenharten Boden keine Druckstellen, die auf einen Kampf schließen lassen. Der Tathergang liegt also noch ziemlich im Dunkeln. Wir wissen nur eins: Auffindeort ist auch Tatort.«

»Und was macht Sie da so sicher?«, unterbrach sie ihn.

»Soweit die KTU fürs Erste feststellen konnte, lässt allein die ausgetretene Blutmenge darauf schließen.«

»Sehr gute Arbeit, Tom«, erwiderte Hella, auch wenn sie sich darüber ärgerte, dass er sich die Ergebnisse der KTU beschafft hatte, ohne sie ihr weiterzuleiten. Offenbar verdankte er dies seinen Beziehungen, obwohl die Kollegen ausdrücklich instruiert waren, die Ergebnisse zuerst ihr mitzuteilen.

Augenblicklicher Stand der Dinge war: Es gab einen Leichenfund, es lag ein Tötungsdelikt vor, sie kannten die Identität des Toten, allerdings fehlte die Waffe, und der Kreis von Tatverdächtigen konnte die halbe Stadt sein. Sie hatten kein konkretes Verdachtsmoment an der Hand, von einem belastbaren Motiv ganz zu schweigen. Nähere Untersuchungen liefen noch, Ergebnisse nicht vor morgen, und es galt die alte Regel: Bei Fällen, die nicht innerhalb von achtundvierzig Stunden gelöst wurden, sank die Aufklärungsquote rapide. Das bedeutete: Hella musste das Tempo der Ermittlungen hochfahren.

»Versuchen Sie weiter, so viele Fakten wie möglich über Jelinski zu sammeln«, gab sie Tom auf. »Vor allem müssen wir herausfinden, wem er als Straßenherz im Laufe der Jahre besonders auf die Füße getreten ist.«

Als Tom Seipold gegangen war, warf Hella einen Blick auf ihre E-Mails. Fischbach hatte bereits jede Menge Fotos von Jelinski als Museumsdirektor geschickt. Eines von ihnen zoomte sie heran. In der Vergrößerung bestachen die wachen Augen, der schalkhafte Zug um den Mund, der Humor vermuten ließ. Dabei war der Mann nicht auffallend gut aussehend. Vielleicht strahlte er das aus, was man Charisma nannte. Allein das geheimnisvolle Doppelleben faszinierte sie. Nicht nur vor der Öffentlichkeit hatte er es erfolgreich verborgen, der Gedanke an die dilettantischen Ölgemälde in seiner Wohnung ließ Hella kurz laut auflachen. Seine Frau Désirée hatte er damit geradezu verspottet. Aber am Ende musste es durchgesickert sein. Hatte es eine Bedeutung, dass er während der Arbeit getötet worden war?

Im Internet waren Straßenherz' Werke leicht aufzufinden, auch die Daten, wann und wo sie – mit den berühmten Initialen SH signiert – aufgetaucht waren. Darüber hinaus stellte ein zwei Jahre alter Zeitungsartikel einen interessanten Zusammenhang dar: Wenn Straßenherz ein neues Bild gesprayt hatte, wurden oft größere Summen für soziale Zwecke gespendet. Meistens hatte es mit der Botschaft auf den Bildern zu tun. Ebenso freute sich der Kunstverein größter Beliebtheit, in dessen Vorstand Jelinski als Museumsdirektor saß. Auch hier stand sein Name in Verbindung mit der Beschaffung von Spendengeldern in beachtlicher Höhe für Ausstellungen und den Ankauf neuer Werke.

Ein unüberhörbares Geräusch mischte sich in ihre Gedanken, es kam aus der Magengegend und Hella wusste, was es bedeutete. Der Heißhunger war da. Warum hatte sie es wieder zugelassen? Sie wusste doch, wenn sie versuchte, ihn zu ignorieren, wurde er nur noch schlimmer. Die Säfte in ihrem Mund zogen sich zusammen, vor ihrem inneren Auge wuchs ein Berg Spaghetti in den tomatenroten Himmel, an dem sie nicht mehr vorbeikam …

Doch diesmal stand Senge in der Tür, er schien außer sich: »Sie erwarten Unmögliches von uns, aber was auch sonst? Als müsste ich nur eine Horde Trüffelschweine auf die Duftspur des Täters setzen. Wie konnte Straßenherz die Polizei so lange an der Nase herumführen, hat eine dieser Pfeifen gefragt. Als hätten wir nichts anderes zu tun, als alle Sprayer der Stadt zu überwachen.«

Die Presse hatte ihm anscheinend stark zugesetzt. Hella ahnte, was gleich käme.

»Ich erwarte, dass ihr euer Bestes gebt ...«

Darauf konnte sie nur entgegnen: »Immer mit der Ruhe, Ludger, Tom und Fischbach arbeiten an ihren Berichten, morgen früh liegen sie auf deinem Schreibtisch. Dann werden wir auch offiziell die ersten Zeugen vernehmen.«

Er öffnete den Mund, um etwas zu erwidern, ließ es dann aber. Offenbar hatte er verstanden, dass in diesem Büro gerade einer zu viel war. »Also dann wünsche ich einen schönen Feierabend«, sagte er und verzog sich.

Einen unbestreitbaren Vorteil hatte ihre Wohnung: Zur Ausstattung gehörte eine neuwertige Einbauküche mit Umluftbackofen, der darauf wartete, ausprobiert zu werden. Teig für eine Familienpizza, Salami, Tomaten, Zwiebeln und frische Peperoni hatte Hella auf dem Nachhauseweg besorgt, es gab auch keinen Grund, auf ihr Lieblings-Tiramisu zu verzichten. Niemand sollte es wagen zu behaupten, dass sie sich ihr Essen nicht verdient hätte. Ohne etwas im Bauch könne man nicht nachdenken, hatte schon der gute alte Henning Budde gesagt. Und auf seinen Vater sollte man hören. Allerdings war es ihr ein Rätsel geblieben, wie es ihm bei seinem Appetit und dem Gardemaß von eins neunzig gelungen war, unter hundert Kilo zu bleiben.

Der Abend war milde, ihre Vorstellung vom Duft der Familienpizza wurde intensiver, je näher sie ihrer Wohnung kam. Doch heute war etwas anders. Die große alte Haustür stand weit offen. Einer dieser Kastenwagen, die man auch als Umzugswagen mieten konnte, parkte im Halteverbot am Straßenrand, der Hausflur war mit Möbeln und Umzugskisten zugestellt. Ein kleines dünnes Mädchen von höchstens fünf Jahren saß auf einer der Kisten, im Arm einen getigerten Stoffhasen.

»Ich will nach Hause«, schluchzte sie.

Ich auch, dachte Hella. Im zweiten Stock begegnete ihr Frau Voglmaier mit aufgeschrecktem Blick und hektischen roten Bäckchen. »Stellen Sie sich vor: fünf Kinder. Mit der Ruhe ist es für immer vorbei. Kein Auge werden wir hier mehr zumachen. Was sagen Sie als Polizistin denn dazu?«

»Hören Sie etwas?«, fragte Hella. Im dritten Stock ließen sich lediglich zwei gedämpfte Männerstimmen vernehmen.

Aber das konnte Frau Voglmaier kaum beruhigen. Drohend fuchtelte sie mit dem Zeigefinger vor ihrer Nase: »Sie werden noch an mich denken. Die Neuen wohnen nämlich auf unserem Stockwerk.«

In dem Moment kamen ihnen zwei kräftige Männer mit dunklem Teint und schwarzen, dichten Haaren auf den Unterarmen entgegen. Vor blankem Entsetzen verstummte Frau Voglmaier.

»Ich wünsche Ihnen einen schönen Abend«, nutzte Hella die Gelegenheit, zu verschwinden. Die vorderste Wohnung auf ihrem Gang war also jetzt bewohnt. Als sie daran vorbeiging, stand die Tür einen Spalt offen, und sie spürte, dass sie jemand dahinter beobachtete. Wahrscheinlich ein weiteres der fünf Kinder ihrer neuen Nachbarn. Hella überlegte, ob sie es nach seinem Namen fragen sollte. Aber für heute war ihr Bedarf an Fragen gedeckt.

4. DIE GESICHTER DES BERNHARD J.

Am Mittwoch, dem zweiten Tag der Ermittlungen, fuhr Hella noch vor der allgemeinen Besprechung im Kommissariat in die Gerichtsmedizin, wo sie Dr. Weinreb um 7.10 Uhr am Seziertisch antraf. Sie schien bestens gelaunt, so wie die Schlager aus den Fünfzigern, die im Hintergrund trällerten.

»Mancher Kollege findet die Beschallung in dem Zusammenhang makaber, aber mir geht die Arbeit so leichter von der Hand, verstehen Sie?« Sie war den sechzig näher als den fünfzig und wirkte durch ihre aufgeschossene Gestalt und das schmale, lange Gesicht Ehrfurcht gebietend wie eine Hohepriesterin vor ihrem Altar. »Der Bericht ist fertig, Frau Budde, zumindest auf dem Memo. Oder wollen Sie den Toten noch einmal sehen? Die Zeitungen machen einen ziemlichen Hype um den Mann. Seine Bilder sind jetzt wahrscheinlich mehr wert als die Fassaden, auf die er sie gesprüht hat.« Ein spöttischer, fast maskuliner Lacher folgte.

»Das mag sein«, erwiderte Hella und fügte als Antwort auf die Frage hinzu: »Ja, bitte, wenn es Ihnen nichts ausmacht, würde ich gern noch einen Blick auf den Toten werfen.«

Die Gerichtsmedizinerin entfernte sich mit langen Schritten in den Nebenraum, der offenbar ein Kühlraum war, und schob dann den zugedeckten Leichnam auf einem Rollwagen aus Edelstahl herein.

»Wissen Sie, was ich nicht so recht verstehe?«, fragte die Ärztin.

»Wie sollte ich? *Sie* haben die Befunde …«

»Allerdings. Ich zeige Ihnen, was ich meine ...« Mit einer einzigen Armbewegung zog sie die Abdeckung vom Oberkörper des Ermordeten und legte ihn bis zur Lende frei. Hella stockte der Atem. Auch wenn sie Routine im Anblick von Leichen hatte, die Schamlosigkeit des Todes schockierte immer wieder neu.

»Sehen Sie genau hin, und Sie werden nichts sehen. Nicht *ein* Hämatom, nicht die kleinste Verletzung, die auf einen Kampf hinweisen könnte, auch keine Abwehrspuren. Außer diesem einen Stich in den Rücken, der mitten ins Herz ging, ist sein Körper völlig unversehrt ... Ein Jammer, dass es diesen bemerkenswerten Mann getroffen hat. Gerade jetzt, wo ich anfange, ihn zu bewundern.«

Hella ging es ähnlich, aber sie konzentrierte sich auf die Details. »Können Sie mir etwas über die Tatwaffe sagen?«

»Ein scharfer, spitzer Gegenstand mit geriffelter, recht breiter Klinge. Für mein Dafürhalten eine Art Fahrtenmesser, wie es früher die Jungen hatten, vielleicht auch heute noch.«

»Nur ein Stich mitten ins Herz, präzise ausgeführt«, wieder holte Hella. Das Werk eines Profis, eines Auftragsmörders – mit einem Fahrtenmesser?

»Ein von oben geführter Stoß, dem Eintrittswinkel nach zu urteilen«, ergänzte die Gerichtsmedizinerin. »Der Täter hat etwa die Größe seines Opfers, so viel kann ich noch sagen. Gibt es bereits Spuren?«

»Noch nicht«, antwortete Hella, »bislang wissen wir nur, wer der Tote ist. Ich danke Ihnen jedenfalls so weit.«

»Der Bericht liegt spätestens mittags auf Senges Schreibtisch«, sagte Dr. Weinreb und deckte den Toten wieder zu.

Die ersten Worte des Kriminalrats passten eher zu einer Morgenandacht als zu einer Lagebesprechung. Er erwarte von jedem, dass er sich seiner Verantwortung bewusst sei und vollen Einsatz zeige, schließlich handele es sich um eine Ikone der Region. Jelinski sei mehr als ein Museumsdirektor und Straßenkünstler gewesen, ein Kulturmagnet, der …

Zuerst konnte es Senge nicht schnell genug gehen und jetzt verschwendete er ihrer aller wertvolle Zeit, dachte Hella. Endlich ließ er es gut sein und übergab ihr das Wort.

»Ich komme soeben aus der Gerichtsmedizin. Der Bericht ist fast fertig, folgende Erkenntnisse sind spruchreif: Die Leiche weist keine Spuren eines Kampfes auf, der Tod wurde durch einen einzigen Stich von hinten mit einem Messer direkt ins Herz herbeigeführt. Über die Klinge ist zu sagen, dass sie gezackt war wie die eines Fahrtenmessers …«

»Was vermuten lässt, dass er vom Täter überrascht worden ist. Wahrscheinlich hat er ihn nicht einmal gehört«, fuhr ihr Tom Seipold ins Wort. »Sonst hätte er sich gewehrt und es wären unweigerlich Spuren entstanden. Der Mörder muss sich angeschlichen haben. Vielleicht ein Killer, der auf Jelinski angesetzt war?«

»Sehr gut, Tom. Die Spur sollten wir unbedingt verfolgen«, platzte Senge heraus, nahm sich aber sofort zurück. »Natürlich nur, wenn Hella einverstanden ist.«

»Ein Ansatz, der verfolgt werden sollte, danke, Tom«, bestätigte Hella, ohne den Kriminalrat eines Blickes zu würdigen. »Bislang ist auch nicht auszuschließen, dass Jelinski in dunkle Geschäfte verwickelt war, und bitte bring doch in Erfahrung, wie es um seine Finanzen stand.«

Sie sollten ihr Teamwork haben, auch wenn Hella anderer Ansicht war. Wenn jemand Jelinski hätte beseitigen wollen, dann eher auf weniger aufsehenerregende Art und Weise. Hätte der Täter beide Identitäten gekannt, wäre er unauffälliger vorgegangen oder hätte es wie einen Unfall aussehen lassen. Sie ging auch nicht davon aus, dass die Tötung geplant war. Andererseits durfte nicht die geringste Spur vernachlässigt werden, das verlangte die solide Polizeiarbeit von ihnen, und der Druck von außen war viel zu groß, sich auch nur den kleinsten Fehler zu erlauben.

»Konnten Sie bereits Personen ermitteln, die mit Jelinski noch alte Rechnungen offen hatten, Tom?«

»Eigentlich alle, die er als Straßenherz durch den Kakao gezogen hat. Den ehemaligen Oberbürgermeister, den Kulturdezernenten, den Sozialbeauftragten, eine Speditionsfirma, auf deren Transporter er ein Graffiti mit Flüchtlingen gesprüht hatte, obwohl die mit den Toten in dem Kühlwagen in Österreich absolut nichts zu tun hatte. Die Aktion habe der Firma damals sehr geschadet, doch die Sache sei ausgestanden, hat der Chef mir am Telefon gesagt. Er stehe aber jederzeit für eine Befragung zur Verfügung.«

»Sehr gut, gehen Sie bitte den Spuren weiter nach. Auch die anderen Herrschaften sind als Zeugen offiziell zu befragen. Noch etwas: Gibt es eine Stellungnahme von der Wohnungsgesellschaft in der Weststadt, und was könnte es mit dem Haifischbild auf sich haben?«

»Ich konnte noch niemanden erreichen. Aber ich bleibe dran.«

»Danke, Tom«, erwiderte Hella. Sie fühlte sich gut dabei, den Kollegen so sehr zu beschäftigen, dass er ihr nicht in die Quere kommen konnte oder einen Grund zur Beschwerde hatte. »Und was hat Kollege Fischbach ermittelt?«

Nachdem er sich ausführlich geräuspert hatte, zog Kai Fischbach einen Spickzettel aus der rechten Hosentasche. »Ich habe drei Firmen angerufen, die Fassadenmalerei gewerblich anbieten. Einer der Geschäftsführer war selbst einmal im Underground unterwegs, ist aber mittlerweile seit Jahren ganz legal in dem Job tätig. Er hat mir einen Namen gegeben, will aber am Ende nicht als Spitzel dastehen …«

»Kein Problem, wer nichts mit dem Delikt zu tun hat und

sich kooperativ zeigt, hat nichts zu befürchten. Dann also los!«, beendete Hella die Besprechung.

Der verabredete Treffpunkt stellte sich als ziemlich schmieriges Bistro in der Nähe der Hagenbrücke heraus. Sie erkannten ihren Mann an dem Pferdeschwanz und den mit Tattoofarbe geschwärzten Oberarmen. Er frühstückte an einem der Tische in Fensternähe. Sie setzten sich zu ihm.

»Nennen Sie mich Indigo-Jay«, stellte sich der sehnige Fünfziger vor, als Hella fragte, wie sie ihn anreden sollten. Er schlürfte laut seinen Kaffee und wischte sich dann mit der Rechten über den Mund. Seine Hände waren muskulös, breite Finger mit angestoßenen, schwarz umrandeten Fingernägeln. »Ich arbeite in einer Großgärtnerei und als Aushilfe auf dem Hauptfriedhof, falls Sie das interessiert. Aber machen Sie sich keine falschen Hoffnungen. Ich werde niemanden verpfeifen. Mit dem Mord habe ich nichts zu tun. Wenn ich meinem alten Kumpel nicht noch etwas schuldig gewesen wäre, dann ...«

»Schon gut, schon gut«, beruhigte ihn Fischbach. »Wir brauchen nur ein paar Informationen.«

»Was können Sie uns über Straßenherz sagen? Kannten Sie ihn?«, kam Hella gleich auf den Punkt.

»Niemand in der Szene kannte ihn, soviel ich weiß. Niemand hat je sein Gesicht gesehen. Ansonsten wäre er längst aufgeflogen. Ist doch logisch, oder?«

»Aber vielleicht läuft man sich über den Weg auf der Suche nach den besten Plätzen ...«

Indigo-Jay sah Hella kurz in die Augen, warf dann den Kopf nach rechts und starrte versteinert aus dem Fenster. »Ich verstehe nicht, was die alle an diesem Straßenherz finden. Jedes Mal dieser Hype, wenn wieder einmal eines seiner simplen Abziehbilder irgendwo aufgetaucht war. Einfach nur billig. Mit echter Straßenkunst hat das nichts zu tun.«

»Klingt fast, als wären Sie neidisch auf ihn gewesen?«

Indigo-Jay riss seinen Blick vom Fenster los und reckte seinen Oberkörper ein Stück vor, sodass Hella seine Alkoholfahne durch den Kaffeedunst hindurch riechen konnte.

»Hab ich mir doch gedacht, dass ihr nur darauf wartet, einem das Wort im Mund herumzudrehen«, knurrte er.

»Noch einmal. Was können Sie über Straßenherz sagen? Sind Sie ihm jemals begegnet oder kennen Sie jemanden, der wusste, wer er war?«

Der Mann mit dem Pferdeschwanz schien mit sich zu hadern, ob er weiter mit ihnen reden sollte. Aber dann: »Ich bin nur noch selten aktiv, kenne aber die guten Plätze. Manchmal bin ich nachts unterwegs, allein um das Feeling zu spüren. Das Feeling ist alles. Aber davon haben Sie ja keine Ahnung.« Er nahm einen großen Schluck aus der Tasse, bevor er fortfuhr: »Eines Nachts bin ich sozusagen über ihn gestolpert und konnte ihn bei der Arbeit beobachten ...«

»Hat es Ihnen nicht in den Fingern gejuckt, herauszufinden, wer er war?«, fragte Fischbach.

»Ich wusste erst am nächsten Morgen, wem ich da begegnet war, als alle Zeitungen sein neuestes Kunstwerk anpriesen. Der Mann trug natürlich Maske. Ich konnte ihn nicht erkennen.«

»Sie haben sich also Ihrem Kollegen nicht weiter genähert?«, setzte Hella nach.

»Nein, offenbar spürte er auch, dass er beobachtet wurde. Jedenfalls sprang er plötzlich auf, drehte sich mit gezücktem Messer um sich selbst, als würde er einen Angriff erwarten. Er brauchte eine ganze Weile, bis er wieder runterkam. Ich selbst wollte auch keinen Ärger und hab mich aus dem Staub gemacht.«

Mehr war aus Indigo-Jay nicht herauszuholen, er blieb bei dem, was er anfangs gesagt hatte, und schwieg sich über die Kollegen aus. Als Alibi für die Tatnacht gab er an, seinen schwer kranken Onkel in Bad Wilhelmshöhe besucht und dort übernachtet zu haben. Er war also nicht in der Stadt gewesen, als Jelinski starb.

»Was wir überprüfen werden«, sagte Kai.

»Gehöre ich jetzt zu den Verdächtigen, oder was?«, bekamen sie noch von Indigo-Jay zu hören, bevor sich Hella verabschiedete: »Ab jetzt sind Sie Zeuge, und als solcher halten Sie sich bitte zur Verfügung.«

»Warum sollte ein Kollege von Straßenherz ihn hinterrücks erstechen?«, fragte Hella mehr sich als Kai Fischbach, der neben ihr her trottete.

»Neid ist ganz klar ein starkes Motiv«, erwiderte er.

»Ich habe ja nicht ausgeschlossen, dass jemand an seiner Stelle ins Rampenlicht rücken wollte. Aber Neid zwischen Künstlern ist das Normalste auf der Welt, und es fehlt jeder Anhaltspunkt. Außerdem war sein Stil einmalig, und das Original ist nun einmal unersetzlich. Wenn man Indigo-Jay glauben darf, dann hat er ihn so ziemlich als Einziger gesehen, und das auch nur maskiert.«

»Er war einfach zu perfekt, dieser Bernhard Jelinski«, murmelte Fischbach.

»In einem Fall hat uns die Aussage von Indigo-Jay jedenfalls weitergebracht«, sagte sie. »Du meinst, dass er mit seinem eigenen Messer erstochen wurde?« Kai hatte anscheinend aufgepasst.

»So weit können wir noch nicht gehen, Kai. Sagen wir besser: Offenbar war er im Besitz eines Messers. Soviel wir wissen, ist am Tatort jedoch kein Messer gefunden worden. Es kann sein eigenes gewesen sein oder auch nicht. Dass es das nicht war, dafür spricht, dass der Täter es ihm hätte entwenden müssen. Aber es existieren keinerlei Spuren eines Kampfes. Andererseits hätte dann sein eigenes Messer gefunden werden müssen ...«

»Er könnte es ausgerechnet in dieser Nacht zu Hause vergessen haben.«

»So perfekt, wie er war?«

»Oder er hatte es unvorsichtig, für den Mörder leicht erreichbar, abgelegt.«

»Das könnte heißen, dass er keine Angst vor ihm hatte, ihn vielleicht kannte …« Hella zog ihr Handy aus der Jackentasche und rief die Nummer der KTU auf. Vom Kollegen am anderen Ende ließ sie sich dann aus dem Bericht vom Vortag zitieren.

»Sie haben definitiv kein Messer gefunden, das der Beschreibung des Tatwerkzeugs entspricht, weder am Tatort und in der näheren Umgebung noch in Jelinskis Wohnung, auch nicht im Gartenhaus und in seinen Räumen im Museum.«

»Das heißt, dass die KTU das Messer entweder übersehen oder der Täter es mitgenommen hat«, ergänzte Fischbach.

Außerdem war es selbst für die beste Polizei einfach unmöglich, alle Einwohner der Stadt gleichzeitig zu filzen und die Oker bis zum Harz auszupumpen. »Soweit für heute Morgen«, sagte Hella. »Ich denke allerdings, wir sollten uns mit dem, was Indigo-Jay gesagt hat, nicht zufriedengeben. Was hältst du davon, in der Szene weiterzugraben?«

Der wenig begeisterte Ausdruck auf Kais Gesicht verriet, dass er sofort verstanden hatte, was sie meinte. Ihm drohte ein Vormittag mit Telefonaten und Recherche am Computer. Auf Hella wartete eine Zeugenbefragung, die sie ohne männliche Begleitung für Erfolg versprechender hielt. Sie setzte Kai am Kommissariat ab und fuhr weiter in Richtung Prinzenpark.

Trotz geklärter Identität blieb Bernhard Jelinski ein Mysterium. Wenn sie seinen Mörder finden wollte, musste sie herausfinden, was den Menschen ausgemacht hatte, seine Stärken, seine Schwächen. Den Künstler konnte Hella nicht beurteilen, diesbezüglich würde sie seine Mitarbeiter befragen und auch darüber, was sie von ihm als Museumsdirektor hielten. Die Person jedoch, die ihm privat vermutlich am Nächsten gestanden hatte, war seine Ehefrau Désirée.

Halb elf, die Sonne stach vom Himmel, als Hella ihren Wagen vor dem alten Prachtbau in der Herzogin-Elisabeth-Straße parkte. Die schwere Haustür ließ sich nach dem Summton ganz leicht öffnen. Zur Wohnung im zweiten Stock versperrte ihr allerdings die Haushälterin den Weg. »Die Frau Professor ist für niemanden zu sprechen, sie muss sich auf ihren Sommerkurs vorbereiten.«

»Lass dich von nichts und niemandem aufhalten, wenn es darum geht, einen Mord aufzuklären. Aber du musst nicht gleich mit der Tür ins Haus fallen, sonst machst du dir unnötig Feinde.« Die Stimme in ihrem Ohr klang wie die von ihrem Dad. In solchen Augenblicken vermisste sie ihren Vater sehr. »Es dauert nur einen Moment. Ich brauche wichtige Informationen von Frau Dr. Jelinski.«

»Ich sagte Ihnen doch, dass die Frau Professor …«

Wie wohl ihr Vater in dieser Situation reagiert hätte? Es musste einen Mittelweg geben. »Ich kann sehr lästig werden und viel Ärger machen«, erwiderte sie und setzte ihr gütigstes Lächeln auf. – Siehe da, wie durch ein Wunder brach das Eis. Er hatte ja so recht: Es kam immer auf den richtigen Ton an.

Durch das Blätterdach der alten Linde hinter dem Haus rieselte ein angenehm kühler Luftzug. Die Professorin hatte es sich in einem Liegestuhl im Schatten bequem gemacht und las. Weitere Bücher und ihr aufgeklapptes Laptop lagen auf dem schmiedeeisernen Gartentisch, um den ein paar Klappstühle standen.

Als sie Hella erkannte, unterbrach Désirée Jelinski die Lektüre. Sie war sichtlich nicht angetan von ihrem Erscheinen, rang sich aber ein Lächeln ab. »Eine deutsche Kommissarin findet immer einen Weg«, folgte die unüberhörbar ironisch gemeinte Begrüßung. Sie streckte Hella einen langen, sehnigen Arm mit schmaler weißer Hand entgegen und bot ihr Platz an. Auf einem der Stühle lag die aufgeschlagene Braunschweiger Zeitung. Wie nicht anders zu erwarten, füllte die Story um Straßenherz die ganze erste Seite.

»Sie können sich wahrscheinlich vorstellen, dass ich mich hier nicht nur deshalb aufhalte, weil es im Schatten so angenehm kühl ist …«

»Natürlich.«

»Seit sieben Uhr klingelt fast ununterbrochen das Telefon. Jeder will etwas über Bernhard wissen, Interviews soll ich geben und so weiter … Deshalb habe ich Irma gesagt, dass ich für niemanden zu sprechen bin.« Sie wischte die krebsrote Haarsträhne aus ihrem zerknittert wirkenden Gesicht, vermutlich hatte sie kaum geschlafen.

»Ich bewundere Sie, dass Sie bereits wieder arbeiten, nach dem Schock von gestern.« Ein Versuch, Zugang zu dieser stolzen Frau zu finden, ohne ihren Widerspruchsgeist zu reizen oder ihr zu nahe zu treten.

»Ach, wissen Sie: Die Arbeit bleibt, auch wenn er mich verlassen hat.« In dem Tonfall klang der Satz allerdings weniger traurig als bitter. Als hätte sich ihr Mann bereits lange zuvor von ihr getrennt.

»Sie werden verstehen, dass ich versuche, mir ein Bild von Ihrem gemeinsamen Leben zu machen. Nur auf diese Weise finde ich Anhaltspunkte, die mir helfen, das Tötungsdelikt aufzuklären. Das hat nichts mit Verdacht oder Anschuldigung zu tun. Das ist meine Arbeit als Ermittlerin«, sagte Hella.

Die Witwe sah sie verblüfft an, offenbar hatte sie nicht erwartet, dass sich die Polizei die Zeit nehmen würde, ihre Arbeit zu erklären, und es schien ihr zu imponieren. »Was möchten Sie denn wissen?«, gab sie grünes Licht.

»Sie werden zugeben, dass es verwundert, wenn ausgerechnet Sie als die Person, die Ihrem Mann am Nächsten stand, nichts von seinem Doppelleben wusste. Er musste doch viele Stunden nachts unterwegs gewesen sein. Roch er nicht nach Farbe oder Lack nach diesen Touren?«

»Nein, ich habe nie etwas bemerkt. Vielleicht weil ich keinen Grund hatte, etwas Derartiges zu vermuten. Ich wollte auch nicht …« Sie stockte.

»Sie meinen, es hat Sie nicht interessiert, was Ihr Mann mit seiner Freizeit anfing?«

»Vielleicht …«, erwiderte Désirée Jelinski kühl.

»Hatten Sie ein gemeinsames Schlafzimmer?«

Den Unmut über die indiskrete Frage hatte die Witwe schnell beiseitegewischt, aber sie wirkte zunehmend nervös. Offenbar fühlte sie sich eingekreist und ihr wurde mehr und mehr bewusst, dass jede Antwort genau abgewogen wurde.

»Nein, aber das heißt noch nicht … Viele Ehepaare schlafen aus unterschiedlichen Gründen getrennt.«

»Es bedeutet nur, dass Sie kaum wissen konnten, ob Ihr Mann nachts in seinem Bett schlief oder nicht.« Das bestätigte die Aussage von Désirée Jelinski. Ihre Aufgeregtheit legte sich wieder.

»Wie lange waren Sie verheiratet?«

»Sechsundzwanzig Jahre.«

»Waren Sie glücklich in dieser Ehe?« Die Frage rückte näher an die heran, die sich in den meisten Fällen im Zusammenhang mit langjährigen Ehen aufdrängte: Wer ging fremd?

»Ja, das waren wir«, antwortete die Witwe ohne lange Überlegung.

Bitte erspare mir das gleiche Spiel wie in der Gerichtsmedizin, dachte Hella. Den Gedanken hatte Désirée Jelinski offenbar von ihrem Gesicht abgelesen. Sie schluckte, und ihr Teint verfärbte sich rosa. »Am Anfang hatten wir wunderbare Jahre«, begann sie, und dass sie die Erinnerung nicht kaltließ, bewies das leise Zittern in ihrer Stimme. »Wir lernten uns auf einer Museumstagung kennen und verhielten uns anfangs wie Hund und Katze. Er hatte bei Diskussionen eine arrogante Art an sich, die mich abstieß, andererseits auch wieder anzog. Ein auftrumpfend selbstbewusster, fesselnder Redner, der nicht nur hohles

Geschwätz von sich gab, sondern die Tiefe mancher Kunstwerke in Worte fassen konnte wie kein Zweiter …«

»Sie haben ihn bewundert?«

»Ja, das kann man sagen. Wir zogen uns gegenseitig an und wohnten in derselben Stadt …«

»Worauf Sie sich näherkamen und schließlich heirateten und beide Karriere machten?«

»Wie Sie sagen. Bernhard war nicht nur fachlich hervorragend, er war auch ein unvergleichlicher Kommunikator und knüpfte Kontakte in alle Kreise. Das hat ihm schließlich seine erste Assistentenstelle in München beschert, und er schaffte es, sich immer weiter nach vorn zu arbeiten. Dadurch half er auch mir.«

»Und wie stand es um Ihre privaten Pläne, Familie und so weiter?«

»Wir hatten damals kaum Zeit, darüber nachzudenken, denn auch ich machte meinen Doktor und war als Hilfswissenschaftlerin voll eingespannt …«

»Dachten Sie nie an Kinder?« Hier zögerte die Professorin mit ihrer Antwort.

»Doch, doch … aber dann wechselte Bernhard die Stelle und musste sich einarbeiten, und ich kämpfte um meine erste Professur.«

»Blieb neben den ehrgeizigen Plänen überhaupt noch genug Zeit für Ihre Ehe?«

»Ich gebe zu, darüber hätten wir früher nachdenken sollen …« In ihren Gesichtsausdruck mischte sich Bedauern, vielleicht sogar Schuldgefühle.

»Und das hatte Folgen …«

»Wie meinen Sie das?«, schnappte Désirée Jelinski plötzlich. Offenbar hatte es wehgetan. Hella ignorierte die Reaktion und sprach weiter in dem beruhigenden Tonfall: »Wenn man sich selten sieht, kann es zur Entfremdung kommen, das ist nicht ungewöhnlich.« Die Witwe musste selbst abwägen, ob sie mehr

Details, vielleicht auch demütigende, preisgab, niemand konnte sie dazu zwingen.

»Sie werden es ohnehin herausfinden«, gab sie schließlich nach. »Ja, er nahm hin und wieder mit, was sich ihm anbot. Die Frauen himmelten ihn an. Er konnte sie sich aussuchen. Beim ersten Mal kam er noch reumütig mit einem Blumenstrauß und schwor mir, dass es ein Ausrutscher gewesen sei ...«

»Aber Ihrer Ehe hat das offenbar keinen Abbruch getan. Haben Sie nicht darunter gelitten?«

»Damals schon, aber ich wollte nur ihn, er war mein Mann, meine große Liebe. Irgendwo verstand ich ihn sogar. Wenn man einem Hund immer wieder eine Wurst vor die Schnauze hält, schnappt er früher oder später zu, auch wenn er nicht soll. Außerdem waren wir ein gut eingespieltes Team, und als Museumsdirektor brauchte er mich als Partnerin, die ihre Rolle kannte.«

Irma, die Haushälterin, erschien mit einem Tablett in der Hand und brachte Kaffee und Gebäck, wobei das Geschirr so merkwürdig klapperte, als sie es vor Hella auf den Tisch stellte. Offenbar war Irma nachtragend. Das machte sie in Hellas Augen eher sympathisch. Sie mochte Menschen mit Charakter.

»Doch irgendwann verliert eine solche Ehe ihren Sinn, oder?«, fragte sie, nachdem die Haushälterin sich zurückgezogen hatte.

»Zwischendurch gab es immer wieder schöne Momente. Zugegeben, mit der Zeit wurden sie immer seltener, aber wir hatten viele gemeinsame Interessen und ergänzten uns. Seine Affären dauerten selten länger als ein, zwei Monate. Ich lernte, damit umzugehen.«

Auf einmal klang ihre Stimme kalt, selbstbeherrscht. Anscheinend war sie aus der Erinnerung wieder aufgetaucht. »Es tut mir leid, Frau ... Budde, aber ich habe noch einiges zu tun. Wenn Sie für heute keine Fragen mehr haben ...«

Hella erhob sich, sie hatte mehr erfahren als erwartet. »Ich danke Ihnen für die Offenheit, aber bitte halten Sie sich weiter zu unserer Verfügung.«

Auf dem Weg in die Altstadt spulte Hella die Befragung in ihrem Kopf noch einmal ab. Désirée Jelinski hatte unter den wechselnden Liebschaften ihres Mannes gelitten, war aber bei ihm geblieben. Angeblich hatte sie gelernt, damit umzugehen, das hieß auch, die Eifersucht zu kontrollieren. Trotzdem fragte sie sich, wie die attraktive Frau es über so viele Jahre ertragen konnte, ständig zurückgesetzt und gedemütigt zu werden von dem Mann, den sie über alles liebte und für den sie immer da war. Ihr Verhalten erklärte sich jedenfalls aus dem, was sie sagte. Désirée Jelinski war gewohnt, dass ihr Mann fremdging, und wollte gar nicht genau wissen, was er mit seiner Freizeit anstellte, um sich selbst nicht mehr als nötig zu verletzen. Selbst dass sie angeblich nichts von der zweiten Identität ihres Mannes als Straßenherz wusste, war nachvollziehbar. Im Nachhinein musste es sie tief getroffen haben zu erfahren, dass sie auch als Vertrauensperson keine Rolle mehr gespielt hatte. Deshalb ihr verstocktes Verhalten in der Gerichtsmedizin.

»Wenn er bei Frauen so viel Erfolg hatte wie in seinem Beruf, dann gab es nicht nur für Désirée Jelinski Gründe zur Eifersucht«, folgerte Kai Fischbach, der wieder an seinem Platz vor dem Bistro am Kohlmarkt saß und den Tauben gelegentlich kleine Stücke seines Thunfisch-Baguettes gönnte.

»Ganz recht, Kai. Was könnte das für uns bedeuten?« Hella schenkte ihm ein aufforderndes Lächeln, während sie überlegte, was sie von der Speisekarte bestellen sollte.

»Und ich dachte, ich könnte heute einmal früher Schluss machen«, erwiderte er, worauf sich Hellas Lächeln augenblicklich in eine strafende Miene verwandelte. »Nur ein Scherz«, beschwichtigte er. »Stehe natürlich uneingeschränkt zur Verfügung, wenn ich von meiner Chefin gebraucht werde.«

»Einen mittleren Salat und ein Mineralwasser medium, bitte«, gab Hella dem Kellner in Auftrag.

»Das muss dir doch nicht gleich den Appetit verschlagen«, erwiderte darauf Kai.

»Wie meinst du das?«

»Ich meine, was ist schon ein Salat? Mittags braucht der Mensch etwas Vernünftiges ...«

»Ein Salat ist also unvernünftig?« Sie war gespannt, wie er sich herausreden würde.

»In deinem Fall ja«, überraschte er sie. Der Mann hatte Mut.

»Und welcher Fall ist *mein* Fall?«

Er schluckte. Jetzt musste er bereits das drohende Damoklesschwert über seinem Haupt spüren. Er zögerte, wollte zurückrudern. »Ich meine ... ein mittlerer Salat ... Wo doch jeder sieht ...«

Jetzt hatte er sich verplappert. »Was sieht jeder?«

Er senkte den Kopf wie vor seinem Scharfrichter – »Dass du Hunger hast ...«

Hella sah ihm fest in die Augen. Aber sein schuldbewusster Hundeblick war unwiderstehlich. Sie mussten beide lachen.

5. DER DUFT DER FRAUEN

Nach der Mittagspause lief Hella vor dem Eingang des Kommissariats Tom Seipold über den Weg. »Ich habe Ihren Anruf längst erwartet«, sprach sie ihn an, ohne ihren Unmut unter der Decke zu halten. »Sie wissen doch, der kleinste Hinweis kann entscheidend sein.«

»Wenn Sie Ihre E-Mails abgerufen hätten, wären Sie im Bilde«, erwiderte er entsprechend. »Für morgen konnte ich drei Zeugengespräche mit Jelinskis Spray-Opfern anberaumen, darunter auch der Senior der Kellermann Bank; die Sache mit dem Elefanten. Wir sollten Kellermann in Watte packen, hat Senge gesagt. Der Mann ist der große Mäzen der Polizei hier in Braunschweig, aber das wissen Sie wahrscheinlich bereits ...«

»Nein, das wusste ich nicht, danke, Tom. Dann werden wir die Herrschaften also gemeinsam befragen.«

»Die Achtundvierzig-Stunden-Frist ist diesmal wohl Makulatur.« Sein Grinsen wirkte wie Schadenfreude, aber das ergab keinen Sinn, sie saßen schließlich in einem Boot. Wahrscheinlich wollte er sie einfach nur provozieren. »Haben Sie jemanden von der Wohnungsbaugesellschaft erwischt?«, fragte Hella.

»Ja, den Geschäftsführer. In der Siedlung muss es einen ziemlichen Aufruhr wegen der letzten Mieterhöhung gegeben haben. Drohanrufe und so weiter, ein Mitarbeiter wurde sogar körperlich angegriffen. Es liegen Anzeigen vor. Natürlich sei das Bild mit dem Miethai nicht gerade die beste Reklame für ihre Gesellschaft, aber niemand habe gewusst, wo oder wann ein solches Bild gemalt werden sollte, und schon gar nicht, von wem.«

»Was ist mit rechten Milizen und Banden, die gegen Linke und Ausländer gewalttätig werden?«

»Keine Ergebnisse, tut mir leid.«

»Gute Arbeit, Tom. Ich fahre noch ins Museum, wollen Sie mitkommen?«

Anscheinend ging ihm die Anerkennung runter wie Öl, aber sie konnte mit diesem Mann nicht warm werden.

»Haben Sie eine akzeptable Wohnung gefunden?«, versuchte er ein lockeres Gespräch anzuknüpfen, als sie im Wagen saßen.

»Ja, in der Nähe vom Prinzenpark. Für den Anfang nicht schlecht, sie liegt leider ein bisschen zu nah unterm Dach, und das ohne Aufzug.«

»Warum? Ist doch ideal, um den Kreislauf in Schwung zu halten. Ein bisschen Sport hat noch niemandem geschadet.«

Es musste ihm doch klar sein, dass diese Bemerkung die Eiszeit zwischen ihnen um Monate verlängerte, auch wenn sie ihm selbst die Vorlage gegeben hatte. Doch er schien das nicht bemerkt zu haben.

Ihr Ziel war erreicht. Das Herzog Anton Ulrich-Museum war jahrelang aufwendig saniert worden, ein Schmuckstück. Sie nahm sich vor, irgendwann die Ausstellung zu besuchen.

Der Eingang zum Bürotrakt lag im rückwärtigen Teil. Beim Pförtner wiesen sie sich aus. Kaum hatten sie den Gang betreten, eilte ihnen eine mädchenhaft wirkende Frau entgegen, die aber die dreißig vermutlich längst überschritten hatte.

»Teichmann, Caroline Teichmann, guten Tag. Ich bin … Ich war die Assistentin von Herrn Direktor Jelinski. Sie sind die Kriminalkommissarin?«, klang die etwas fahrige Begrüßung.

»Bitte entschuldigen Sie meine Verfassung, aber ich bin … wir alle sind erschüttert über das Geschehene, vollkommen erschüttert.« Blass und verheult, wie sie aussah, ging ihr das Ganze offenbar wirklich sehr nah.

»Das kann ich mir vorstellen«, erwiderte Hella, um die zarte Frau nicht noch mehr aus der Fassung zu bringen. »Budde mein Name, Kriminalhauptkommissarin, und das ist mein Kollege Kriminalhauptkommissar Tom Seipold, wir ...«

»Sie möchten vermutlich Herrn Magister Weniger sprechen. Er ist der Stellvertreter des Direktors. Folgen Sie mir bitte, Ich bringe Sie zu ihm.«

Sie betraten ein schlicht eingerichtetes Büro, an dessen Wänden lediglich ein paar alte Ausstellungsplakate hingen und in dem sich außer ihnen niemand befand.

»Einen Moment bitte«, sagte die Assistentin und verschwand durch eine schmale Seitentür in den angeschlossenen Raum.

Kurz darauf öffnete sich eine Schiebetür, die das Büro auf die doppelte Fläche vergrößerte. Ein schlanker Mittvierziger in platingrauem Anzug erschien. Ein schwarzes Hals- und das passende Einstecktuch sollten offenbar darauf hinweisen, dass er Trauer trug. Hinter den Gläsern seiner blau umrandeten Brille blitzten zwei neugierige Augen, deren Blicke Tom Seipold erfassten und freundlich an ihm haften blieben. Aber er wusste, was sich gehörte, und streckte Hella zuerst seine Rechte entgegen.

»Grüß Gott, Matthias Weniger mein Name. Ich bin der Stellvertreter vom Herrn Doktor und führe jetzt die Geschäfte. Sie sind die Herrschaften von der Polizei, wenn ich nicht irre?«

»Das sind wir«, erwiderte Hella und stellte sich und Tom noch einmal mit Dienstgrad vor. Dass sie die Leitende Ermittlerin war, überraschte den Herrn Magister anscheinend. »Respekt, gnädige Frau. Bitte entschuldigen Sie, ich hatte angenommen ...« Der besondere Swing seiner Aussprache war unüberhörbar, und er zelebrierte ihn nahezu.

»Das klingt nach Donau und Prater«, ging Tom darauf ein, auch er lächelte plötzlich so süßlich. »Sie sind Österreicher?«

»Wiener«, erwiderte Magister Weniger geschmeichelt und bot ihnen Platz auf der Sitzgruppe an. »Ich lebe aber seit zwanzig Jahren in Deutschland, davon zehn hier in Braunschweig. Etwas zu trinken?«

»Nein, danke«, nahm Hella das Gespräch wieder selbst in die Hand. »Sicher haben Sie jetzt viel zu tun, so ganz allein …«

»Ja, Bernhard, ich meine Herr Direktor Jelinski, fehlt an allen Ecken und Enden. Aber man tut, was man kann. The show must go on, das gilt auch für uns.«

»Natürlich. Ich habe zwei Fragen fürs Erste …«

»Bitte, fragen Sie nur. Wir wollen alle helfen, den Mörder zu finden.« Er lehnte sich zurück, schlug die Beine übereinander und lauschte. Wenn es ein Bild mit dem Titel »Der Lauschende« gab, dann musste der Magister dafür Modell gesessen haben, dachte Hella. Tom grinste sein undurchsichtiges Grinsen.

»Wie stand das Personal zu seinem Direktor?«, begann sie.

»Wir standen ausnahmslos hinter ihm. Er war nicht nur extraordinär, er war genial, alle bewunderten ihn, alle versuchten, ihn zu unterstützen. Er verstand es, die Leute zu motivieren, hatte Ideen. Ein Wunder an Inspiration war dieser Mann, eine große Persönlichkeit …« Er seufzte schwer und schaute schmerzvoll an die Decke.

»Wie standen Sie zu ihm persönlich?«

»Ich sagte bereits, wir alle bewunderten und unterstützten ihn, das gilt natürlich auch für mich.«

»Daran besteht kein Zweifel, aber vermutlich war es nicht immer leicht, neben einer so starken Persönlichkeit zu bestehen, oder?«

Die Frage riss den Magister aus seiner Pose. Er entfaltete seine Beine, beugte sich nach vorn und wandte sich an Tom, als läge ihm besonders daran, ihn zu überzeugen.

»Das will ich nicht bestreiten«, klang er jetzt ganz sachlich. »Aber Bernhard und ich haben uns geschätzt. Er hat mir vor allem die Verwaltungsaufgaben übertragen, die geschäftlichen Transaktionen mit den vielen Details, für die er kaum Zeit erübrigen konnte. Ich habe ihm geholfen, wo er es am Nötigsten brauchte, verstehen Sie?«

»Sie waren also wie ein altes Ehepaar?«, fragte Tom genüsslich und warf dem Magister einen unmissverständlichen Blick zu.

»In dieser Hinsicht ja, könnte man fast sagen«, erwiderte der Magister, offenbar war ihm Toms Tonfall nicht entgangen. Das wohlwollende Lächeln wich einem irritierten Gesichtsausdruck.

»Selbst alte Ehepaare geraten ab und zu in Streit ...«

»Wir hatten Meinungsverschiedenheiten, ja«, verteidigte sich der Magister umgehend, »Aber wir schätzten uns, wie ich bereits sagte, und das gegenseitige Vertrauen hat uns zusammengehalten.« Auf einmal wirkte er gereizt, offenbar war Toms Dauergrinsen daran nicht unschuldig, sein Vorrat an Freundlichkeit war jedenfalls verbraucht. Mit einem geschäftsmäßigen Lächeln wandte er sich an Hella: »Wenn Sie ansonsten keine Fragen mehr haben, würde ich gern an meine Arbeit zurückkehren. Ich weiß nicht, wo mir der Kopf steht ...«

»Natürlich, aber bitte halten Sie sich für die Details weiter zu unserer Verfügung.« Hella nickte Tom zu, und sie gingen.

»Ich werde das Gefühl nicht los, dass dieser Magister im falschen Haus arbeitet«, stichelte Tom Seipold weiter, als sie sich auf dem Gang befanden. »Er sollte besser als Dramaqueen im Staatstheater auftreten.«

»Das glaube ich auch, Tom. Aber vielleicht hätten Sie ihn nicht so früh in eine Ecke drängen sollen ...«

»*Ich* habe ihn in eine Ecke gedrängt? Diese Schwuchtel hat uns die Harmonie doch nur vorgegaukelt. Natürlich gab es Ärger zwischen den beiden.«

»Er hat es ja zugegeben, Tom. Doch jetzt weiß er, dass jedes Wort für ihn gefährlich werden kann. Er wird uns kaum noch entgegenkommen. Nachdem Sie …«

»Nachdem ich *was*?«, sein Ton hatte urplötzlich gewechselt, er schrie sie fast an, blieb mitten auf dem Gang wie angewurzelt stehen.

»Hey, Tom, kommen Sie runter! Vertragen Sie keine Manöverkritik?«

Er hielt inne, vor Wut starr. Was war los mit dem Mann? Jedenfalls steckte in ihm mehr Aggression, als für ihn gut war. Zweifellos stand ihr als Leitender Ermittlerin Kritik zu, dachte Hella, aber jetzt musste sie vor allem Ruhe bewahren. Offenbar saß es tief, dass sie ihn bei der Besetzung der Stelle nicht berücksichtigt hatten. Doch als Profi musste er das aushalten. »Sie haben dem Mann keine Chance gelassen, Tom«, versuchte sie so ruhig wie möglich zu antworten. »Sie haben gut angefangen, dann aber sofort einen Verdacht durchscheinen lassen.«

»Wollen Sie mir jetzt auch noch erklären, wie man Befragungen durchführt?«

»Bitte beruhigen Sie sich, Tom. Ich will nur, dass wir gut zusammenarbeiten.«

Auf einmal löste sich seine Anspannung, so plötzlich, wie sie gekommen war. Er fasste sich an die Stirn wie jemand, der aus einer Ohnmacht aufwachte. »Ja, ja, natürlich. Ich habe da etwas überzogen. Bitte entschuldigen Sie, ich … ich bin heute irgendwie …«

»Kein Problem, Tom.« Er tat ihr fast leid, aber hier lief etwas gefährlich aus dem Ruder. Dieser Zwischenfall würde nur der erste sein, wenn sie nicht klärte, was mit ihm los war. »Geht es wieder, oder wollen Sie …?«

»Nein, nein, danke. Entschuldigen Sie bitte.« Er setzte sich in Bewegung. Im Augenblick gab es weiter nichts zu sagen, sie hatten einen Berg Arbeit vor sich, der nicht wartete. Auf dem nächsten Türschild stand: »Öffentlichkeitsarbeit und Presse«. Hella klopfte an. Ein kraftloses »Ja bitte« forderte sie auf, einzutreten.

Eine Frau um die vierzig mit langen blonden Wimpern und hinten zusammengesteckter Frisur begrüßte sie mit einem Auch-das-noch-Blick. »Was kann ich für Sie tun?«

»Kriminalhauptkommissarin Budde, das ist mein Kollege Seipold. Wir führen hier die Zeugenbefragungen zum Tod von Direktor Jelinski durch.«

»Svenja Lincke, Pressereferentin.« Sie erhob sich von ihrem Sessel und reichte ihnen über den Berg Prospekte auf ihrem Schreibtisch hinweg die Hand.

»Sicher ist Ihnen bekannt, dass …« Bevor Hella aussprechen konnte, schossen der Zeugin Tränen in die Augen und sie griff nach einem Taschentuch neben sich auf dem Sitz. »Dass er ermordet wurde. Ja, es ist furchtbar.« Offenbar war das ganze Museum in tiefer Trauer versunken, und Hella bekam allmählich das Gefühl, dass alle weiblichen Angestellten – Jelinskis Stellvertreter inbegriffen – ihren Geliebten verloren hatten. Bevor sie sich wieder setzte, bot Svenja Lincke ihnen Platz auf den Besucherstühlen an. »Wer kann so etwas nur tun?«

»Das fragen wir uns auch. War Ihnen bekannt, dass Direktor Jelinski Straßenherz war?«, fragte Hella. Tom hielt sich zurück, das konnte ihr nur recht sein.

»Nein, davon wusste ich nichts. Niemand wusste davon, glaube ich.«

»Aber Sie sind Journalistin, und da wirft man doch gern einen Blick hinter die Kulissen, oder?«

Ihr Gegenüber winkte ab. »Meine Zeit bei der Tagespresse ist lange vorbei, wenn Sie das meinen. Aber nicht, dass Sie einen falschen Eindruck bekommen. Ich mache den Job hier sehr gern. Mich erfüllt die Pressearbeit für das Museum voll und ganz.«

»Natürlich. Sie haben also gut mit Direktor Jelinski zusammengearbeitet?«

»Ja, alles lief Hand in Hand. Einfach unfassbar, dass …«

»Viele, die mit Bernhard Jelinski zu tun hatten, schwärmen von ihm. Offensichtlich gab es aber wenigstens einen Mitmenschen, der ihn genug gehasst hat, um ihn umzubringen. Wissen Sie, ob Herr Jelinski Feinde hatte oder ob er in letzter Zeit mit einem Mitarbeiter in Streit geraten war?«

Svenja Lincke überlegte ziemlich lange.

»Sie brauchen keine Angst zu haben. Alles, was Sie sagen, bleibt unter uns. Aber es geht hier um den Tod Ihres Chefs, und da ist jeder Hinweis wichtig«, leistete Tom seinen Beitrag, diesmal sanft und ganz dienstbeflissen, was bei Hella und offenbar auch bei der Zeugin gut ankam.

»Ich sagte Ihnen ja, Bernhard war ein Schatz, wir verstanden uns ohne Worte, und ich wusste, was er von mir erwartete. Er band mich in alle Projekte ein, vertraute mir auch die Überarbeitung seiner Redemanuskripte an. Manchmal stöhnte er allerdings, weil es mit seinem Stellvertreter, mit Herrn Weniger nicht so klappte. Da habe ich auch unter den Kollegen so einiges läuten hören. Der *Herr Magister,* das ist sein Spitzname hier im Haus, weil die Österreicher doch so titelgeil sind, hat ihm das Leben nicht gerade leicht gemacht. Jetzt sitzt er endlich auf dem Thron: seine Majestät, der Herr Magister.« In dem Moment war ihre Erbitterung anscheinend stärker als die Trauer.

»Können Sie Näheres über das Verhältnis der beiden sagen?«, nutzte Hella die Gelegenheit, und Svenja Lincke ließ sich nicht zweimal bitten. »Sie kannten sich schon eine Ewigkeit. Soviel ich weiß, war Bernhard dem Magister zu Dank verpflichtet, weil er ihm am Anfang seiner Karriere geholfen hatte, später hatte Bernhard aber mehr Glück, und Weniger konnte froh sein, als er von ihm das Angebot bekam, als zweiter Mann mit nach Braunschweig zu gehen. Es hat eine Zeit gegeben, da las er Bernhard jeden Wunsch von den Lippen ab, opferte sich in unzähligen Überstunden für seine Projekte auf. Aber irgendwann war die Harmonie vorbei, und Weniger intrigierte offen im Haus gegen seinen Chef. In den letzten Monaten hörte ich nur noch von Streit zwischen den beiden, und angeblich sollte der Magister nach der großen Realismus-Ausstellung seinen Hut nehmen.

»Warum sind die beiden in Streit geraten?«, fragte Hella.

»Soviel ich weiß, wollte der Magister immer sein eigenes Ausstellungsprojekt, um endlich selbst in Erscheinung treten zu können. Aber Bernhard hat es ihm nicht zugetraut, und dadurch gab es ständig Spannungen. Ich glaube, noch etwas anderes spielte eine Rolle ...«

»Was meinen Sie?«

»Na ja, es ist nicht schwer zu erkennen, dass ...«

»Magister Weniger schwul ist?«

»Ja, aber beschwören will ich es nicht. Im Haus ging das Gerücht um, dass er in Bernhard verliebt gewesen sein soll. Das muss Jahre her sein. Wie gesagt, in letzter Zeit war davon nicht viel zu spüren.«

»So weit vielen Dank«, sagte Hella, »Sie haben uns sehr geholfen.«

Auf der Rückfahrt zum Kommissariat schwieg Tom sich aus, wollte sich offenbar nicht noch einmal in die Nesseln setzen.

»Was halten Sie von den Ergebnissen der Befragung?«, versuchte Hella, ihn aus der Ecke herauszuholen.

»Wollen Sie hören, was ins Protokoll kommt?«

»Natürlich nicht, mich interessiert Ihre Meinung als erfahrener Ermittler.« Dem konnte er sich nicht entziehen, ohne sich den Vorwurf einzuhandeln, bewusst zu provozieren.

»Also gut, wenn Sie darauf bestehen. Alle lieben Jelinski, das ist mein Eindruck. Bei dem Magister bin ich mir allerdings nicht sicher. Einerseits schätzte er seinen Chef, vielleicht war er auch in ihn verliebt, wie die Referentin behauptet, andererseits wurde er von ihm gedemütigt und daran gehindert, seine Fähigkeiten unter Beweis zu stellen. Am Ende ging es für ihn wohl um die nackte Existenz.«

»Das sehe ich auch so, Tom, die Gründe reichen sogar aus für einen Mord.« Aber ihr Lob ließ ihn anscheinend kalt.

»Das würde auch erklären«, fuhr er fort, »weshalb zwischen Jelinski und dem Täter kein Kampf stattgefunden hat. Außerdem waren die beiden einmal so eng, dass Jelinski trotz der Streitereien keine Bedenken gehabt hatte, ihm den Rücken zuzukehren.«

So weit wollte Hella nicht mitgehen. Die Befragungen hatten Ergebnisse gebracht, aber für mehr als einen vagen Verdacht reichten sie nicht aus. »Eins steht fest: Hier gibt es Klärungsbedarf. Morgen werden wir uns den Magister noch einmal vornehmen.«

Im Hof des Kommissariats stellte sie den Motor ab. »Bis Morgen, Tom, ich wünsche Ihnen einen schönen Feierabend.« Mehr konnte sie nicht tun, um ihm zu zeigen, dass sie bereit war, den Zwischenfall im Museum zu vergessen.

»Ebenso«, erwiderte er mit einem schmallippigen Lächeln, schaffte es aber nicht, in ihre Augen zu sehen. Dann stieg er aus und ging zu seinem Wagen.

Hella ahnte, dass weiterer Ärger bevorstand, und sie fragte sich, wie Toms Version des Zwischenfalls wohl aussah, die er bei Senge vorbringen würde. Sie entschied, den Zwischenfall für sich zu behalten, das war wohl die einzige Chance für ihre Zusammenarbeit. Jemand klopfte an die Wagenscheibe. Fischbach, offenbar wollte er seinen Bericht noch loswerden.

Die Tür von Senges Vorzimmer stand offen, aber seine Sekretärin war ausgeflogen. Hella und Kai kamen ungesehen davon. Jetzt wusste sie auch, warum der Kriminalrat ihr das Büro gleich nebenan zugewiesen hatte. Er wollte unbedingt ganz nah dran sein.

»Vor allem die Damenriege im Kunstverein ist völlig außer sich«, brachte Kai Fischbach seine Ergebnisse auf den Punkt. »Dass Jelinski auch Straßenherz war, hat ihn in den Augen der Ladys anscheinend noch nach seinem Tod zu einem Guru erhoben. Kein böses Wort über ihn. Nicht einmal zu einer spitzen Bemerkung ließen sie sich hinreißen.«

»Die Erfahrung haben Tom und ich auch gemacht. Und was sagen die Männer?«

»Die meisten, mit denen ich gesprochen habe, kannten ihn kaum näher. Meistenteils haben sie Jelinski auf den Empfängen einmal im Jahr die Hand gedrückt und ihm Geld für seine Projekte gegeben. Wenn ihr Name dann unter den Kulturförderern der Stadt in der Zeitung auftauchte, war für sie die Sache erledigt. Die Frauen waren da eher mit ganzer Seele dabei, vielleicht auch mehr ...«

»Es gab also Affären?«

»Nichts Konkretes. Ich hatte den Eindruck, dass jeder vor allem versucht, sich aus einer Geschichte herauszuhalten.«

Plötzlich Senge. Ohne anzuklopfen, stand er im Zimmer. Allein sein angespanntes Gesicht verriet, dass Alarmstufe Rot herrschte.

»Danke, Kai, wir sehen uns morgen früh in der Besprechung«, schickte sie Fischbach nach Hause. Der Kollege musste ja nicht unbedingt Zeuge sein, wenn Senge ihr wieder eine Lehrstunde in Mitarbeiterführung gab. »Ich habe Tom lediglich darauf hingewiesen, dass der Magister wahrscheinlich auskunftsfreudiger gewesen wäre, wenn er ihn nicht direkt zum Verdächtigen gemacht hätte«, rechtfertigte sie sich vorsorglich.

»Das wird schon seine Richtigkeit haben«, erwiderte der Kriminalrat etwas irritiert. »Du leitest die Ermittlungen, Hella. Ich gehe davon aus, dass du weißt, was du tust.«

Diesmal hatte Tom sie also nicht angeschwärzt. Direkt ein Grund für gute Laune.

»Ich bin hier, um mir deine Ergebnisse abzuholen. In einer halben Stunde muss ich der Pressemeute etwas zum Fraß vorwerfen, sonst fallen sie über *uns* her.«

Und schon verabschiedete sich die gute Laune. Natürlich musste sie sich fragen lassen, was sie nach fast sechsunddreißig Stunden Ermittlungen vorzuweisen hatte. Ein paar vage Zusammenhänge, Neid und Liebe, Jelinski als Womanizer. Außer seinem Stellvertreter, dem Magister, der im Streit mit Jelinski gelegen hatte und dessen Existenz nach Gerüchten auf dem Spiel stand, hatte niemand der Befragten auf den ersten Blick ein Motiv, Jelinski zu schaden, geschweige denn ihn umzubringen.

»Leider ist die Lage noch unübersichtlich, Ludger. Wir haben für morgen eine weitere Zeugenbefragung im Kommissariat angesetzt. Dann wissen wir hoffentlich mehr.«

Sie meinte, Senges Zähne knirschen zu hören, doch er drehte sich nur schweigend um, verließ mit langen Schritten das Büro und knallte die Tür hinter sich zu. Wenn sie nicht schleunigst etwas Handfestes vorzuweisen hätte, würde sie ihn beim nächsten Pressetermin begleiten müssen, davon konnte sie ausgehen.

Der Einzige, der anscheinend einen Grund hatte, Jelinski den Teufel an den Hals zu wünschen, war also dieser Magister Weniger. Aus Zuneigung oder Liebe konnte tödlicher Hass werden, besonders, wenn der Angebetete versuchte, einem die Existenz zu zerstören. Aber die blutige Tat passte nicht zu diesem filigranen, sensiblen Herrn, dachte Hella, auch wenn das nicht mehr als ein unbegründetes Vorurteil war. Sie würde sich Magister Weniger direkt morgen noch einmal vorknöpfen, diesmal im Kommissariat. Sicher würde es Eindruck auf ihn machen.

Das Knacken und Zischen in der Pfanne klang wie eine tröstliche Melodie. Ihr kam Fleisch gleich viel gesünder vor, wenn sie es beim Metzger kaufte. Dazu knuspriges Ciabatta und ein Glas Apfelschorle, auch wenn ihr heute nach Rotwein zumute war. Aber sie musste nüchtern bleiben, Senge erwartete Ergebnisse ...

Ein markerschütterndes Geräusch blockte plötzlich ihre Gedanken – die Klingel an der Wohnungstür. Wer wollte am heiligen Feierabend noch etwas von ihr? Hoffentlich nicht Frau Voglmaier. Hella schob die Pfanne von der heißen Platte und begab sich zur Tür. Im Spion war niemand zu sehen.

Als sie öffnete, stand vor ihr ein Junge, fünf oder sechs Jahre alt, dessen breites Lächeln einen abgebrochenen Schneidezahn freilegte. Seine großen braunen Augen richteten sich unerschrocken auf sie.

»Guten Abend, schöne Frau«, sagte er, »ich bin gerade eingezogen. Könnten Sie mir aus einer Verlegenheit helfen? Ich wollte kochen, und dazu brauche ich ein Ei ...«

Nanu, war der kleine Mann im falschen Film, oder was war hier los?

»Guten Abend. Darf ich fragen, was du mit einem einzelnen Ei anfangen willst?«, gab sie zurück.

Für einen Moment verschlug es dem Charmeur in kurzen Hosen die Sprache. »So steht es nicht im Drehbuch«, sprudelte es dann etwas unwillig aus ihm heraus. »Ach, bitte kommen Sie doch herein, sagt die schöne Frau dann zu dem schönen Mann, und sie gucken sich ganz tief in die Augen.«

»Ja, das stimmt. Bitte entschuldige«, erwiderte Hella mit Bedauern, »ich habe schlecht gespielt. Wie heißt denn der schöne Mann von nebenan?«

»Dragomir, aber du kannst Drago zu mir sagen.« Er betrachtete sie ungeniert von oben bis unten, um dann festzustellen: »Ich mag Frauen wie dich. Du musst bestimmt viel essen, um so schön zu bleiben.«

Die Frage stand bestimmt auch nicht im Drehbuch, dachte Hella und spürte, wie sie errötete. Aber dieser junge Mann meinte es offenbar ernst.

»Ziemlich viel«, gestand sie.

»Dann musst du einen guten Koch heiraten.«

»Vielleicht hast du recht. Leider kenne ich keinen Koch.« Doch sie ahnte, dass ihr die Ausrede kaum weiterhelfen würde.

»Das lässt sich ändern«, erwiderte Drago mit einem unschuldigen Blick. »Zufällig möchte ich gern Koch werden.«

6. IRRGARTEN

Ihre Nacht zum Donnerstag war chaotisch gewesen. Immer wieder verfolgte sie der gleiche Traum. Sie öffnete die Wohnungstür, und plötzlich stand *er* vor ihr, sah sie an, und sie war außerstande, sich von der Stelle zu bewegen.

»Hella, my darling. Warum bist du überrascht? Ich habe dir doch gesagt, dass ich dich überall finden werde.« Billys Stimme klang, als könne ihn nichts aus der Ruhe bringen. Sie wusste, was das bedeutete. Sie wollte schreien, aber es versagte ihr die Stimme. – In dem Moment war sie jedes Mal aufgewacht.

»Drago, was machst du wieder? Du sollst doch die Leute nicht stören. Bitte entschuldigen Sie, wir sind die Bojanovs, die neuen Nachbarn.« Der kleine Herzensbrecher von nebenan hatte Hella die schlaflose Nacht beschert. Aber er war unschuldig, er konnte doch nicht ahnen, dass die meisten Erwachsenen Pakete voller Seelenmist mit sich herumschleppten, die sie einfach nicht loswurden. Auf diese Weise hatte sie auch Dragos Mutter kennengelernt, was seine Flirtversuche allerdings fürs Erste zunichtegemacht hatte.

Hella nahm noch einen Schluck von ihrem Morgenkaffee. Sie konnte nur hoffen, dass der Tag die gewünschten Ergebnisse bringen und Tom nicht wieder ausrasten würde.

»Tom hat Jelinskis Stellvertreter noch heute Vormittag einbestellt, Hella. Endlich eine Spur, der sich lohnt nachzugehen«, begrüßte Senge sie auf dem Flur des Kommissariats mit den glänzenden Augen des Jägers. Dass sich Tom so weit vorwagte, wunderte sie.

»Wir verfolgen jede Spur, wenn sich eine ergibt. Für mich ist der Magister allerdings immer noch ein Zeuge wie jeder andere«, erwiderte sie. »Wenn sich das ändert, erfährst du es sofort. Du kannst jedenfalls sicher sein, dass wir tun, was wir können.« Senges gute Laune verfiel in Sekundenschnelle.

»Wo ist Fischbach?«, fragte sie.

»Er wartet in deinem Büro.«

Es gab Momente im Leben von Polizistinnen, da stellte sich die Frage, wozu man einen Kriminalrat brauchte. Aber um die zu beantworten, hatte Hella jetzt keine Zeit. Als sie ihr Büro betrat, kam Fischbach gleich zur Sache: »Ich habe etwas recherchiert, das eine Spur sein könnte, Hella.«

»Guten Morgen, Kai«, erwiderte sie wohl etwas zu laut.

Fischbach zuckte zusammen. »Guten Morgen«, kam es etwas beschämt aus seinem Mund. Schweigend beobachtete er, wie sie den Wagenschlüssel und ihr Handy auf die Schreibtischplatte legte, die Jacke auszog und über die Stuhllehne hängte.

»Ich habe es nicht gern, wenn man mich so anstarrt«, sagte sie. »Also, was hast du herausgefunden?«

»Schon gut, schon gut. Ich habe mir Jelinskis Kontoauszüge und Belege der letzten drei Monate vorgenommen.«

»Und?«

»Mietabbuchungen, Autokredit wie die meisten Leute. Er und seine Frau hatten übrigens getrennte Girokonten, besser gesagt, seine Frau, denn damals ...«

»Die Spur, Kai, wo ist die Spur?«

»Die regelmäßige Überweisung eines dreistelligen Betrags auf ein Privatkonto, deren Verwendungszweck nicht klar ist.«

»Dann sollten wir schnellstens herausfinden, wer das Geld erhält und wofür, oder?«

»Du wirst es nicht glauben«, ein spitzbübisches Lächeln erschien auf seinem Gesicht. »Das habe ich bereits in Erfahrung gebracht. Die Überweisung geht auf das Konto einer Frau.«

»Dann sollten wir …«

»Ist auch bereits geschehen. Sie heißt Lisa Barner, ist IT-Fachfrau und hat in der Mittagspause für uns Zeit.«

Hella seufzte. »Gute Arbeit, Kai … und bitte entschuldige, es hat nichts mit dir zu tun. Ich habe nur schlecht geschlafen. Wir sehen uns in der Besprechung?«

Er nickte, anscheinend war die Sache für ihn damit erledigt. Kai hatte ihr etwas voraus, das musste sich Hella eingestehen: Er wusste, wie man mit Vorgesetzten umging.

Nach der allgemeinen Besprechung, in der Senge die Mannschaft wieder auf seine eigene Weise motiviert hatte, begann die Zeugenbefragung mit dem Senior der Kellermann Bank, Siegfried Kellermann, einem grau melierten, beweglichen Mittsechziger, der es offenbar gewohnt war, in jeder Situation die Zügel in der Hand zu halten. Seit der weinende Elefant die Fassade seiner Bank zierte, zählte er zu den sogenannten Opfern von Straßenherz.

»Ich will gern dazu beitragen, den Mörder zu finden«, zeigte er sich kooperativ, noch bevor Hella die erste Frage gestellt hatte. »Mir geht die Sache sehr nahe, wissen Sie? Bernhard und ich waren Freunde. Ich kenne ihn, seit er die Leitung des Museums übernommen hat, und ich unterstütze – in aller Bescheidenheit – regelmäßig den Kunstverein bei größeren Projekten. Auch jetzt wieder im Rahmen der großen Realismus-Ausstellung. Ich kann sagen, dass wir stolz darauf sind, dass die Konten des Museums und des Kunstvereins unserem Haus anvertraut wurden.«

»Haben Sie von seinem Doppelleben gewusst?«

»Nein, im Traum hätte ich es mir nicht vorstellen können. Jetzt, wo ich es weiß, nötigt es mir allerdings einige Bewunderung ab …«

»Aber es hat Sie nicht wirklich gefreut, als Sie morgens Ihre Bank betreten wollten und dieses riesige Graffiti auf der Wand vorfanden, oder?«

Kellermann räusperte sich, und Hella fiel ein, dass Senge ausdrücklich darauf hingewiesen hatte, ihn mit Fingerspitzengefühl zu behandeln. Aber Senge und Tom Seipold saßen natürlich hinter dem Spiegel, um sich nicht selbst am heißen Eisen zu verbrennen.

»Nun ja, wissen Sie, Frau …«

»Budde, Hella Budde, Kriminalhauptkommissarin.«

»Budde? Sind Sie verwandt mit Kriminaloberrat Budde? Ich kannte ihn gut, wissen Sie, er managte auch die Fußballmannschaft der Polizei. Wenn nötig, habe ich ihm finanziell unter die Arme gegriffen, man nennt das Sponsoring.« Er lachte.

»Ja, er war mein Vater …«

»Tut mir leid, dass er so früh gehen musste. Ich wünsche Ihnen jedenfalls alles Gute.«

»Danke«, erwiderte sie. Auf den ersten Anschein wirkte dieser Mann mitfühlend und hilfsbereit, aber dass er offenbar überall seine Finger im Spiel hatte und jeden kannte, verstand Hella eher als Drohung. »Kommen wir bitte zurück auf die Frage, Herr Kellermann.«

»Nun, zuerst habe ich mich natürlich gefragt, was das soll. Es ist schließlich ein Eingriff in das Erscheinungsbild unserer Bank, und nicht jeder Kunde findet das witzig. Ich gebe, wo ich kann, da muss man nicht mit dem Zaunpfahl winken.«

»Haben Sie eine Vorstellung, was der Künstler mit dem Bild sagen wollte?«

»Wir haben gemeinsam überlegt und sind zu dem Ergebnis gelangt, dass es etwas mit der Elefantenjagd zu tun hat, immer noch wird wegen Elfenbein brutal gewildert, und der afrikanische Bestand ist in Gefahr. Ich sehe es als einen Appell für den Tierschutz. Aber ich verstehe nicht, warum Bernhard mich nicht selbst darauf angesprochen hat. Das wäre doch der einfachste Weg gewesen …«

»Soll das Graffiti bleiben, oder werden Sie es entfernen lassen?«

»Mein Sohn hat sich darüber aufgeregt, empfand es als Schmiererei, und die Reinigungsfirma war bereits bestellt. Doch jetzt, wo Straßenherz tot ist, bleiben die Leute stehen und bewundern das Bild, und ich habe bereits angekündigt, großzügig für den Tierschutz zu spenden. Im Augenblick ist es also eine Win-win-Situation ...« Er begriff sofort, dass diese Äußerung missverständlich war, und fügte hinzu: »Nachdem ich jetzt weiß, wer Straßenherz war, tue ich es natürlich auch in Erinnerung an Bernhard.«

»Eine letzte Frage noch: Wo waren Sie in der Nacht, als der Mord geschah?«

Die Frage war ziemlich direkt formuliert, das sah Hella etwas zu spät ein. Doch Kellermann schien keineswegs beleidigt. »Natürlich müssen Sie die Frage stellen. Ich wünschte nur, Bernhard wäre hier, dann würde Ihnen aufgehen, wie absurd sie in meinem Fall ist. Ich war zu der Zeit auf einem Kongress in Düsseldorf. Genaueres erfahren Sie von meiner Sekretärin.«

»Ich danke Ihnen sehr, Herr Kellermann, dass Sie so kurzfristig für uns Zeit hatten. Wir stehen leider unter immensem Druck und müssen alle Wege beschreiten.« Der Kriminalrat erschien in der Tür. Kellermann erhob sich mit einem großherzigen Lächeln. »Keine Ursache, ich helfe gern, wenn noch etwas klargestellt werden muss.« Er reichte Hella die Hand, wünschte Senge und ihr einen schönen Tag und verließ den Raum. Wenn das so weiterging, hätten sie am Abend wieder nichts vorzuweisen, dachte Hella.

Tom Seipold winkte gleich ab. Aus der Befragung von Jelinskis Stellvertreter würde er sich lieber heraushalten, sagte er. Feigling, dachte Hella, aber im Grunde war sie erleichtert. Sie hatte Matthias Weniger ganz bewusst ins Kommissariat bestellen lassen. Allein der formale Akt und die Umgebung würden mit diesem sensiblen Mann etwas machen, was den Ermittlungen helfen könnte. So viel sagte ihr die Erfahrung. Offenbar hatte sie sich nicht getäuscht. Dem Zeugen war anzumerken, wie unwohl er sich fühlte, was sich schon dadurch verriet, dass er seine Hände nicht ruhig halten konnte. Hella nahm sich deshalb besonders viel Zeit mit der Überprüfung der Personalien und der Zeugenbelehrung.

»Bin ich jetzt in den Kreis der Verdächtigen aufgestiegen?«, fragte der Magister, doch der etwas überhebliche Tonfall überzeugte nicht. Die nackte Angst stand ihm ins Gesicht geschrieben. Er schwitzte, wischte sich ständig mit dem Taschentuch über die Stirn.

»Das wird sich noch herausstellen. Jedenfalls haben Sie uns gestern nicht alles erzählt.«

»Wie hätte ich das schaffen sollen? Zwanzig Jahre Freundschaft in fünf Minuten?«

»Freundschaft? Ich habe ganz andere Sachen gehört. Offenbar lagen Sie mit Bernhard Jelinski seit Monaten ernsthaft über Kreuz …«

»Ich sagte bereits, dass wir Meinungsverschiedenheiten hatten, aber das hielt unsere künstlerische Beziehung aus.«

»Auch, dass Jelinski sie feuern wollte?« Die Frage musste ihm wehtun. Aber sie würde nur weiterkommen, wenn sie seine Lebenslüge schonungslos aufdeckte. »Ist es nicht so, dass Jelinski nach der nächsten Ausstellung ganz auf Ihre Dienste verzichten wollte? Nennen Sie das eine unverbrüchliche Freundschaft?«

»Wer sagt das? Wohl die Teichmann, die es nicht erwarten kann, sich meinen Posten unter den Nagel zu reißen.« An der Stelle hielt er inne, offenbar sah er ein, dass es sinnlos war, sich noch tiefer hineinzureiten. »Also gut. Vor Jahren hat Bernhard mir eine kleinere Ausstellung anvertraut. Aber ich hatte damit kein Glück, sie wurde kaum beachtet. Irgendetwas war schiefgegangen, ich weiß bis heute nicht genau, was. Aber man hat allein mir die Schuld zugeschoben. Das Thema habe nicht verfangen, die Präsentation sei zu blass gewesen und so weiter. Seither vertraute Bernhard mir nicht mehr so wie am Anfang, obwohl ich alles für ihn tat. Ich gebe zu, ich litt darunter, am Ende war ich total frustriert ...« Den Magister schien das sehr zu berühren, er wirkte innerlich aufgewühlt und den Tränen nahe. Doch Hella konnte darauf keine Rücksicht nehmen, es ging hier um Mord.

»Wollte er Sie feuern oder nicht?«

»Wir hatten ein Gespräch, in dem es darum ging, die Zusammenarbeit zu beenden, aber offiziell kam es nicht mehr dazu. Ich bat ihn auch, es sich noch einmal zu überlegen.«

»Sie hatten also einen Vorteil von seinem plötzlichen Tod.«

Er zuckte zusammen. »Wie können Sie so etwas sagen? Das war purer Zufall. Nie hätte ich ihm etwas antun können. Ich habe ihn doch geliebt. Auch wenn ich nur einer von vielen war und er davon nichts wissen wollte ...« Er schluchzte. So weit stimmten also die Gerüchte.

»Sie hatten jedenfalls ein Motiv. Wo waren Sie in der Tatnacht?«

»Ich lag allein in meinem Bett, und wenn Sie es wissen wollen: Nein, ich habe dafür keinen Zeugen. Aber ich habe ihn nicht umgebracht. Ich wusste nicht einmal, dass Bernhard und Straßenherz ein und dieselbe Person waren.«

An der Stelle ergab es kaum noch Sinn, die Befragung fortzusetzen, sie begann sich im Kreis zu drehen. »Ich möchte Sie bitten, für die Abnahme von Fingerabdrücken und einer DNA-Probe zur Verfügung zu stehen, um sie mit Spuren an der Leiche vergleichen zu können«, beendete sie die Befragung.

Der Magister nickte wortlos. Als er den Raum verließ, blickte Hella ihm nach. So sah ein geschlagener Mann aus.

Hella entschied, mit Fischbach in die Nordstadt zu fahren, schließlich hatte er die neue Spur ermittelt. Außerdem konnte sie mit ihm über die Verhöre reden, ohne damit rechnen zu müssen, dass er jedes Wort an Senge durchreichte.

»Ich traue diesem Magister die Tat nicht zu, nicht einmal in seiner Lage«, sagte sie.

»Vorausgesetzt, er hat gelogen und wusste von Jelinskis Doppelleben, könnte es immerhin im Affekt passiert sein. Die beiden gerieten in Streit, Jelinski reizte ihn diesmal so, dass er völlig die Fassung verlor«, erwiderte Kai. Die Annahme war nicht von der Hand zu weisen.

»Aber die beiden sahen sich jeden Tag im Museum, Kai. Wenn er dort im Streit seinen Chef mit einem Rubens erschlagen hätte, dann könnte ich es nachvollziehen. Was sollten sie sich in dunkler Nacht zu sagen haben, was sie sich nicht am nächsten Morgen in einem ihrer Büros hätten sagen können?«

»Wahrscheinlich hatte der Magister schlaflose Nächte wegen der drohenden Kündigung. Sein Ruf scheint ziemlich ramponiert zu sein. Ich könnte mir vorstellen, dass es für ihn aktuell ziemlich eng wird auf dem Arbeitsmarkt für Museumsdirektoren.«

Kais Argumente waren nachvollziehbar, am Ende führten sie aber zu keinem konkreten Ergebnis. Es blieb ihnen nur, den DNA-Abgleich und die Überprüfung der Fingerabdrücke abzuwarten. »Ach übrigens, Kai. Wir sollten noch eine weitere Zeugin auf den Plan setzen ...«

»Du meinst Caroline Teichmann, Jelinskis Assistentin?«

»Ich mag Kollegen, die mitdenken«, erwiderte Hella und schmunzelte.

»Ist bereits geschehen.«

»Zwei zu null für dich.«

»Ziel erreicht«, meldete das Navi. An der Adresse in der Nordstadt stand ein mehrstöckiger Büro-Neubau mit Klinkerfassade. In der Nähe des Eingangs fiel ihnen eine jüngere weibliche Person auf, die ihre Zigarette in einem Alu-Ascher ausdrückte, als sie den Wagen auf den Parkplatz fahren sah. Auf Kais Zeichen hin lief die Frau direkt auf sie zu, öffnete die Tür hinter dem Beifahrer und setzte sich auf den Rücksitz. »Da bin ich. Fahren Sie los, die Kollegen müssen von unserem Treffen ja nicht unbedingt etwas mitkriegen.«

»Nun mal langsam«, erwiderte Hella. »Wer sind Sie überhaupt?«

»Na, Lisa Barner. Sie wollten mich sprechen, hat der Kollege am Telefon gesagt. Also hier bin ich. Vielleicht könnten wir etwas in der Gegend herumfahren, ab jetzt dauert meine Mittagspause noch ungefähr eine Viertelstunde.«

Ziemlich kess, die junge Frau, dachte Hella, aber vielleicht war sie auch nur nervös.

»Ein bisschen mehr Respekt, wenn ich bitten darf«, schaltete sich Fischbach ein, »ansonsten können wir Sie auch aufs Kommissariat bestellen.«

»Nein, bitte nur das nicht. Wenn man mich mit Ihnen sieht, ist das ein gefundenes Fressen für die Personalabteilung. Die Aufträge der Firma sind zurückgegangen, der Laden soll verkleinert werden. Aber ich muss drei Kinder versorgen, mein Mann ist Langzeitarbeitsloser.«

»Dann versuchen wir, die Sache möglichst schnell hinter uns zu bringen, Frau Barner«, hatte Hella ein Einsehen. Sie drehte den Zündschlüssel herum und verließ den Parkplatz in Richtung der Außenbezirke. »Wie erklärt sich die monatliche Überweisung auf Ihr Konto mit dem Verwendungszweck ›Besondere Umstände‹?«

»Ich habe mir gedacht, dass Sie das wissen wollen, nachdem ich in der Zeitung gelesen habe, dass er ermordet worden ist«, sprudelte Lisa Barner heraus. »Wir waren nie richtig zusammen, verstehen Sie? Wir haben uns an einem Abend kennengelernt ... Es war verrückt ... ein einziges Mal bin ich ohne meinen Mann ausgegangen ... hatte die Karten für die Vernissage bei einer Verlosung auf dem Weihnachtsmarkt gewonnen ... und nach der Ansprache, ich stand vor einem der ziemlich wirren Bilder mit einem Glas Sekt in der Hand, berührte er mich an der Schulter und erklärte mir, was der Künstler damit sagen wollte. Ich war total hingerissen, und zwischen uns hat es gefunkt, mehr noch, der Blitz schlug ein, wie ich es noch nie erlebt hatte. Ich bin auch nicht jemand, der so schnell ... Bis heute kann ich nicht verstehen, was mit uns passierte. Jedenfalls landeten wir in einem Abstellraum und ...«

»Danach kamen Sie sich wie benutzt und weggeworfen vor und beschlossen, aus dem Vorfall Kapital zu schlagen.« Fischbachs Spürnase hatte Witterung aufgenommen. Und Hella wusste mittlerweile, wenn er sich etwas in den Kopf gesetzt hatte, dann ...

»Nein, er war sehr freundlich zu mir, als wir beide aus dieser Situation aufgewacht sind, und zuerst ...«

»Zuerst haben Sie nicht daran gedacht, aber dann war es zu verlockend, sich auf einfache Weise ein Zubrot zu verschaffen, indem Sie dem berühmten Museumsdirektor androhten, ihn in Verruf zu bringen. War es nicht so? Wissen Sie, wie man das nennt?« Kai lief zur Hochform auf.

Der Vorwurf schien die junge Frau allerdings tief getroffen zu haben. »Nein, nein«, stammelte sie. »Es war anders: Ich wurde schwanger.«

Jetzt verschlug es Kai die Sprache. Hella hielt den Wagen am Straßenrand an. »Und was sagte Ihr Mann dazu?«, fragte sie.

»Ich schaffte nicht, es ihm zu beichten. Ich gab vor, das Kind sei von ihm. Er hat Alkoholprobleme, wissen Sie, er würde es nicht verkraften, wenn er wüsste ...«

»Und wie kamen Sie zu dem Geld?«

»Ich habe Bernhard Jelinski im Museum aufgesucht und ihm die Lage erklärt. Er wollte, dass ich abtreibe, aber das konnte ich nicht.«

»Und da haben Sie ihn vor die Alternative gestellt, eine Summe zu zahlen oder ...« Anscheinend hatte Kai noch nicht aufgegeben.

»Nein. Er wollte monatlich eine Summe auf ein Konto überweisen, das ich ihm nennen sollte. Das Angebot war großzügig, und ich nahm an.«

»Und seit wann lief es?«

»Yanni ist jetzt fünf, also seit fünf Jahren.«

»Gab es in letzter Zeit Komplikationen?«

»Nein, wir haben uns nie mehr gesehen. Jens, meinem Mann, erzählte ich, ich hätte einen Minijob, um die Haushaltskasse aufzubessern. Bitte sprechen Sie meinen Mann nicht darauf an. Es ist jetzt schon nicht leicht mit ihm und den Kindern. Dann würde er nur noch trinken.«

»Ihr Mann weiß also nach wie vor nichts von Ihrer Affäre?

»Nein, und so soll es bitte auch bleiben.«

Später, nachdem sie Lisa Barner in einer Seitenstraße nahe ihrer Arbeitsstelle abgesetzt hatten, machten sie Mittagspause in einem Bistro in der Wilhelmstraße. Natürlich konnte Hella nicht garantieren, dass Lisa Barners Mann nichts von alledem erfahren würde. Wer sagte ihnen, dass die Sache mit dem Kuckuckskind nicht doch aufgeflogen und Jens Barner in den Mord verwickelt war?

Die Ermittlungen kamen Hella wie ein unbeschilderter Kreisverkehr vor, sie wusste nicht, welchen Abzweig sie nehmen sollte. Auch der doppelte Jelinski wurde ihr allmählich unheimlich.

»Das Leben dieses Mannes ist der reinste Irrgarten«, seufzte Fischbach. Dem konnte sie nur zustimmen.

7. DAS THEMA DER SAMMLUNG

14.28 Uhr, Kommissariat Mitte. Nach der Mittagspause checkte Hella die E-Mails auf ihrem Computer. Tom Seipold hatte die Berichte zu den beiden ersten Befragungen bereits abgeschickt. Mittlerweile waren auch die noch fehlenden Ergebnisse der KTU vom Tatort, Jelinskis Wohnung und seiner Arbeitsstätte eingetroffen. Da die Kollegen keine Anhaltspunkte hatten, was sie konkret suchen sollten, war das Ergebnis entsprechend vielbeziehungsweise nichtssagend. Der Tatort selbst war von Fingerabdrücken übersät. Wie sich herausstellte, diente das Rasenstück zwischen den Mietshäusern den Jungen aus der Siedlung auch als Bolzplatz. In den Museumsräumen waren vor allem Jelinskis Fingerabdrücke und die des Magisters sichergestellt worden, was nicht weiter verwunderte. Schließlich hatten die beiden eng zusammengearbeitet, und das Reinigungspersonal wischte täglich durch, sodass sich vor allem ihre Abdrücke halten konnten.

Die DNA-Analyse ließ noch auf sich warten. Falls sich Spuren des Magisters auf der Kleidung des Ermordeten fänden, würde sich die Sachlage schlagartig ändern. Dann hätte er in entscheidenden Punkten die Unwahrheit gesagt und müsste als tatverdächtig eingestuft werden. Ein weiterer Ansatzpunkt war, dass Matthias Weniger und Jelinskis Assistentin Caroline Teichmann in einem Konkurrenzverhältnis standen, wie die Befragung am Morgen ergeben hatte. Auch das könnte auf ein Tatmotiv hinweisen. – Seit beinahe achtundvierzig Stunden ermittelten sie jetzt. Die Sammlung von Indizien wurde größer, aber das Thema, das alle verband, war noch nicht in Sicht.

Zwanzig Minuten später in der Museumsstraße 1 saß Hella Caroline Teichmann gegenüber. Entgegen dem Eindruck ihrer letzten Begegnung war sie kaum wiederzuerkennen, als wollte sie sich mit den erdbeerroten Lippen und der neuen Pagenfrisur selbst Mut machen. Ihre Nervosität schien sich jedoch kaum gelegt zu haben.

»Die Ausstellung wartet nicht, verstehen Sie? Es muss alles weiterlaufen. Und jetzt, wo Herr Jelinski …, fällt alles mir zu. Natürlich kenne ich seine Pläne bis ins Detail und weiß, wie er sich den Ablauf vorgestellt hat, schließlich habe ich mit Bernhard alles vorbereitet …«

»Soviel ich weiß, sind Sie nicht allein. Magister Weniger ist der stellvertretende Direktor und übernimmt jetzt die Leitung, oder?«

»Im Prinzip schon«, erwiderte Caroline Teichmann, während sie ihren Unmut darüber kaum verbergen konnte. »Am Mittag hat er sich allerdings für eine ganze Woche krankgemeldet.« Im Unterton der Assistentin schwang Verachtung mit.

Also unmittelbar nach der Befragung im Kommissariat, dachte Hella. »In welchem Verhältnis stehen Sie zu Magister Weniger?«

Caroline Teichmann zierte sich nicht lange, es wäre auch nicht überzeugend gewesen. »Manchmal war es nicht einfach. Ich war täglich mit Bernhard, ich meine mit Herrn Jelinski, zusammen, und er vertraute mir alles an. Unser Verhältnis war zeitweise sehr eng, und manchmal beauftragte er mich mit Dingen, die normalerweise der stellvertretende Direktor macht. Ich habe das übernommen, weil es sich so ergeben hatte oder der Magister gerade nicht zur Verfügung stand, weil er mit anderen Projekten beschäftigt war …«

»Sind Sie deswegen aneinandergeraten?«

Caroline Teichmann errötete. »Leider ja, es gab immer wieder Kompetenzstreitigkeiten. Mit ein bisschen gutem Willen … Aber Herr Magister Weniger ist bekannt dafür, dass …«

»Ja?«

»Er ist menschlich nicht einfach und reagiert sehr eifersüchtig, wenn er das Gefühl hat, übergangen zu werden.«

»Wurde er denn übergangen?«

Die Verlegenheit der Assistentin wurde spürbar größer. »Nicht direkt, wie gesagt ... Natürlich wollte ich in Bernhards Nähe sein ... ich habe mich mit ihm sehr gut verstanden ...«

»Hatten Sie ein Verhältnis mit Herrn Jelinski?« Ein Nein wäre ziemlich unglaubwürdig, dachte Hella. Allerdings schien die Assistentin mit der Frage nicht gerechnet zu haben. Wusste sie etwa nicht, dass dieser Mann seine Libido in alle Himmelsrichtungen ausgelebt hatte?

»Ja, aber nur etwa ein halbes Jahr. Ich hatte Verständnis, dass er seine Frau nicht im Stich lassen wollte. Sie ist ja schwer krank.«

Hella gegenüber hatte Désirée Jelinski jedenfalls keine Silbe darüber verloren.

»Ihr Verhältnis war also nur noch beruflich sehr eng? Und Sie waren ihm nicht böse deswegen?«

»Nein, man konnte ihm nicht böse sein. Er hat mir offen heraus gesagt, dass er unsere Beziehung beenden möchte. Ich war mehrere Tage ziemlich fertig, aber er gab mir zu verstehen, dass er mich als Assistentin behalten wolle und wir gute Freunde bleiben würden. Er versprach mir auch, mich mitzunehmen, wenn ...«

»Wenn was?«

Offenbar war ihr da etwas herausgerutscht. »Wenn er die Stelle in Kanada annehmen würde«, antwortete sie kleinlaut.

»Er wollte Braunschweig verlassen?«

»Ja, aber bitte behalten Sie es für sich.«

»War das auch Magister Weniger bekannt?«

»Ich weiß nicht. Jedenfalls stritten sie in letzter Zeit sehr viel.«

»Wissen Sie, worüber genau?«

»Nein, leider nicht.«

Aber es gab ein starkes Motiv. Angenommen der Magister wusste davon, müsste er nahezu vor Wut und Eifersucht verrückt geworden sein. Er selbst hatte seine Schuldigkeit getan und durfte gehen, während die Stelle des Direktors neu besetzt würde und das Objekt seiner Bewunderung mit der kleinen Assistentin den Karrieresprung machte. Die Tatsache, dass er sich krank gemeldet hatte, machte ihn erst recht verdächtig.

»Waren Sie an dem Montag vor Jelinskis Ermordung im Museum?«

»Ja.«

»Und war er in dieser Zeit im Haus?«

»Ja, er war am Nachmittag kurz einmal hier, wollte etwas in den Unterlagen zu den Leihgaben aus Zürich nachsehen. Ich habe sie ihm herausgesucht. Aber das dauerte nicht länger als eine halbe Stunde.«

»Und Magister Weniger?«

»Ich habe ihn einmal auf dem Gang getroffen. Manchmal arbeitet er auch montags.«

»Wissen Sie, wann er kam und wann er ging?«

»Nein. Aber es war etwa gegen 14.30 Uhr, als wir uns begegneten. Kurz danach habe ich Schluss gemacht.«

»Vielen Dank so weit.«

Auf dem Weg nach draußen überprüfte Hella in der Pförtnerloge die Aufzeichnungen der Außenkameras von Montag. Darauf griff sie zum Handy und setzte eine Besprechung um 18 Uhr in ihrem Büro an.

Matthias Weniger hatte keinen Festnetzanschluss, seine Handynummer und die Privatadresse ließ sich Hella von Kai Fischbach geben, der im Kommissariat den leidigen Aktenkram erledigte und neue Zeugen terminierte. Der Magister musste also nach der Befragung am Morgen umgehend zum Arzt gegangen sein. Sie konnte selbst bestätigen, dass er angeschlagen wirkte. Die Befragung hatte ihn an seine Grenzen gebracht, zumindest nervlich, das war unübersehbar gewesen. Entweder er litt stark darunter, unschuldig Verdächtigungen ausgesetzt zu sein, oder er trug schwer an dem, was er verschwieg, oder an den Lügen, wenn er denn gelogen hatte. Vielleicht sogar beides, dachte Hella. Es passte aber nicht zu dem pflichtbewussten und aufopferungsbereiten Magister, sich gleich eine ganze Woche krankschreiben und seine Mitarbeiter kurz vor der Ausstellung hängen zu lassen. War für ihn wirklich alles zu spät, dass er das Feld voll und ganz seiner Rivalin überließ? Immerhin kam er als Stellvertreter auch für Jelinskis Nachfolge infrage, und da hatte er jetzt alle Möglichkeiten, sich in Szene zu setzen.

Als Hella wieder in ihrem Wagen auf dem Parkplatz des Museums saß, gab sie Wenigers Nummer in ihr Handy ein. Die Mailbox meldete sich. Nach Kais Angabe wohnte er in der Böcklerstraße, nur ein paar Minuten entfernt. Ob er wollte oder nicht, sie würde dem Magister einen Überraschungsbesuch abstatten.

Er wohnte in einem modernen Appartementhaus, nach hinten hinaus erstreckten sich Sonnenbalkone. Hella seufzte. Fischbach hatte nicht unrecht, was nutzten Ruhm und Ehre im Staatsdienst, wenn die Gehaltsklasse nicht stimmte. Immer lagen die anderen in der Sonne. Sie drückte mehrmals den quadratischen Klingelknopf neben dem Namensschild, aber die Sprechanlage blieb stumm. Entweder lag der Magister auf seinem Balkon oder im Bett, hatte womöglich Beruhigungsmittel genommen und sein Handy ausgestellt. Doch sie würde nicht aufgeben, bis sie ihn erreicht hätte. Da näherte sich der verglasten Haustür von innen ein Schatten. Eine junge Frau mit Kinderwagen öffnete. Hella hielt ihr die Tür auf und fuhr anschließend mit dem Aufzug in den zweiten Stock. An der Wohnungstür des Magisters schellte sie noch einmal, klopfte.

»Herr Weniger? Hier ist Budde, Kriminalpolizei. Ich muss Sie dringend sprechen!« Doch von innen drang kein Geräusch nach außen.

»Vor gut einer Stunde ist er gekommen und nach kurzer Zeit wieder gegangen. Ich hab gehört, wie er seine Tür abgesperrt hat. Seit sein Chef ermordet wurde, ist er ganz durch den Wind. Er hat ihn ja sehr verehrt, müssen Sie wissen ...«

Hella drehte sich um. Die alte Frau mit der krächzenden Stimme erinnerte sie an jemanden. Offenbar gab es in jedem Mietshaus eine Frau Voglmaier.

»Woher wissen Sie das? Kennen Sie Herrn Weniger näher?«

»Nein, das nicht, aber ich nehme öfter seine Pakete entgegen, wenn er im Dienst ist. Einmal hat er mir eine Tasse Kaffee angeboten. Da habe ich die Fotos an der Wand gesehen, Direktor Jelinski und er ...«

»Wissen Sie, wohin Herr Weniger gegangen ist?«

»Nein, ich weiß nur, dass er in letzter Zeit jeden Abend ausging und erst gegen eins zurückkam. Wenn ich ihn sehe, kann ich ihm ja sagen, dass Sie ihn dringend sprechen wollen.«

»Ja, bitte. Er hat meine Nummer.« Vorsorglich gab Hella auch Wenigers Nachbarin ihre Karte.

Ergebnisse wollten sie. Die Pressekonferenz mit Senge saß Hella im Nacken. Zwar verdichteten sich die Verdachtsmomente gegen den Magister, doch die dünne Decke von Indizien reichte nicht einmal aus, einen schlüssigen Tatverlauf zu simulieren. Noch blieb ihr genug Zeit, um Jelinskis Witwe mit den Ergebnissen der heutigen Befragungen zu konfrontieren.

Diesmal öffnete ihr die Professorin selbst die Tür zur Wohnung in der Herzogin-Elisabeth-Straße. Aber sie war kaum wiederzuerkennen. Die Augen verquollen und müde, hielt sie in der rechten Hand ein halb volles Glas, dem Geruch nach Weinbrand. Die dicke rote Haarsträhne auf ihrem Kopf hatte den Halt verloren und hing ihr mitten ins Gesicht. Ihren schlanken Körper umhüllte ein ausgebeulter grauer Trainingsanzug, der offenbar vorher von einem Mann getragen worden war.

»Frau Budde ... Es passt gerade gar nicht. Ich fühle mich nicht ...«

»Nur ein paar Fragen, dann sind Sie mich los, versprochen.«

Désirée Jelinski gab nach und trat beiseite. Der Tod ihres Gatten hatte sie offenbar mehr aus der Bahn geworfen als zunächst angenommen.

Sie gingen ins Wohnzimmer. Vor dem Couchtisch lagen achtlos hingeworfen ein Paar hochhackige Schuhe.

»Bitte nehmen Sie Platz. Ich hoffe, Sie haben jetzt keine schlechte Meinung von mir, weil ich mich so gehen lasse. Immerhin bin ich hier zu Hause, meine Haushälterin hat frei, und ich konnte nicht damit rechnen, dass Sie mich so plötzlich wieder aufsuchen.«

In ihrem angeschlagenen Zustand erschien sie Hella direkt menschlich, die Frau Professor. »Nein, bestimmt nicht. Ich muss mich entschuldigen, aber es haben sich neue Fragen ergeben.«

»Schon gut, also los!« Sie sank schlaff in die Polster der Designercouch.

»Wir sprachen davon, dass Sie und Ihr Mann sich im Laufe der Jahre immer mehr voneinander entfernten. Lag es vielleicht daran, dass Sie keine Kinder hatten?«

»Ich sagte Ihnen bereits, am Anfang unserer Ehe engagierten wir uns beruflich so stark, dass ein Kind nicht infrage kam. Und später war es kein Thema mehr, weil wir beide unsere Berufe zu sehr liebten ...«

»War es nicht so, dass Sie auf Kinder verzichten mussten, weil Sie keine Kinder bekommen konnten?«

»Nein, jedenfalls nicht, was mich betrifft.«

»Wussten Sie, dass Ihr Mann mit einer anderen Frau ein Kind hatte?«

Désirée Jelinski schnellte aus der Ruheposition, Hella traf ein bestürzter Blick. »Wer sagt das?«

»Wussten Sie davon?«, bestand Hella auf eine Antwort.

»Nein, ich wusste es nicht.« Offenbar überwältigte sie ein Gefühl der Scham, sie bedeckte ihr Gesicht mit den Händen.

Es gab Momente im Leben einer Ermittlerin, dachte Hella, in denen man sich schäbig vorkam, aber es gehörte nun einmal dazu, auch das Privatleben der Leute aufzudecken. »Hatten Sie denn keine Einsicht in das Konto Ihres Mannes?«

»Wie Sie sagen, es war sein Konto. Er hatte seine Finanzen und ich meine. Unsere gemeinsamen Ausgaben haben wir extra verbucht … Muss ich jetzt etwas tun – wegen des Kindes?« Die Nachricht hatte wie ein Schlag auf sie gewirkt, verständlicherweise.

»Soweit ich die Mutter verstanden habe, ist sie froh, wenn alles unter der Decke bleibt. Sie brauchen sich keine Sorgen zu machen, das Kind hat offiziell einen anderen Vater.«

Das beruhigte sie erkennbar. Sie fing sich wieder.

»Eine Frage habe ich allerdings noch: Leiden Sie an einer schweren Krankheit?«

»Ich muss schon sagen, Frau Hauptkommissarin. Was hat das eine mit dem anderen zu tun? – Die Antwort ist Nein! Mein letzter Check beim Hausarzt hat jedenfalls nichts dergleichen ergeben.« Désirée Jelinski strich die rote Haarsträhne aus ihrem Gesicht. Ihr Blick war jetzt vollkommen klar, die Wirkung des Alkohols offenbar verflogen. »Ich weiß nicht, ob es Ihnen weiterhilft«, sagte sie jetzt mit einem Lächeln. »Ich leide unter temporären Gleichgewichtsstörungen und darf deswegen nicht Auto fahren.«

Ihren Sinn für Sarkasmus hatte sich die Professorin anscheinend behalten, dachte Hella, als sie in ihrem Dienstwagen über die Ringstraße in Richtung Altstadt fuhr. Jelinski hatte die Teichmann also angelogen, vermutlich weil sie mehr wollte. Aber auch die Witwe hatte versucht, Hella einen anderen Eindruck von ihrem Mann zu vermitteln. Offensichtlich war er nicht der Verfolgte, der sich vor der Damenwelt kaum retten konnte. Er nahm mit, was sich anbot.

Besprechung in ihrem Büro, dreißig Minuten vor der Pressekonferenz. Fischbach lümmelte auf einem Stuhl und kaute an irgendetwas. Senge, in Anzug und Krawatte, lief nervös auf und ab. Tom Seipold hatte sich verspätet und lehnte jetzt schmollend am Türrahmen. Wahrscheinlich passte ihm nicht, dass Hella ihn vorher nicht eingeweiht hatte.

»Nach bisherigen Erkenntnissen ergibt sich folgendes Bild von Jelinskis letztem Tag«, fasste Hella am Flipchart zusammen. »Den Montagmorgen verbrachte er – laut Aussage seiner Frau – bei einem ausführlichen gemeinsamen Frühstück in ihrer Wohnung. Am Nachmittag fuhr er ins Museum, stellte seinen Wagen gegen 14 Uhr auf dem Parkplatz ab und betrat das Gebäude – das bezeugen die Aufnahmen der Sicherheitskameras, die der Pförtner mir gezeigt hat. Jelinskis Assistentin, Frau Teichmann, hat ihm laut Aussage ein paar Unterlagen herausgesucht, die er einsehen wollte. Danach ist er gegangen. Das war gegen 14.40 Uhr.«

»Allein?«, fragte Tom Seipold.

»Gute Frage, Tom«, erwiderte Hella. Senge sollte selbst sehen, dass sie sich mit Tom besondere Mühe gab. »Das habe ich mich natürlich auch gefragt. Ja, er ist allein abgefahren.«

»Und was ist mit diesem Magister, Hella?«, mischte sich Senge ein. »Laut Befragung hatten sie doch öfter Streit. Sind sich die beiden an dem Tag noch begegnet?«

»Das kann ich nicht sagen. Laut Caroline Teichmann war auch der Magister zur gleichen Zeit im Haus. Ob sich die beiden allerdings getroffen haben …«

»Das liegt auf der Hand«, sagte Tom. »Der Mann war von Anfang an verdächtig. Ich verstehe nicht, warum …«

»Wenn Jelinski das Museum gesund verlassen hat, kann bis dahin auch kein Verdacht erhoben werden, oder?«, brachte Kai Fischbach den aufgebrachten Tom zum Schweigen.

»Jedenfalls haben sich ab dem Zeitpunkt keine weiteren Zeugen für seinen Verbleib gefunden«, ergänzte Hella.

»Und bis zu dem Mord vergingen noch mehr als zehn Stunden. Was hat er in der Zeit nur gemacht?«, dachte Senge laut nach und blieb mitten im Raum stehen.

»Vielleicht hat er seinen jüngsten Coup, den ›Miethai‹, vorbereitet, oder er hatte eine neue Flamme.«

»Bravo, Kai, du wirst immer besser. Wohl Sherlock Holmes gelesen?«, spöttelte Tom.

»Bitte, Kollegen«, versuchte der Kriminalrat die Betriebstemperatur zu senken. »Jedenfalls empfiehlt es sich, noch einmal einen Presseaufruf zu starten, um herauszufinden, ob jemand Jelinski oder seinen Wagen am Montagnachmittag und am Abend gesehen hat. Irgendjemandem muss er doch in der Zeit aufgefallen sein.« Er warf einen Blick auf seine Armbanduhr. »Das heißt für die Presse: Wir stecken mitten in den Zeugenvernehmungen, es haben sich vielversprechende Spuren ergeben, aber wir benötigen die Hilfe der Öffentlichkeit.«

Hella atmete auf. Senge hatte offenbar das Rezept für die Konferenz gefunden, und sie kam darin nicht vor. Wie ein Matador straffte er den Oberkörper und verließ, ohne Fischbach und sie eines weiteren Blickes zu würdigen, mit Tom den Raum.

Alles, was von diesem Tag übrig blieb, war das schale Gefühl, trotz beträchtlichem Aufwand nur wenig erreicht zu haben. »Bei fast jeder Ermittlung gibt es hoffnungslose Momente. Aber es stimmt auch: Ein einziger Anruf kann alles plötzlich ändern.« Soweit ihr guter alter Dad. Hella seufzte. Fischbach hatte ihr ein Feierabendbier angeboten, aber Bier war nicht ihre Sache. Selbst wenn ihr Fischbach immer sympathischer wurde, stand ihr der Sinn nach etwas anderem. Sie fuhr den Computer herunter, aus dem Blick in die Welt wurde ein schwarzes Loch, und sie suchte krampfhaft nach Halt, um nicht hineinzufallen.

Was war bisher gut gelaufen? Zwei der Befragten hatten nachvollziehbare Motive für einen Mord: Désirée Jelinski, die Witwe, und Matthias Weniger, sein Stellvertreter. Beide, weil sie dem Opfer Liebe und Treue erwiesen hatten und sich betrogen und verraten vorkommen mussten. Aber beide wussten offenbar nichts von seinem Doppelleben als Straßenkünstler. Und warum sollten sie sich ausgerechnet den Tatort und die Uhrzeit aussuchen?

Ein letzter Anruf bei der KTU. Die DNA-Analyse ließ auf sich warten. Und jetzt? – Sie wollte noch nicht nach Hause gehen. Jeden Abend kamen die Gespenster. Immer wieder fragte sie sich, wie sie so naiv sein konnte, zu glauben, dass mit einem Wechsel nach Braunschweig alles gut werden würde. Sie hatte nicht übel Lust, es wie die Professorin zu machen und sich zu betrinken. Aber sie wurde gebraucht, gleich morgen früh … Das Handy schnarrte. »Budde?«

»Hier Mamma Calzone.« Ein kehliges Lachen folgte. Hella kannte die tiefe Stimme, nur woher?

»Bitte um Entschuldigung, kleiner Scherz. Hier ist Weinreb. Sie erinnern sich, das Faktotum mit dem grünen Kittel aus der Gerichtsmedizin. Ich wollte gerade zum Italiener und mir den Bauch vollschlagen. Aber allein macht es nicht so viel Spaß, und da habe ich an Sie gedacht. Vielleicht haben Sie ja Lust und Zeit?«

Noch ein Gespenst, dachte Hella, aber Calzone war ein Angebot, und Papa Henning hatte wieder einmal recht behalten.

8. DER SCHRECKLICH GELIEBTE

Am nächsten Morgen um 7.12 Uhr saß Hella im Linienbus Richtung Altstadt. Es war Freitag, der vierte Tag der Ermittlungen. Ein Mann vor ihr hielt seine Zeitung so günstig, dass sie mühelos den Aufreißer lesen konnte: »Wenn Löwen weinen«. Offenbar waren damit die Braunschweiger gemeint. Alle weinten um Straßenherz, der mit seinen Tierbildern Missstände der Stadt aufgedeckt hatte.

Laut Kriminalrat Senge laufen die Ermittlungen nach dem Täter auf Hochtouren. Sein Team habe bereits Indizien sichergestellt, bestätigte er in der Pressekonferenz, bat aber gleichzeitig um Verständnis, dass er keine genaueren Auskünfte geben könne, um den Erfolg nicht zu gefährden. Er müsse die Bevölkerung noch einmal um Mithilfe bitten. Es gebe Zeiträume, in denen ungeklärt sei, wo sich Straßenherz bzw. Museumsdirektor Jelinski am Tag vor seiner Ermordung aufgehalten habe. Wer den Wagen mit dem Kennzeichen …

Haltestelle Schloss. Der Mann vor ihr raffte seine Zeitung zusammen und stieg aus.

»Ich glaube, der Fall zählt zu den aufsehenerregendsten der Braunschweiger Kripo, und die hat weiß Gott schon einiges erlebt«, fielen Hella die Worte von Daniela Weinreb ein. Bereits nach dem ersten Schluck Rotwein beim Italiener hatten sie sich so gut verstanden, dass sie und die Gerichtsmedizinerin zum Du übergegangen waren.

»Nicht auszuschließen«, hatte Hella erwidert, »aber das hilft uns nicht weiter.«

»Tappt ihr denn immer noch im Dunkeln? – Entschuldige, ich will dich nicht ausfragen. Wie gesagt, weiß ich nicht viel von Jelinski. Im Nachhinein sind mir noch einige Gerüchte zu Ohren gekommen, die seine Leidenschaft für Frauen betreffen. Pech für mich, dass ich ihn erst auf dem Seziertisch näher kennengelernt habe.« Sie hatte dieses tiefe, kehlige Lachen gelacht, das Hella anziehend fand. Die ganze Person verströmte einen einnehmenden Charme. Doch deswegen beneidete Hella sie nicht. Es war die Art, wie sie aß, scheinbar so sorglos, ohne jedes schlechte Gewissen oder Angst, wieder einmal den verdammten Kalorienkrieg zu verlieren. Und dabei war sie gertenschlank. Allerdings hatte Hella leises Entsetzen bei der Vorstellung gepackt, dass die auffallend großen und kräftigen Hände, die behutsam mit Messer und Gabel eine Calzone zerteilten, tagsüber Leichen aufschnitten.

»Münzstraße.« Sie musste raus. Ein Kollege, der nicht besonders gut auf sie zu sprechen war, wartete bereits im Kommissariat.

»Guten Morgen, Tom.«

Tom Seipold stand am Fenster ihres Büros und starrte auf den Hof hinunter. Als er sich ihr zuwandte, erwischte Hella seine offen zur Schau gestellte Antipathie wie eine Druckwelle.

»Sie wollten mich sprechen?«, fragte er.

»Ja, es geht um unsere Zusammenarbeit. Hören Sie, Tom, ich will alles tun, um …«

»Behandeln Sie mich bitte nicht wie einen schwer erziehbaren Jungen«, unterbrach er sie sofort. »Ich habe Mist gebaut, das habe ich eingesehen.«

»Das stimmt so nicht, Tom. Meiner Meinung nach sind Sie die Befragung des Magisters einfach nur zu hart angegangen, aber vor allem haben Sie hinterher auf die Kritik nicht professionell reagiert.«

»Okay, okay, und weil ich überreagiert habe, darf ich jetzt bis in alle Ewigkeit Telefondienst schieben, oder was?«

Der Mann kam ihr kein Stück entgegen. Sie ahnte, dass er der Prüfstein für sie als Leiterin der Ermittlungstruppe sein würde, die Herausforderung, die sie annehmen musste, wenn sie bleiben wollte. Daran hatte sich nichts geändert. Hella entschied sich, es frontal anzugehen. »Ich möchte, dass wir nach der Morgenbesprechung dem Magister gemeinsam einen Besuch abstatten. Es gibt neue Erkenntnisse aus der Befragung Teichmann, und möglicherweise ist er seinem Chef als einer der letzten Zeugen vor dem Mord begegnet. Nach der gestrigen Befragung hat Weniger allerdings nichts mehr von sich hören lassen, und diesmal kann es nur an mir gelegen haben ...« Sie lächelte versöhnlich in seine Richtung. »Wir sehen uns gleich beim Kriminalrat.«

Fürs Erste schien die Lage beruhigt.

»Übrigens«, rief sie ihm noch hinterher. »Ich heiße Hella.«

»Tom«, erwiderte er, lächelte aber nicht.

In Senges Büro waren die jüngsten Ergebnisse zur Sprache gekommen. Für den Kriminalrat bestand höchste Dringlichkeitsstufe. »Da haben wir unsere Spur. Jetzt müssen wir sie nur konsequent verfolgen.«

Auf dem Weg zum Appartement des Magisters in der Böcklerstraße versuchte Tom Seipold mehrfach, ihn über Handy zu erreichen – wieder ohne Erfolg. Auch an der Haustür schellten sie vergeblich, bis ihnen die Nachbarin öffnete.

»Es muss gestern sehr spät geworden sein, Frau Kommissarin. Ich bin gegen halb zwei ins Bett gegangen und habe ihn nicht mehr gesehen.«

Sie nahmen den Aufzug in den zweiten Stock.

»Herr Weniger, Kriminalpolizei. Sind Sie zu Hause?«, rief Hella an der Wohnungstür.

Kein Echo.

»Wir müssen die Tür aufbrechen, wenn Sie uns nicht öffnen.«

Natürlich würden sie zuerst versuchen, einen Ersatzschlüssel zu beschaffen, schließlich ging es nicht darum, ein Mafia-Nest auszuheben. Doch aus dem Inneren des Appartements drang weiterhin kein Laut. Eine ungute Ahnung beschlich Hella.

Nur Minuten später steckte der Hausmeister, der parterre wohnte und vom gestrigen Besuch der Polizei erfahren hatte, den Zweitschlüssel ins Schloss, ohne auf Widerstand zu stoßen. Er drehte ihn um und öffnete die Tür, worauf Tom seine Dienstwaffe entsicherte und als Erster die Wohnung betrat.

»Hallo, jemand zu Hause? – Herr Weniger?«, rief Hella. »Hier ist die Polizei. Wir haben nur ein paar Fragen, dann sind Sie uns los.«

Keine Antwort.

Tom rückte mit gezogener Waffe Schritt für Schritt vor, während seine Blicke jeden Raum scannten. Durch das kurze Stück Flur erreichten sie eine Lounge mit offener Küche und Bar. Alle Schikanen und bestens gepflegt, dachte Hella, überhaupt schien in der Wohnung eine peinliche Ordnung zu herrschen. An den Wänden hingen Ausstellungsplakate des Herzog Anton Ulrich-Museums. Von einem starrte sie das abgeschlagene Schlangenhaupt der Medusa an. Ein säuerlicher, unangenehmer Geruch lag in der Luft. Offenbar war länger nicht gelüftet worden,

»Sieh dir das an!«, kam von Tom, der jetzt auch das zweite der beiden hinteren Zimmer gesichert hatte. Hella hatte es gewusst …

Es war das Schlafzimmer des Magisters. Doch … wo war er? – Das Bett war unbenutzt. Tom Seipold stand neben einer altmodischen Frisierkommode und betrachtete die Fotos, die auf dem Spiegel klebten und fast die Hälfte der Wand bedeckten. Bilder aus mehreren Jahrzehnten: Bernhard Jelinski allein und mit Matthias Weniger zusammen. Auf den meisten Bildern wirkten sie wie alte Freunde, eines zeigte sie lachend auf einem Boot vor der Kulisse von Dubrovnik, auf einem anderen blickten sie sich gegenseitig tief in die Augen, wie nur Menschen es tun, die sich voll und ganz vertrauen. Unter einem Foto war ein Herz mit Lippenstift auf die Tapete gemalt: Bernhard und Matthias. »Es war wirklich Liebe«, dachte Hella laut.

Toms Augen glänzten. »Ich hab es ja gesagt, ich hab es *von Anfang an* gesagt. Er hat ihn auf dem Gewissen, ob geplant oder nicht. Aus Liebe wurde Hass, das alte Spiel.«

»Moment, Tom. Die Fotos bezeugen nur, dass die beiden sehr eng befreundet waren. Nicht, dass sie sich hassten ...«

»Und warum ist er dann verschwunden? Meldet sich krank und lässt nichts mehr von sich hören? Vielleicht wusste er von Jelinskis Doppelleben, hat ihn gestalkt und auf die Weise entdeckt, dass er Straßenherz war. Wenn es nach mir ginge, dann ...«

Seine Folgerungen waren nicht von der Hand zu weisen. Eine Spur, die wir sehnsüchtig erwartet hatten, würde der Kriminalrat sagen und ihm auf die Schulter klopfen. In Hellas Kopf liefen die Fakten ab wie in einem Polizeibericht: 9.32 Uhr. Der Zeuge Matthias Weniger, der in äußerst engem Kontakt mit dem Ermordeten stand, ist nicht auffindbar. Seit gestern krankgeschrieben, hält er sich dennoch nicht in seiner Wohnung auf. Es besteht Tatverdacht wegen der erweiterten Indizienlage.

Sie sollte die Spurensicherung einschalten, aber Weniger hatte bereits viele Stunden Vorsprung. Bis die KTU hier auftauchte, wäre er endgültig über alle Berge.

»Okay, Tom, Gefahr im Verzug. Das rechtfertigt einen kurzen Check der Räume«, sagte sie. Nur wonach sollten sie hier suchen? So weit das Auge blickte, hatte alles seine Ordnung in dieser Wohnung, kein oberflächlicher Hinweis darauf, warum der Bewohner diese Räume verlassen hatte und wohin er gegangen war.

Es blieb ihnen, nach weiteren Fotos oder Gegenständen zu suchen, die als Anhaltspunkte taugten. Jelinski konnte doch nicht der einzige Mensch gewesen sein, der im Leben des Magisters eine Rolle gespielt hatte. In der Lounge stellte Tom Fotoalben sicher. Bilder aus Wenigers Heimat Wien, woher anscheinend seine ganze Familie stammte. Ein vergilbtes Bild von der Apotheke eines Franz Josef Weniger zeugte davon. Aber das führte nicht weiter.

Der Inhalt des Kleiderschranks bestätigte, dass der Magister exklusive Outfits liebte. Designer-Anzüge, Westen in allen Farben, Kaschmirpullover und Seidenhemden. Er verstand offenbar etwas von Mode. Auf den ersten Blick fehlte nicht viel, was darauf schließen ließ, dass er nicht die Absicht hatte, lange zu verreisen. Hella kontrollierte die Taschen der Jacketts, ohne etwas zu finden. Als sie die Schiebetür weiter öffnete, erlebte sie allerdings eine Überraschung: Frauenkleider. Wohnte der Magister etwa nicht allein? Sie zog die Schubladen der Friseurkommode auf.

»Der Werkzeugkasten eines Maskenbildners könnte nicht besser ausgestattet sein …«, kommentierte Tom, der aus der Lounge ins Schlafzimmer gekommen war und ihr über die Schulter schaute.

»Du meinst …?«

»Na klar. Der Magister ist eine echte Tunte, und nach meinem Eindruck versucht er mit allen Mitteln, seine Spuren zu verwischen.«

Toms Ausdrucksweise gefiel ihr nicht, aber es blieb Hella keine Zeit, um das klarzustellen. Sie schickte ein aktuelles Foto des Gesuchten mit dem Smartphone an Kai Fischbach. »Bitte bundesweite Fahndung einleiten. Er könnte sich auch als Frau verkleidet haben.«

»Ach du liebes Lottchen«, stöhnte Kai und legte auf.

In einer der Handtaschen, die auf dem Boden des Schranks lagen, fand Hella Zuckertütchen mit der Aufschrift »Café Sunshine«. »Kennst du das Café?«, fragte sie Tom, wartete aber seine Antwort nicht ab und orderte die Spurensicherung.

An der Fallersleber Straße lag das unscheinbare Café, hinter dessen Namen man eher ein Sonnenstudio vermutete. Der Innenraum erinnerte an eine italienische Eisdiele mit kleinen runden Tischen und Polsternischen an den Seiten. Gäste hatten sich offenbar noch keine eingefunden. Hinter dem Tresen werkelte jemand, dessen dottergelber Haarschopf nicht zu seiner faltenreichen Gesichtslandschaft passen wollte.

»Ja bitte? Eigentlich ist noch geschlossen ...«

»Kriminalpolizei, Budde. Das ist mein Kollege Seipold. Wir suchen nach einer Person, die hier Gast sein könnte.«

»Das ist aber ganz schlecht, ihr Lieben. Ich habe ein Gedächtnis wie ein Sieb und bin nur halbtags hier. Ausgenommen gestern, da hatte der Uwe frei und ich musste auch abends einspringen. Man freut sich ja, wenn man gebraucht wird, aber davon habt ihr keine Ahnung. Ihr seid ja noch so jung ...« Die Falten in dem Gesicht formierten sich zu einem Lächeln, das eher abschreckend wirkte. »Ich bin übrigens der Dieter.«

Hella legte das Foto des Magisters auf den Tresen. »Haben Sie diesen Mann schon einmal gesehen?«

Er schaute kaum hin. »Wie gesagt, ich ...«

»Es geht hier um ein Verbrechen«, fuhr Tom Seipold mit stahlharter Stimme dazwischen. Sofort erstarb das Lächeln hinter dem Tresen. Nicht schon wieder, dachte Hella. Aber Tom hatte sich rechtzeitig im Griff.

»Ist ja schon gut ... Angst machen gilt nicht«, erwiderte Dieter, dem die Hände vor Schreck zitterten. »Dazu muss ich mir aber erst die Brille holen.« Die lag neben der Zeitung auf einem der Tische. Er sah sich das Foto in aller Ruhe an, während er immer wieder einen Seitenblick auf Tom Seipold warf. »Ja, ich erkenne ihn«, sagte er endlich. »Er war hier. Am Nachmittag war er hier, hat einen Espresso bestellt. Und geweint hat er, war ganz von den Socken. Er konnte einfach nicht verwinden, dass ihn seine große Liebe so hintergangen hatte. Herzerweichend ...« Dieter seufzte.

»Ist Ihnen sonst noch etwas an ihm aufgefallen?«

»Was meinen Sie?«

»Hat er mehr von sich erzählt? Wo wollte er hin, was hatte er vor?«, fragte Hella.

Tom hielt sich jetzt ganz zurück, was den Zeugen sichtlich entspannte.

»Er faselte davon, dass wir uns nie wieder sehen würden. Dann trank er noch einen Weinbrand und nahm seinen kleinen Koffer ...«

»Er wollte verreisen?«

»Ja. Wohin soll's denn gehen, hab ich ihn gefragt. Doch er antwortete nicht darauf, legte schweigend einen Zwanziger auf den Tisch und ging. – Hat man etwa ihn ...?«

»Nein«, sagte Hella nur. »Danke für die Auskunft.«

Der Magister hatte einen Koffer bei sich, als er seinen Abschiedsschluck im Sunshine nahm. Warum hatte er ihn nicht im Auto gelassen, fragte sich Hella auf dem Weg zurück zum Wagen. Ganz einfach, weil er nicht mit dem Auto gekommen war.

»Tom, hast du die Nummer vom Hausmeister?«

»Welchem Hausmeister?«

»Dem von heute Morgen.«

»Schmidt heißt der Mann.«

Hausmeister Schmidt bestätigte, dass Wenigers BMW in der Tiefgarage des Appartementhauses parkte. Weniger musste also mit Bus, Bahn oder Flugzeug unterwegs sein.

Die Fahndung lief, aber von Kai Fischbach war noch keine Rückmeldung gekommen. Die Vorstellung, der Magister könnte mit einem Vorsprung von Stunden Deutschland längst verlassen haben, machte Hella nervös. Dann rief der Kollege endlich zurück. »Die Kameras im Hauptbahnhof haben ihn erwischt. Dort ist er gestern Nachmittag um 16.34 Uhr in den Regionalzug nach Goslar gestiegen.«

»Bitte frag bei allen Stationen nach, ob und wann er gesehen wurde.«

»Ist bereits geschehen. Anscheinend ist er bis Endstation gefahren. Eine Überwachungskamera hat ihn am Goslarer Busbahnhof erwischt.«

»Setz dich bitte mit den Kollegen in Goslar in Verbindung, Kai. Verstärkung ist unterwegs.«

Hella überließ Tom Seipold das Steuer. Der schien das Ventil jetzt zu brauchen und drückte aufs Gas. Was der Magister wohl im Harz wollte, fragte sie sich, während sie verstohlen Toms angestrengt mahlende Kiefermuskulatur beobachtete.

Aus dem Silbergrau des Horizonts erhob sich das satte Grün der Berge, Bad Harzburg lag vor ihnen. Zeit genug, sich ein aktuelles Bild nach den neuesten Fakten zu machen. Den Kollegen Seipold fragte Hella erst gar nicht, sie kannte ja seine Meinung.

Nach den Schilderungen des Kellners vom Sunshine musste Matthias Weniger vollkommen verzweifelt gewesen sein. Hella schätzte ihn nicht als gewalttätig ein, aber durchaus als emotionalen Typ, der zu einer spontanen Tat fähig war. Dass ihn sein geliebter Chef mutmaßlich fallen gelassen und unerträglich gedemütigt hatte, reichte als Motiv für einen Mord vollkommen aus.

Anruf auf dem Handy: Hauptkommissar Fricke, Goslar. Eine Meldung von der Polizeistation Hahnenklee sei eingegangen. Leichenfund in der Pension Hirschschläger auf der Lautenthaler Straße.

Dreißig Minuten später präsentierte sich vor ihr in einem Zimmer der Pension Hirschschläger die schaurigste Ausstellung zum Thema Liebe, die Hella je gesehen hatte. Die Leiche in Frauenkleidern – im Stil der Zwanziger des letzten Jahrhunderts – lag auf dem Bett, umrahmt von Briefen, die offenbar noch kurz vor dem Tod gelesen worden waren. Stark geschminkt, konnte man das Gesicht des Magisters nur erkennen, wenn man es darauf anlegte. Eine fast perfekte Inszenierung, die nur den Makel hatte, dass dem Toten Schaum vor dem Mund stand und im Todeskampf die Perücke verrutscht war. Neben seiner rechten Hand lag ein Brief, geschrieben in zittriger Schrift.

Mein schrecklich Geliebter,
den letzten Brief an dich schreibe ich in der kleinen Pension, in der wir einmal übernachteten, als wir unsere Quartalsbesprechung in den Harz verlegt hatten und es spät geworden war. Weißt du noch? Dieser Ort ist so friedlich und idyllisch, deshalb habe ich ihn ausgesucht. Hier wird man mich inmitten der Briefe an dich finden, die ich nie abschickte. Die Leute sollen wissen, wie ergeben ich dir war und wie du mich dafür behandelt hast. Es war so einfach, mir allein die Schuld für die Pleite damals zuzuschieben, Bernie, obwohl du wusstest, dass nicht nur ich Fehler gemacht hatte. Vielleicht bin ich in künstlerischen Belangen wirklich nur ein Wurm, der die Werke der genialen Geister, die sie gemalt haben, nicht annähernd versteht und der es nicht würdig ist, dass seine banalen Gedanken mit ihnen in Berührung kommen. Aber auch eine herausragende Begabung wie du, der sie versteht, braucht Hilfe, und diese Hilfe gab ich dir. All den kleinen Mist nahm ich dir ab, damit du atmen konntest. Hättest du mir nicht allein aus Anerkennung für die vielen kleinen Dienste noch einmal eine Ausstellung überlassen können? Hatte ich mir diese zweite Chance nicht verdient?
Und noch etwas: Du wusstest, was ich für dich empfand, und du wusstest, dass ich darunter gelitten habe, mitansehen zu müssen, wie du eine nach der anderen abgegriffen hast. Ich weiß, das kann ich dir nicht vorwerfen,

und ich musste damit leben, aber mich am Ende so zu
hintergehen, war unverzeihlich ...
Jetzt kannst du mich nicht mehr verletzen, doch es tut
mir weh, dass es so kommen musste. Der Gedanke ist
mir unerträglich, dich nie mehr zu sehen. Jede Nacht
träume ich von dir, träume davon, dass ich neben dir
im Grab liege. Es ist dunkel da unten, so furchtbar dun-
kel. Aber du musst nicht allein sein, ich bleibe an deiner
Seite, wo immer der Weg uns hinführt ...

Auf der Rückfahrt nach Braunschweig grinste Tom Seipold
zufrieden vor sich hin, während Hella ein flaues Gefühl im
Magen spürte, das anders war als das übliche Hungergefühl.
»Es gibt Fälle, die bleiben unauslöschlich in deiner Erinnerung«,
fiel ihr ein Spruch ihres Vaters ein, und dieser gehörte für sie
bereits dazu. Nie würde sie das verstörende Bild der Verzweif-
lung und Hoffnungslosigkeit vergessen, das sich ihr in diesem
Pensionszimmer geboten hatte.

»Die reinste Dramaqueen, dieser Typ«, brach Tom Seipold
das Schweigen zwischen ihnen. Hella hatte nicht die geringste
Lust auf das Gespräch, es war nicht schwer zu durchschauen, auf
welchen Satz es hinauslaufen sollte: »Ich habe ja gleich gesagt,
dass er der Täter ist, aber auf mich hört ja keiner.«

Im Oberharz hatten sie noch die ersten Ergebnisse der KTU
abgewartet. Die Wirtin und ihr Mann waren als Zeugen vernom-
men worden. Sie konnten allerdings keine weiteren Angaben
machen, als dass der Gast ohne besondere Auffälligkeiten ange-
reist war und sich sofort auf sein Zimmer zurückgezogen hatte.
Laut Arzt war der Tod bereits am Vortag eingetreten. Die Wirtin selbst hatte den Magister am nächsten Morgen gefunden, als
sie das Zimmer aufräumen wollte. Da war alles zu spät gewesen.

Dass es sich um Selbstmord handelte, war unschwer nach-
zuweisen. Der letzte Brief bezeugte es. An der Leiche war kei-

nerlei Gewalteinwirkung festzustellen gewesen, und aus dem Mund des Toten war ein leichter Mandelgeruch gedrungen. Das Zyankali hatte er offenbar in einer kleinen goldenen Dose mit sich herumgetragen, welche von den Kollegen auf dem Teppich vor dem Bett sichergestellt worden war.

»Wie man es nimmt, Tom«, erwiderte sie, um nicht den Eindruck zu erwecken, dass sie seiner Meinung war.

»Für mich ist es ein klares Geständnis. Er wollte seine Tat durch dieses Theater nur rechtfertigen.«

»Wie man in den Briefen nachlesen kann, war er bereits länger ein Selbstmordkandidat …«

»Aber in einem stand unmissverständlich der Satz: *Dafür könnte ich dich umbringen.* – Für mich gibt es da nichts zu deuteln, Hella. Er war an dem Punkt angekommen, die Rechnung mit Jelinski zu begleichen, um sich dann endgültig zu verabschieden.«

Das siegessichere Grinsen auf Toms Gesicht wurde breiter, und Hella musste einsehen, dass sie – Stand der Dinge – keine stärkeren Argumente vorbringen konnte, auch wenn die Schuld des Magisters nicht eindeutig bewiesen war. Doch es kam noch schlimmer: Im Kommissariat wartete Kriminalrat Senge, und auch er würde darauf bestehen, den richtigen Riecher gehabt zu haben.

9. DECKEL DRAUF

Die Besprechung im Kommissariat lief ab wie erwartet. Senge konnte es kaum erwarten, Genaueres zu erfahren, und Tom Seipold berichtete ihm, was er hören wollte.

»Ich fasse zusammen«, sagte der Kriminalrat und war in Gedanken vermutlich bei der nächsten Pressekonferenz, »Matthias Weniger ist dringend verdächtig, den Mord an seinem Chef, Bernhard Jelinski alias Straßenherz, begangen zu haben. Die Lage der Indizien weist daraufhin, dass er die Tat vorsätzlich ausgeführt haben könnte ...«

»Wenn du ausblendest, dass am Tatort nicht die geringste Spur des Verdächtigen gefunden wurde, weder Fingerabdrücke noch ein DNA-Nachweis, wie die KTU mitgeteilt hat«, versuchte Hella, ihn von seiner Linie abzubringen.

»Das ist mir klar, Hella, aber die Briefe zeichnen ein ziemlich klares Bild von dem Verhältnis der beiden. Vonseiten Wenigers war es jedenfalls eine unglückliche Liebe, die mit unerfüllbaren Wünschen verbunden war, und – das lässt sich belegen – in Hass umgeschlagen ist ...«

»Wie ich von Anfang an sagte«, kam jetzt der Satz von Tom Seipold, auf den Hella gewartet hatte und der ihr vor Wut die Röte ins Gesicht trieb.

»Du kannst doch diese pathetische Gefühlsduselei in den Briefen nicht für bare Münze nehmen!« Ihr platzte fast der Kragen.

»Tut mir leid, Hella, aber er bezeugt schwarz auf weiß die Absicht, den Geliebten umzubringen.« Der Kriminalrat schien sich seine Meinung gebildet zu haben, was Tom ermutigte, seine Theorien weiterzuverbreiten.

»Für mich liegt nahe, dass der Mann seinen Geliebten auch gestalkt hat. Er schnüffelte ihm nach und wusste von seinem Doppelleben als Straßenkünstler. Dann bekam er heraus, dass die Teichmann ihn ausgebootet hatte, und schlug zu. Er stellte Jelinski bei seiner Arbeit als Straßenkünstler und drohte, seine Doppelidentität auffliegen zu lassen, wenn er ihm keine zweite Chance geben würde. Aber der zeigte ihm nur die kalte Schulter, und ...«

»Reine Spekulation«, entgegnete Hella. »Nicht ein Indiz, das diese Theorie stützt.«

»Da bin ich anderer Meinung«, ging Senge wieder dazwischen. »Auch der Magister ist tot, Hella, wir können ihn nicht mehr verhören, aber die Zeugin Teichmann, die du selbst befragt hast, bestätigt Wort für Wort, was offenbar in den Briefen steht.« Er erhob sich gut gelaunt von seinem Drehsessel. »Ihr werdet mich jetzt entschuldigen. Ich danke euch, letztlich hat saubere Polizeiarbeit wieder einmal zum Ziel geführt«, worauf er Tom die Hand schüttelte und auch Hella seine Rechte entgegenstreckte. »Ich danke dir, Hella, ein guter Einstand. Für mich ist der Fall so gut wie abgeschlossen. Ich tendiere auch zu Toms Vorstellung vom Tathergang. Ich erwarte also einen Bericht, der die Ergebnisse der Ermittlungen ins richtige Licht rückt.«

Hella nahm die Hand nicht. »Entschuldige, aber für mich wirft der Fall noch zu viele Fragen auf.« Sie musste es jetzt sagen. Als Leiterin der Ermittlungen konnte sie dieses Ergebnis nicht mittragen. Es gab keinerlei Beweise, und ihr reichten die Indizien nicht aus. Für sie sah es so aus, als wollte man einem Toten die Schuld zuschieben, weil er sich nicht mehr wehren konnte und andere damit besser lebten. Ein passender Bericht und Deckel drauf. Auch Unschuld galt über den Tod hinaus.

Senge hatte die Türklinke noch nicht berührt, als er sich verärgert zu ihr umdrehte. »Natürlich warten wir die Untersuchungsergebnisse zum Leichenfund im Harz ab. Und jedes Wort im Bericht muss ausreichend begründet sein.« Doch damit ließ er es nicht bewenden: »Sie sind noch neu hier, werte Kollegin«, siezte er sie plötzlich wieder, »und haben sich offenbar noch nicht an unsere Arbeitsweise gewöhnt. Deshalb noch einmal, um Missverständnissen vorzubeugen: Hier ziehen wir alle an einem Strang, und Kollegen, die querschießen, müssen sich den Vorwurf gefallen lassen, dass sie den Erfolg nicht wollen.«

Hella saß in der Küche ihrer Wohnung und starrte auf ein Glas O-Saft. Sie fühlte sich krank, wahrscheinlich war sie es auch, denn sie hatte keinen Appetit. Kollegen, die querschossen, gefährdeten also den Erfolg. Offenbar war sie ein Fremdkörper in dieser Abteilung, *sie* störte den Ablauf, während andere Theorien aufstellten, die den Betrieb gut aussehen ließen. Verständlicherweise stand Senge unter Druck, der Öffentlichkeit einen Täter zu präsentieren. Alle sollten das Gefühl haben, dass Braunschweig eine leistungsfähige Polizei hatte, die ihre Bürger schützte. Aber solange der Tathergang und die genauen Hintergründe nicht plausibel geklärt waren, gab es auch keinen Täter.

Hella warf einen Blick aus dem Fenster ihrer Küche. Am Horizont fand ein Farbwechsel statt, die untergehende Sonne tauchte den Himmel in gleißendes Pink. Abendstimmung …

Senge war bei der Besprechung der Kragen geplatzt, das war okay, aber musste es vor Tom sein? Galt das mit dem Fingerspitzengefühl nicht auch für sie? Als Senge den Raum verlassen hatte, herrschte Schweigen zwischen Tom und ihr. Es gab nichts zu sagen. »Also dann, Hella, bis morgen in alter Frische.«

»Bis morgen, Tom«, hatte sie erwidert und war noch froh gewesen, dass ihre Stimme nicht zitterte. Die Runde ging eindeutig an ihn, und sie musste sich eingestehen, dass die Schlüsse, die Tom und der Kriminalrat aus den Vernehmungen zogen, der Wahrheit entsprechen könnten. Vielleicht hatte sich der Magister im Laufe der Zeit selbst in Rage geschrieben. Sein Hang zum Drama und die Umstände, die sich immer mehr zuspitzten, hätten am Ende zum Mord führen können. Warum also sperrte sie sich dagegen? War sie störrisch und rechthaberisch? Oder schlichtweg eifersüchtig, weil andere schneller waren und ihr den Erfolg streitig machten?

Sie horchte in sich hinein, die Stimme ihres Dads schwieg. Vielleicht ließ ihr Vater sie diesmal mit voller Absicht allein. Sie nahm sich jedenfalls vor, sich Senge gegenüber zurückzuhalten, auch wenn sie dem Magister bei allen Indizien, die gegen ihn sprachen, nie im Leben einen blutigen Messermord zutraute.

Nach einer unruhigen Nacht wachte Hella schweißgebadet auf. Sie hatte geträumt, durch den Harz zu wandern. Aber der Wald war anders, nicht sattgrün, wie sie ihn von ihrer Jugend her kannte. Die Bäume waren braun, auf weiten Flächen verödet, und an jedem starken Ast baumelte ein Selbstmörder im Wind ...

Sie hatte gerade Kaffee aufgesetzt, als sich das Handy im Schlafzimmer meldete. Es war Samstag, die Zeitanzeige auf dem Display gab 6.32 Uhr an.

»Budde?« Klappern von Besteck und nostalgische Schlagermusik im Hintergrund ließen keinen Zweifel daran, wer es war.

»Guten Morgen und herzlichen Glückwunsch zum gelungenen Einstand«, klang Daniela Weinrebs Stimme geradezu fröhlich.

Hella wusste im ersten Moment nicht, was sie dazu sagen sollte. »Danke dir, aber welches Vögelchen hat dir gezwitschert, dass ...?«

»Es wäre nicht das erste Mal, dass die Presse etwas berichtet, von dem die Betroffenen selbst noch nichts wissen, aber in dem Fall ...«

»Also sag schon, was steht in der Zeitung?«

»Ich lese vor: … hat Kriminalrat Senge in der gestrigen Pressekonferenz zum neuesten Stand der Ermittlungen die Katze aus dem Sack gelassen. Fast zeitgleich mit der Beerdigung von Straßenherz könne er und sein Team bereits entscheidende Erfolge vorweisen, die den Fall des getöteten Künstlers und Museumsdirektors aufklärten. Es mache ihn stolz, so Senge, dass seine Abteilung bereits nach kurzer Zeit die richtigen Schlüsse aus den Indizien ziehen und den Kreis der Verdächtigen einengen konnte. Letztlich führten die Spuren zu dem mutmaßlichen Täter in den Harz …«

Senge hatte also noch am Abend fast alles brühwarm an die Öffentlichkeit weitergegeben. Hella war jetzt auch ohne Kaffee wach. Nicht einmal die Ergebnisse der KTU lagen vollständig auf dem Tisch, von einem offiziellen Abschlussbericht ganz zu schweigen …

»Stimmt etwas nicht, Hella?«

»Alles okay. Ich ruf dich zurück.«

Nichts war okay, Senge überfuhr sie wie ein unmündiges Kind, und sie konnte sich nicht einmal wehren, wenn sie nicht ihr eigenes Grab schaufeln wollte. Sie ging zurück in die Küche und stellte sich an die Spüle, um das Geschirr abzuwaschen. Nach dem verrückten Traum hatte sich ihr Appetit gemeldet, und sie hatte um halb vier Uhr noch Spaghetti ins kochende Wasser geworfen.

8.04 Uhr, Morgenbesprechung. Senge war erwartungsgemäß in Hochstimmung, die Kollegen erfuhren aus seinem Mund noch einmal das, was jeder bereits in der Zeitung gelesen hatte. Er bedankte sich bei Hella mit blumigen Worten, ohne ihr auch nur ein Mal in die Augen zu schauen, drückte Tom Seipold und Kai Fischbach die Hand und beschwor wie jeden Tag den Teamgeist. Hella wusste jetzt auch, warum, dieser Geist erschien der Abteilung offenbar ziemlich selten.

Mittlerweile lag der detaillierte Bericht der KTU vom Tatort in der Weststadt schriftlich vor. Es waren keine DNA-Spuren von Matthias Weniger gesichert worden, weder dort noch in der näheren Umgebung, ebenso nicht an Jelinskis Kleidung. Fischbachs Nachforschungen über den Verbleib des Museumsdirektors seit dem frühen Nachmittag seines letzten Tages waren ebenso ergebnislos verlaufen. Aus der Bevölkerung waren nur Hinweise gekommen, die keiner Überprüfung standhielten. Doch Senge störte das offenbar wenig. Die jüngste Entwicklung und die daraus folgenden Erkenntnisse reichten für ihn vollkommen aus, um den Fall abzuschließen. Während seiner Rede warf er immer wieder einen fordernden Blick in Hellas Richtung. Sie wusste, was es bedeutete: Er brauchte auch ihre Unterschrift, um den Fall abschließen zu können.

Ein sonniger Vormittag im Spätaugust, die monumentale Kapelle des Hauptfriedhofs glänzte wie ein Märchenschloss. Menschen über Menschen wollten dabei sein, wenn ihr Idol zu Grabe getragen wurde. Die Trauer war groß.

»An eine solche Beerdigung kann ich mich in Braunschweig nicht erinnern«, murmelte Fischbach, der neben Hella in der Reihe stand. »Man kann direkt Respekt bekommen, auch wenn ich die Straßenkünstler nie leiden konnte.«

»Nicht jeder ist ein solcher Ignorant wie du.« Sie hatte es nicht nur gedacht, sie hatte es auch gesagt. Nichts lief mehr rund. Fischbach schien sich allerdings nicht daran zu stören.

»Das sagt meine Frau auch immer. Aber ich bin lernfähig«, erwiderte er und zwinkerte ihr zu.

In dem Moment zog der Organist alle Register. Immer mehr Trauergäste strömten in die Kapelle. Die vorderen Sitzreihen füllten sich mit den Honoratioren der Stadt. Senge und der Staatsanwalt mit dem auffälligen Schnauzbart waren natürlich auch gekommen. Hella erkannte auch einige, denen Straßenherz mit seinen Bildern zugesetzt hatte: Bankier Kellermann senior mit Frau und Kellermann junior, der seinem Vater wie aus dem Gesicht geschnitten war, Vertreter aus der Politik, natürlich Jelinskis ehemalige Mitarbeiter aus dem Museum. Nicht weit von Hella entfernt saß eine junge Frau, die einen kleinen Jungen an der Hand hielt: Lisa Barner. Wahrscheinlich wusste ihr Sohn nicht, dass es die Beerdigung seines Vaters war. Es gab kaum noch freie Plätze, allein der Kunstverein zählte über hundert Mitglieder. Désirée Jelinski war in Begleitung eines jungen Mannes mit athletischer Figur. Es war derselbe, den Hella im Hörsaal der Uni angetroffen hatte, als sie die Professorin befragen wollte. Jetzt fiel ihr auf, wie vertraut sie wirkten. Hatte sich die Witwe so schnell über den Verlust hinweggetröstet? Unter all diesen Menschen, die sich hier von Straßenherz verabschiedeten, befand sich auch der Mörder, dachte Hella, vielleicht war seine Trauer sogar echt.

Um kurz vor zwölf fuhr Hella den Kollegen Fischbach zurück ins Kommissariat, stellte ihren Dienstwagen ab und begab sich auf den Weg in Richtung Fußgängerzone. Ihre Laune war am Boden. Einem Gespräch mit Senge ging sie seit dem Morgen aus dem Weg. Wenn er etwas von ihr wollte, sollte er sich melden. Noch auf dem Friedhof hatten ihr die Kollegen aus Goslar via Handy bestätigt, dass der Tod des Magisters nach ersten Untersuchungen durch Gift herbeigeführt worden sei. Da man am Tatort keine Fremdspuren sichergestellt hatte, die etwas anderes nahelegten, gehe man von Selbsttötung aus. Die Leiche sei bereits obduziert worden. Ausgesprochen schnell waren die Kollegen, Druck von oben machte es möglich. Wieder meldete sich ihr Handy.

»Lust auf Essen?«, fragte die tiefe Stimme am anderen Ende.

»Sehe ich aus, als würde ich unter Appetitlosigkeit leiden?«, hätte sie am liebsten erwidert, aber es war Daniela, und die wollte sie bestimmt nicht ärgern. Diesmal schlug sie das Büfett ihres Lieblingschinesen vor, und der war gleich um die Ecke.

»Wie war dein Tag bis jetzt?«, fragte Daniela, als sie sich hinter einem beleuchteten Aquarium in Deckung gebracht hatten, um frei reden zu können. Ein Blick von Hella genügte, den ihre Freundin sofort verstand. »Klar, Jelinski ist heute beerdigt worden, aber das ist es nicht, oder?«

Hella sah in Danielas Augen. Sie kannten sich erst ein paar Tage, aber zwischen ihnen herrschte von Anfang eine Verbundenheit, die sich kaum erklären ließ.

»Alle haben sich auf Jelinskis Stellvertreter als Mörder eingeschossen. Zugegeben, er hat unbestreitbare Motive: Mobbing im Beruf, Frust aus einer unerwiderten Liebe, vor allem Rache für Demütigungen im Zusammenhang mit Jelinskis Assistentin …«

»Aus einer unerwiderten Liebe?«

»Ja, wie aus den Briefen zu entnehmen, die wir bei ihm gefunden haben, war Jelinskis Stellvertreter homosexuell und seit Jahren in seinen Chef verliebt, obsessiv, würden die Psychologen sagen …«

»Hat er den Mord zugegeben?«

»Er ist tot. Selbstmord.« Hella stand wieder das Bild vor Augen, als sie das Pensionszimmer betreten hatten. Auch wenn es zur Ausbildung gehörte, mit solchen Eindrücken umzugehen, dieses Mal war ihr der Anblick unter die Haut gegangen. Tanzte sie deshalb aus der Reihe? Vielleicht manipulierte sie der Magister noch aus dem Jenseits? Aber diese Fragen konnten ihr auch die glupschäugigen Schleierschwänze nicht beantworten, die sie aus dem Aquarium anstarrten.

Plötzlich spürte sie eine Hand auf der ihren, Danielas Hand. In den Augen ihrer Freundin standen Tränen, und als sie sich ansahen, erschien es Hella, als wollte sie ihr etwas sagen. Doch sie brachte es nicht über sich, offenbar war sie noch nicht so weit …

»Warum machst du heute nicht einfach früher Schluss, Hella, du hast es dir verdient«, rief ihr Senge zu, als sie sich auf dem Gang vor seinem Büro begegneten. So wie sie legte er anscheinend keinen Wert auf ein weiteres Gespräch, aber die provozierende Art, wie er ihr den Rücken kehrte, brachte das Fass zum Überlaufen. Teamgeist schön und gut, dachte Hella, aber am Ende musste ein solides Ergebnis herauskommen, das der Überprüfung standhielt. Sie war nach Braunschweig gekommen, um gute Arbeit zu leisten.

»Ich werde mir einen Nachmittag freinehmen, wenn der Fall gelöst ist«, erwiderte sie. Eine Kriegserklärung, auf die er prompt reagierte.

»Und wann darf ich damit rechnen?«

»Gib mir drei Tage.« Ohne ihn noch einmal anzusehen, öffnete sie die Tür zu ihrem Büro. Auf ihrem Schreibtisch lagen der aktuelle Untersuchungsbericht der KTU und Toms Einsatzbericht vom vergangenen Tag zur Unterschrift. Sie überflog die ersten Seiten, schob ihn dann beiseite. Nichts Neues, einerseits die belastenden Indizien, andererseits fehlte jeder Beweis, dass der Magister den Tatort jemals betreten hatte.

Da Matthias Weniger in der Tatnacht weder von der Nachbarin – die ihre Schwester in Göttingen besucht hatte und erst am Montag zurückgekehrt war – noch vom Hausmeister oder einem anderen Bewohner des Appartementhauses gesehen worden war, schieden diese Alibis aus. Wie könnte er also den Montagnachmittag und Abend verbracht haben, nachdem er das Museum verlassen hatte? Zwei Möglichkeiten boten sich an: Erstens, er war zu sich nach Hause in die Böcklerstraße gefahren und hatte die anstehende Ausstellung weiter vorbereitet oder gelesen, sich entspannt, mit Bekannten oder Verwandten telefoniert, was man eben so machte an seinem freien Tag, oder …

Anruf am Diensttelefon. »Budde. Ja, Kai?«

»Als ich die Witwe Jelinski heute Morgen mit dem jungen

Tarzan gesehen habe, dachte ich, vielleicht hat sich der Magister auch mit einem Gspusi getröstet. So sagen sie doch da unten in Österreich, oder?«

»Und dieses Gspusi meldet sich nicht, weil es nicht geoutet werden will …?«

»Genau.«

»Daran habe ich auch gerade gedacht. Wir sollten uns die Wohnung des Magisters noch einmal gründlich vornehmen. Jede Kleinigkeit ist wichtig. Ich zähle auf deine Spürnase.«

Sie fuhren in die Böcklerstraße. Nachdem Hella das Siegel aufgebrochen hatte, fanden sie im Appartement des Magisters ein Chaos vor. Die Kollegen der KTU hatten die Wohnung gründlich umgepflügt. Sogar die Möbel hatten sie verrückt. Was sollten sie hier noch finden?

»Ich glaube übrigens auch nicht, dass er es war«, sagte Kai Fischbach, als ließe sich das aus diesem Schlachtfeld ablesen.

Sie sahen sich kurz in die Augen, aber Hella schwieg. Wenn sie sich offen gegen die Linie des Kriminalrats stellte, würde sie Senge echte Gründe liefern, ihr Steine in den Weg zu legen. »Das hat nichts mit Glauben zu tun, Kai. Für mich reichen die Indizien einfach nicht aus, verstehst du?« Er nickte, konnte sich ein Schmunzeln aber nicht verkneifen.

Hella nahm sich wieder die Fotowand im Schlafzimmer vor. Außer mit Jelinski gab es nur wenige Fotos, auf denen Matthias Weniger mit anderen Personen abgelichtet war.

»Sieh dir das an!« Kai Fischbach brachte einen Schuhkarton mit Fotos zu ihr ins Schlafzimmer. »Scheint auch gute Tage erlebt zu haben, der Magister, jedenfalls sagen das die Bilder, und wir wissen auch, wo …«

Fotos von Wenigers fünfundvierzigstem Geburtstag, den er offenbar im Kreise von Gleichgesinnten gefeiert hatte. Grell geschminkte Frauengesichter, Überfrauen, wie man sie vom

Christopher Street Day kannte. Auch der Magister war ganz Frau. Die Polsterecken des Sunshine erkannte Hella sofort. Bei genauerem Hinsehen ebenso diesen Dieter, und ein weiteres Gesicht erinnerte sie an jemanden. War das etwa …? »Kai, bestell doch bitte die Bedienung vom Sunshine aufs Präsidium.«

»Heute noch?«

Ihre Uhr zeigte 17.46 Uhr. Kai hatte recht, es war Feierabend und dazu noch Samstag, aber der Zeitdruck saß ihr im Nacken. »Ach was, wir erledigen das jetzt. Der Laden liegt nur ein paar Straßen entfernt. Wenn wir Glück haben, ist er im Dienst.«

Die Straßen waren nass vom Regen, es hatte sich abgekühlt, und die Temperaturen fühlten sich auf einmal herbstlich an. Immer noch stockte der Verkehr in der Innenstadt. Als sie das Sunshine erreichten, stand die Eingangstür offen. Das Lokal war fast leer, nur nach hinten hinaus in Richtung der Toiletten saßen zwei Frauen bei Kaffee und Weinbrand. Dieter stand hinter dem Tresen und spülte Gläser.

»Kai Fischbach, Kriminalhauptkommissar«, ging Fischbach freundlich auf ihn zu.

»Ich sage Ihnen gleich, ich bin unschuldig, Herr Kommissar.« Anscheinend war Dieter gut aufgelegt.

»So ganz stimmt das allerdings nicht«, kam Hella gleich auf den Punkt. »Sie haben uns etwas verschwiegen.«

»Ich? – Ich kann gar nichts verschweigen, weil ich alles, was ich höre, sofort wieder vergesse. Überlebensstrategie, verstehen Sie?«

Hella legte ein Foto auf den Tisch. »Hat das hier in diesem Lokal stattgefunden?«

Dieter sah offenbar schnell ein, dass Lügen ihn nun nicht weiterführte. »Ja, es war Mathildes fünfundvierzigster. Ein rauschendes Fest, geschlossene Gesellschaft, versteht sich.«

»Herr Weniger war also Stammgast hier. Und warum haben Sie uns das nicht beim ersten Mal gesagt?«

»Ich muss meine Gäste schützen, dafür müssen Sie Verständnis haben. Wissen Sie, was es bedeutet, so zu sein wie wir? – Jederzeit in Gefahr, angefeindet und in den Dreck getreten zu werden?«

»Sie kannten Matthias Weniger also näher?«

»Was heißt näher? Wir waren befreundet, ja. Seit Jahren hat er mir sein Herz ausgeschüttet ... Ich wusste ja nicht, dass er sich ... Manchmal hat er ziemlich überzogen mit dieser vertrackten Liebesgeschichte. Ehrlich gesagt, konnte ich das Gejammer schon nicht mehr hören. Aber als ich dann gestern in der Zeitung las ... Jetzt mache ich mir natürlich Vorwürfe, dass ich nicht versucht habe, ihn zurückzuhalten. Ich dachte, er spinnt wieder einmal ...« Dieter begann zu schluchzen.

»Ist alles in Ordnung, mein Schatz?«, machte sich eines der weiblichen Wesen im Hintergrund anscheinend Sorgen.

»Ja, ja, ist schon gut, Liebes«, beschwichtigte Dieter.

»War Matthias Weniger auch am Montag hier im Café?«

»Ja, er war hier, am Nachmittag.«

»Von wann bis wann genau?«, insistierte Fischbach.

»Von kurz vor vier bis um acht, halb neun. Genauer kann ich es nicht sagen.«

»Als Mathilde oder als Matthias?«, fragte Hella.

»Mathilde in voller Tracht.«

»Und danach?«

»Was weiß ich? – Moment, gegen halb elf, ich war bereits beim Putzen, da rief sie noch mal an, hatte ihre Handtasche vergessen, aber die konnte ich nicht finden.«

»Hat er gesagt, von wo aus er anrief?«

»Von zu Hause vermutlich. Soviel ich weiß, war er kein Nachtschwärmer.«

»Hatte er einen festen Sexpartner?«, wollte Fischbach noch wissen.

»Keine Ahnung, Herr Kommissar.«

Mehr war offenbar aus dem Mann nicht herauszuholen.

»Immerhin wissen wir jetzt, dass Weniger nach dem kurzen Besuch im Museum wahrscheinlich nach Hause fuhr, sich umzog, den Rest des Tages im Sunshine verbrachte und den Abend und die Nacht vermutlich in seiner Wohnung«, fasste Hella auf dem Weg ins Kommissariat zusammen.

»Zumindest gibt es einen Zeugen, der beweisen kann, dass er ihn um etwa halb neun abends noch gesehen hat«, ergänzte Fischbach. »Aber die Tatzeit war am frühen Morgen, also Stunden später.«

Hella seufzte. Es war nach sieben. »Kannst du mich zu Hause absetzen, Kai?«

Der grinste vor sich hin.

»Weißt du etwas, das ich nicht weiß?«

»Ich stelle mir gerade vor, wie der Magister im Dirndl mit einem Schlachtermesser in der Hand den Jelinski bedroht. ›Psycho‹ ist nichts dagegen.«

10. DAS ZWEITE GESICHT

Kurz vor Mitternacht hatte sich Hella einen Joghurt aus dem Kühlschrank genehmigt. Zwei Stunden später waren dann vier geleert. Aber spielte es eine Rolle, solange das Zauberwort »fettarm« auf der Verpackung stand? Jedenfalls war das nicht der Grund für ihre Katerstimmung. Sie hatte sich dem Kriminalrat gegenüber weit aus dem Fenster gelehnt, und alles, was sie erreicht hatte, war, das Alibi des Magisters gerade einmal bis in den frühen Abend verlängert zu haben. Damit brauchte sie Senge nicht unter die Augen zu treten. Da traf es sich gut, dass Sonntag war. Aber nicht für sie.

Sie goss sich eine weitere Tasse Kaffee ein. Der Minutenzeiger der runden Funkuhr an der Küchenwand war gerade auf 6.31 Uhr gesprungen. Hella fiel Kai Fischbachs makabrer Scherz von gestern ein, und sie dachte an den Hitchcock-Film. Auch Norman Bates hatte ein zweites Gesicht. Der mordete in der Verkleidung seiner Mutter …

Ob sich Daniela auch sonntags in der Gerichtsmedizin vergnügte? Sie schaltete ihr Handy ein, wählte Danielas Nummer. Die Mailbox. »Hier ist Hella. Bitte entschuldige, ich bin gestern nicht mehr dazugekommen, dich zurückzurufen, ich war plötzlich hundemüde …«

»Gibt es etwas Neues?«, übernahm Daniela selbst, während im Hintergrund »Tiritomba« lief. Diese Frau war bewundernswert.

»Darüber wollte ich mit dir reden«, erwiderte Hella, »aber nicht am Telefon.«

»Das trifft sich gut, für neun Uhr haben sich Wenigers Eltern angemeldet, um ihren Sohn ein letztes Mal zu sehen. Sie reisen extra aus Wien an. Wahrscheinlich willst du mit ihnen sprechen ...«

Die halbe Welt war sonntags unterwegs. Um 8.30 Uhr, eine halbe Stunde vor dem Termin mit Wenigers Eltern, war Hella bereits in der Gerichtsmedizin.

»Du kommst gerade rechtzeitig für eine Kaffeepause. Ich kann dir den besten Mokka anbieten«, begrüßte Daniela sie.

»Gern, aber es gibt einen anderen Grund, warum ich früher hier bin.« Es war Hella unangenehm, ihre Freundin darauf anzusprechen, aber es musste sein. Daniela ahnte offenbar, worum es ging. Die gute Laune auf ihrem Gesicht verflog in Sekunden, als Hella das Foto aus der Jackentasche zog, das sie auch dem Kellner im Café Sunshine gezeigt hatte. »Bist du das?«

»Und wenn ich es wäre?«, antwortete Daniela mit leicht bebender Stimme.

»Dann würde ich dich fragen, warum du mir nicht von Anfang an gesagt hast, dass du Matthias Weniger kanntest.«

»Sorry, Hella. Ich wollte es ja. Als wir beim Chinesen saßen, war ich ganz nahe dran, es dir zu sagen. Aber das hätte bedeutet, mich zu outen. Ich war einfach noch nicht bereit dazu.«

»Jetzt geht es nicht mehr anders.«

Daniela wandte sich ab, ging zu ihrem Schreibtisch und kam mit zwei gefüllten Kaffeebechern zurück. »Ich bin kein Transvestit, ich bin eine Transe, Transgender, wie man heute sagt. Im Sunshine gehören wir alle zusammen.« Sie suchte in ihren Augen nach Verständnis, doch Hella konnte ihr die weitere Erklärung nicht ersparen. Schließlich überwand sie sich: »Ich war nicht immer Daniela, ich bin als Daniel Weinreb, Sohn eines jüdischen Arztes, auf die Welt gekommen. Ich merkte ziemlich früh, dass es der falsche Körper war, in dem ich geboren worden war. Mit meinem Vater gab es zuerst große Probleme, aber schließlich wagte ich den Schritt und bin seit zwanzig Jahren voll und ganz Frau.«

»Und das durfte niemand wissen?«

»Ja, ich hatte vorher genug mitgemacht, Spott und Ausgrenzung. Eine Transe und dazu noch Jüdin. Als ich hier anfing, brauchten sie dringend eine Gerichtsmedizinerin, und ich konnte mich in die Katakomben zurückziehen. Anfangs hatte ich hier kaum Bekannte, dann lernte ich im Kunstverein Matthias – Mathilde – kennen, eine Persönlichkeit mit Niveau. Auch für ihn war es besser, seine Veranlagung unter der Decke zu halten. Und bei Dieter im Sunshine waren wir alle gut aufgehoben. Du musst mich und die anderen verstehen. Toleranz hin, Toleranz her, es ist doch alles verlogen. Nach wie vor hetzt man gegen uns, daran hat sich nichts geändert. Ein Outing ist ein heißes Eisen. Wer beruflich noch etwas vorhat, lässt sich auf ein riskantes Spiel ein. Ich habe Matthias sehr geschätzt, und als ich hörte, dass er sich …« Daniela lehnte sich mit der Schulter an die weiß gefliese Wand. Ihre Augen waren feucht.

»Ich brauche jetzt Antworten auf ein paar Fragen, die dir vielleicht nicht gefallen werden.«

Daniela nickte.

»Wann hast du Matthias Weniger das letzte Mal gesprochen?«

»Vielleicht vor zwei Wochen.«

»Also nicht am letzten Montag, dem Tag vor Jelinskis Tod?«

»Nein, es war die Woche davor, da bin ich ganz sicher.«

»Du kanntest wahrscheinlich auch Einzelheiten der Beziehung zwischen ihm und seinem Chef. Am Ende muss er ihn gehasst haben …«

»Du meinst, dass Matthias ihn ermordet haben könnte?«

»Ja.«

»Er war manchmal wütend auf seinen Bernhard, aber er liebte ihn abgöttisch und verzieh ihm alles. Die Angelegenheit mit Kanada hat ihn dann am Boden zerstört. Er rief mich in letzter Zeit öfter an und weinte. Doch niemals hätte er seine große Liebe umgebracht.«

In dem Augenblick ging die Schwingtür auf, ein älteres Ehepaar betrat Hand in Hand den Obduktionssaal. Allein an den verängstigten Blicken ließ sich erkennen, dass es sich um die Eltern des Magisters handelte.

Die Gründe zu erfahren, weshalb sich ihr Sohn das Leben genommen hatte, verstörten Mutter und Vater Weniger noch mehr. Sie wussten angeblich weder dass ihr Sohn homosexuell war, noch dass er eigentlich im falschen Körper geboren war. Sie schauten Hella an, als müsste sie verrückt sein, so etwas zu behaupten. Kaum öfter als einmal im Jahr sei er nach Wien gekommen und habe sie besucht, aber nie viel erzählt. Telefoniert hätten sie auch kaum, höchstens, wenn's einen Geburtstag gab, sagte die Mutter. Sie war es auch, die angeblich gespürt hatte, dass ihr Sohn in der preußischen Provinz unglücklich war, und ihm ans Herz gelegt hatte, er solle zurück nach Wien kommen. Doch der Bub habe ja nicht hören wollen. Jetzt würde er in einer Urne in seine Heimatstadt zurückkehren. Sie fragten noch, wann sie den Haushalt ihres Sohnes auflösen dürften, dann brachte sie ein Taxi zurück ins Hotel.

Die Befragung hatte sie keinen Schritt weitergebracht. »Du bist vom Weg abgekommen, Hella Kind«, meldete sich eine Stimme in ihrem Hinterkopf, die sie bereits vermisst hatte. Ihr Dad war nicht tot, nur oberflächlich betrachtet. »Es geht darum, Jelinskis Mörder zu finden, nicht einen Verdächtigen zu entlasten.« Wie recht er doch hatte.

»Danke für deine Auskünfte«, sagte sie zu Daniela, die ziemlich unglücklich wirkte.

»Ich hoffe, dass du …«, druckste sie.

»Keine Sorge, alles in Ordnung«, erwiderte Hella, doch sie schaffte es nicht, ihrer Freundin in die Augen zu sehen, bevor sie ging. Dass Daniela ihr die Bekanntschaft mit Matthias Weniger verschwiegen hatte, zeugte nicht gerade von Vertrauen – beruflich wie auch privat. Auch wenn Hella nachvollziehen konnte, dass sie anfangs vorsichtig sein musste, wem sie sich anvertraute. Denn allein die Reaktion des Kollegen Tom Seipold auf den Magister und die Bedienung im Sunshine bestätigten Danielas Verhalten. Ja, es gab sie immer noch, diese verdammten Vorurteile …

Die Morgennebel hatten sich noch nicht verzogen, als Hella wieder in ihren Dienstwagen stieg. Ihr schwirrte der Kopf, und der Theorie von Tom und dem Kriminalrat hatte sie immer noch nichts entgegenzusetzen. Nach wie vor ließ sich Bernhard Jelinskis letzte Nacht nicht lückenlos rekonstruieren. Nur eins war Hella klar: Sie brauchte reichlich Sauerstoff und Ruhe zum Nachdenken. Und sie wusste, wo sie beides bekommen würde. Dazu brauchte sie nicht einmal das Navi.

Seit sie zurück war in Braunschweig, hatte sie vor allem Straßen gesehen, und die waren überall gleich. Jetzt, wo sie sich ein paar freie Minuten nahm, führte es sie ausgerechnet auf den Friedhof. Um diese Zeit ließ sich anscheinend noch kein lebender Mensch dort blicken. Den Weg zu Jelinskis Grab hatte sie nur ungefähr im Kopf, erkannte es allerdings bereits von Weitem, mannshoch beladen mit frischem Trauerschmuck.

Plötzlich kam ein stabiler Mann zielstrebig auf sie zu. Sein Gesicht begegnete ihr nicht zum ersten Mal. Indigo-Jay.

»Sieh an, die Frau Kommissarin. Ein feiner Zug von Ihnen, die Mordopfer am Sonntagmorgen zu besuchen. Ich sagte Ihnen ja, dass ich am Friedhof aushelfe. Oder führt Sie etwa der berühmte Sohn der Stadt hierhin?« Offenbar begriff er nicht, dass sich seine Ironie gegen ihn selbst richtete.

»Vielleicht«, erwiderte Hella und wollte gehen. Doch Indigo-Jay verschränkte die Arme und versperrte ihr den Weg. Ein nicht mehr junger, aber muskulöser Mann mit Händen wie Schaufeln. Nein, es war nicht Billy, er sah ihm nicht einmal ähnlich, aber allein die Art, wie er sich vor ihr aufbaute, erinnerte sie an ihn. Es schnürte ihr den Atem ab, als er an sie herantrat und sie seinen Geruch nach Schweiß, Kaffee und Schnaps wahrnahm.

»Vielleicht flüstert er Ihnen von unten ja zu, wer ihn umgebracht hat. Aber wie in der Zeitung stand, haben Sie den Täter bereits …«

Dieses Grinsen. Sie waren ganz allein hier … Ihr Herz schlug bis zum Hals. – Was war nur mit ihr los? Sie war verrückt, sich so etwas vorzustellen, noch dazu auf dem Friedhof, total verrückt … Sie trat zwei Schritte zurück. »Wir haben zumindest starke Hinweise«, fasste sie sich wieder.

Indigo blieb stehen, zog die Schachtel Zigaretten aus der Brusttasche seines Shirts und zündete sich eine an. »Dann brauchen Sie also keine weiteren Zeugenaussagen?«

»Nach wie vor sind alle Hinweise, die dazu beitragen, die Tat lückenlos aufzuklären, von Bedeutung.« Ihre Unruhe legte sich, offenbar ging es ihm um etwas völlig anderes.

Er hielt jetzt Abstand zu ihr. Nach einem schnellen Lungenzug kam er mit der Sprache heraus. »Ich wollte Ihnen schon die ganze Zeit sagen, dass … aber ich hatte so viel zu tun in der Gärtnerei und …«

»Also, was gibt es?«

»Ich habe Ihnen doch von Straßenherz erzählt, dass ich ihn bei der Arbeit beobachtete. Es war nicht das einzige Mal, ich habe ihn später noch einmal gesehen, in der Nacht, als er den Elefanten auf die Fassade der Bank sprühte. Aber er war nicht allein …«

»Und warum haben Sie das nicht gleich gesagt?«

»Ich dachte, ich würde mich dann verdächtig machen und Sie hielten es für ein Ablenkungsmanöver. So viel verstehe selbst ich von Krimis.« Er grinste wieder und bleckte seine vom Tabak verfärbten Zähne.

Ja, Indigo-Jay dachte auffallend viel über den Fall Jelinski nach. »Haben Sie eine Vorstellung, wer diese zweite Person sein könnte?«

»Natürlich stand sie nicht gerade neben der Straßenlaterne, und das Gesicht war versteckt unter einer Kapuze. Einmal wandte sie sich mir zu, aber ich sah nur schwarz.«

»Mann oder Frau?«

»Keine Ahnung, jedenfalls trug die Gestalt einen Sweater mit Kapuze und Jeans.«

»Figur und Größe?«

»Schlank, etwas kleiner als ich, also ungefähr eins siebzig.«

»Haben sich die beiden gestritten?«

»Nein, die haben die Fassade besprüht.«

»Also beide haben gemeinsam an diesem Bild gearbeitet?«

»Ja, sie mussten den Plan ganz genau im Kopf haben.« Auf dem Hauptweg waren jetzt Stimmen zu hören. »Ich hab noch zu tun«, sagte Indigo-Jay. »Wenn Sie weitere Fragen haben, finden Sie mich in den nächsten Tagen immer hier.«

Am Grab von Straßenherz las Hella die Namen der Trauernden auf den Banderolen der Kränze. Zuoberst lag, mit weißen Lilien verziert, der von der Witwe. Doch ihre Gedanken kreisten um die Worte von Indigo-Jay. Warum hatte er ihr erzählt, was er beobachtet hatte? Was interessierte ihn, ob die Polizei den Täter fasste oder nicht? Sein Alibi war überprüft, es war hieb und stichfest, er hatte Jelinski nicht ermordet, und angeblich war er in der Szene nicht mehr aktiv. Er könnte höchstens ein Interesse daran haben, sie in die Irre zu führen. Nämlich dann, wenn er den wahren Täter kannte und ihm in irgendeiner Weise verpflichtet war. Doch auch das war Spekulation. Vielleicht wollte er einfach nur alles loswerden, was er wusste, um ein reines Gewissen zu haben …

Auf dem Weg ins Kommissariat fragte sich Hella, ob es Sinn hatte, Senge zu informieren. Immerhin war nicht ausgeschlossen, dass dieser unbekannte Dritte, den Indigo-Jay gesehen haben wollte, Jelinski umgebracht hatte. Vielleicht hatten Straßenherz und sein Helfer auch das Projekt in der Weststadt gemeinsam angefangen. Dann gerieten sie in Streit, der Unbekannte rastete aus und griff zum Messer. Aber es gab keinen einzigen Zeugen dafür.

Als sie auf den Parkplatz vor dem großen grauen Gebäude einbog, fiel ihr ein, dass auch später noch Zeit blieb, Kai Fischbach von den neuesten Ermittlungen zu berichten. Worauf sie einmal im Kreis fuhr und dann mit ihrem Dienstwagen in Richtung Ostring davonzog.

»Sie schon wieder?«, fragte Désirée Jelinski mit einem ironischen Grinsen, als sie sah, wer vor ihrer Wohnungstür stand. »Und das am Sonntag. Die Polizei hat wohl nie frei. Aber bitte kommen Sie herein, meine Wohnung ist Ihre Wohnung.« Die Witwe war im Morgenmantel und schien nicht mehr oder noch nicht nüchtern zu sein. Sie geleitete Hella ins Wohnzimmer, das beinahe nicht wiederzuerkennen war. Auf den Sitzmöbeln lagen Kleidungsstücke, der Tisch war übersät mit Wein- und Schnapsflaschen, der Geruch nach abgestandenem Zigarettenrauch lag schwer in der Luft. Wo große Gemälde an den Wänden hingen, zeigten sich plötzlich kahle Stellen, und auf der Designer-Couch machte sich gut sichtbar ein brauner Fleck breit, der vorher nicht da gewesen war.

»Da ist wohl etwas danebengegangen«, sprach Hella sie darauf an. »Aber sicher kennt Ihre Haushälterin ein gutes Mittel gegen Flecken.«

»Ich konnte dieses Teil ohnehin nie leiden, und wenn Sie es genau wissen wollen: Seit gestern lebe ich ohne Haushälterin. Ich habe sie entlassen. – Sie wundern sich?«

»Ein bisschen schon.« Anscheinend kam sie ohne Hilfe ja nicht zurecht.

»Mit Bernhard ist auch mein altes Leben gestorben, und je länger ich darüber nachdenke, desto froher bin ich darüber. Ich frage mich sogar, wie ich das all die Jahre aushalten konnte, ob ich verrückt gewesen bin. Ich hätte mich niemals selbst aufgeben dürfen.« Mit ihren langen schlanken Fingern angelte sie sich eine der Zigaretten, die zwischen den Flaschen auf dem Tisch lagen, und zündete sie an. »Möchten Sie einen Kaffee?«

»Gern«, erwiderte Hella.

»Wenn Sie nichts dagegen haben, begeben wir uns in die Küche. Ich kann dieses Wohnzimmer nicht mehr ertragen, alles in dieser Wohnung kann ich nicht mehr ertragen, aber diesen Raum am wenigsten.«

Als sie den Flur betraten, öffnete sich eine der hohen Türen und ein gut gebauter Mann wechselte halb nackt die Seiten. Es war der junge Mann, den Hella zuletzt zusammen mit der Witwe auf der Beerdigung gesehen hatte.

»Das ist Lennart«, sagte Désirée Jelinski, als wäre es das Selbstverständlichste der Welt.

Allmählich wurde Hella diese Frau unheimlich. Auf dem Trauerkranz hatte sie ihrem verstorbenen Mann noch ihre unvergängliche Liebe versichert und jetzt …

»Also, was kann ich für Sie tun, Frau Kommissarin?«, fragte die Witwe, als sie Hella einen Kaffee aus der Maschine vorgesetzt hatte und sie sich am Küchentisch gegenüber saßen.

»Nach den neuesten Erkenntnissen arbeitete ihr Mann nicht allein. Zumindest gilt das für das Elefanten-Graffiti auf der Fassade der Kellermann Bank.«

»So?« Sie zog an ihrer Zigarette und war bemüht, den Eindruck zu erwecken, als interessierte sie das alles nicht mehr.

»Sie wussten nichts davon?«

»Wenn ich nicht wusste, dass er nachts Häuser bemalte, wie soll ich dann gewusst haben, dass ihm dabei jemand half?« Auf dem Parkett im Flur waren Schritte zu hören.

»Vielleicht hatte Ihr Mann in letzter Zeit eine neue Bekanntschaft geschlossen, die er öfter traf. Möglicherweise erwähnte er sie oder stellte sie Ihnen sogar vor?«

Sie gab sich keine Mühe, lange nachzudenken. »Keine Ahnung. Wissen Sie, wie viele Leute einem Museumsdirektor allein innerhalb einer Woche über den Weg laufen?«

Hella ließ sich vom Unmut der Professorin nicht ablenken. »Ich gehe davon aus, dass diese Person in einem Vertrauensverhältnis zu Ihrem Mann stand, wahrscheinlich hat er seine letzten Projekte mit ihr geplant ...«

»Sie meinen ...?«

»Ja, es könnte eine Frau sein.«

Der Blick, der Hella jetzt traf, war der eines verletzten und zutiefst gekränkten Menschen. Die Wunden waren nie verheilt. Das Bild der emanzipierten, selbstbewussten Frau, die sich mit ihrem Leben an der Seite eines notorischen Womanizers ausgesöhnt hatte, war Selbsttäuschung und fiel in diesem Augenblick in sich zusammen. Ihre große Liebe hatte sie am Ende zu einer Randfigur seines Lebens degradiert.

Die Schritte auf dem Parkett näherten sich der Küche, in der Tür stand Lennart. »Ist es Ihnen gestattet, jederzeit unangemeldet in Privatwohnungen unschuldiger Menschen einzudringen und sie auszufragen?« Er trat auf die verstörte Désirée Jelinski zu, legte zärtlich den Arm um ihre Schulter und küsste sie auf die Stirn.

»Ich bin nicht eingedrungen«, stellte Hella klar. »Wenn man mich bittet einzutreten, ist dagegen nichts einzuwenden. Ich kann Frau Jelinski aber gern zu uns ins Kommissariat einladen.«

Das schüchterte den jungen Mann jedoch kaum ein. Offenbar fühlte er sich in der Rolle des Beschützers wohl. »Tun Sie, was Sie für richtig halten. Das nächste Gespräch wird jedenfalls nicht ohne Anwalt stattfinden.«

Hella erhob sich. »Wie Sie meinen. Ich danke Ihnen bis hierhin, Frau Dr. Jelinski. Bitte halten Sie sich weiter zu unserer Verfügung.«

»Ich dachte, Sie hätten den Mörder längst geschnappt«, setzte Lennart nach.

»Die Ermittlungen laufen noch«, erwiderte Hella, und auch ihm würde sie, wenn nötig, eine Vorladung nicht ersparen.

12.48 Uhr, Kommissariat Mitte. Die Beziehung zwischen Jelinskis Witwe und ihrem jungen Freund wirkte intim und vertraut. So etwas baute sich nicht innerhalb von wenigen Tagen auf, dachte Hella. War er nicht Kunststudent? Vielleicht ein ehrgeiziger, der mithilfe einer angesehenen Professorin, deren Mann Museumsdirektor war, weiterkommen wollte? Und dann hatte er entdeckt, dass dieser Museumsdirektor ein Doppelleben führte …

»Hör auf damit!«, befahl die Stimme in ihrem Hinterkopf. Das ging eindeutig zu weit, aber es würde sie nicht daran hindern, mit Fischbach darüber zu reden.

»Gut, dass ich dich treffe, Hella.«

Sie hatte nicht aufgepasst und war Kriminalrat Senge direkt in die Arme gelaufen.

»Ich wollte gerade zum Italiener. Hast du schon gegessen?«, fragte er offenbar bester Laune.

»Nein, danke, Ludger, ich habe noch zu tun.«

»Okay, dann ein anderes Mal. Kommen wir gleich zur Sache. Was gibt es Neues? Ich gehe davon aus, dass du Ergebnisse anzubieten hast.« Die Frist von drei Tagen war noch nicht um, aber er setzte ihr die Pistole auf die Brust.

»Es gibt eine neue Zeugenaussage. Offenbar zog Jelinski in letzter Zeit seine Projekte nicht allein durch. Er wurde mit einem Helfer beobachtet, als sie gemeinsam den Elefanten auf die Kellermann Bank sprühten. Der Helfer könnte auch der Mörder sein.«

»Hat der Zeuge die Person erkannt?«

»Nein, es war dunkle Nacht, und er war zu weit entfernt.«

»Mann oder Frau?«

»War nicht feststellbar. Die Person trug vermutlich Jeans und einen Sweater mit Kapuze.«

»Das ist nicht gerade viel. Ist der Zeuge wenigstens zuverlässig?«

»Ein ehemaliger Kollege aus der Straßenkünstler-Szene, der Einzige, der Jelinski je bei der Arbeit gesehen hat.« Das beeindruckte den Kriminalrat offenbar nicht besonders.

»Dadurch wird er nicht glaubwürdiger. Vielleicht will er sich selbst nur interessant machen. Wir beide wissen, wie viele Spinner es gibt, Hella. Die Aussage könnte ein komplettes Märchen sein. Entschuldige mich jetzt, ich muss.« Er kehrte ihr den Rücken, blieb aber nach zwei Schritten stehen und drehte sich um. »Wenn ihr den Helfer habt, reden wir weiter, und vergiss nicht: Die Uhr läuft!«

11. TRÄNEN ROT WIE BLUT

Die Sonne war früher auf dem Weg nach Westen, und ihre Strahlen verloren an Kraft, Tag für Tag. Der Herbst kam. Es war kalt und würde noch kälter werden. Sie fürchtete sich vor dem Winter mit seinem fahlen toten Licht, vor einem zweiten Winter in diesem Land weit entfernt von der Heimat …

Heute war sie wieder in ihrem Bett geblieben. Ihre Seele war traurig, der Körper schlapp, ihre Muskeln taten nicht, was sie sollten. Sie wollte nicht essen, nicht trinken, sie weinte nur.

Sehnsüchtig starrte sie die Bilder an der Wand an, die honiggelbe Wüste mit ihren wandernden Sanddünen, das zarte Grün der Savanne im Frühling, das satte, schwere der Buschlandschaft im Sommer und das leuchtende Blau des Meeres, das einem den Atem verschlug. Sollte sie wieder beten? So viel hatte sie gebetet, aber nie hatte es geholfen. »Er erhört dich vielleicht nicht beim ersten Mal«, hatte ihre Mutter einmal gesagt. »Aber wenn du dem Herrn deinen guten Willen zeigst, wird er es eines Tages. Du darfst nur nie aufhören zu beten.« Doch jetzt war sie müde, zu müde, um zu beten. Ihre letzte Hoffnung war zerstört.

»Du musst etwas essen«, sagte Annegret. Sie hatte Suppe gekocht, und das ganze Zimmer roch nach Kohl. Die Menschen aßen viel Kohl in diesem Land. Sie war eine gute Frau, diese Annegret.

»Ich gehe nicht eher, bis du etwas Suppe gegessen hast«, sagte sie. »Nun setz dich schon auf!«

Sie tat Annegret den Gefallen, um sie nicht zu kränken. Annegret reichte ihr das Tablett mit dem übervollen Teller und drückte ihr den Löffel in die Hand. »Nun lass dich nicht so hängen. Iss etwas! – Denk nur nicht, dass ich dich füttern werde. Das ginge nun wirklich zu weit ...«

»Ist schon gut. Ich werde essen«, erwiderte sie. Annegret sah sie so sorgenvoll an wie eine Mutter. Ihre eigene Mutter war weit weg. Sie stellte sich ihr Gesicht vor. Sie wollte es berühren, es küssen und sie umarmen.

»So kann das nicht weitergehen. Du musst dir etwas vornehmen, verstehst du?«, drang Annegrets Stimme in ihre Gedanken. »Man braucht ein Ziel im Leben. Und du bist nicht allein. Es gibt Menschen, die dir helfen wollen, etwas zu erreichen ...«

Sie aß einen halben Teller Suppe, um Annegret loszuwerden. Annegret hatte ein gutes Herz, aber sie redete zu viel. Als Dank schenkte sie ihr ein Lächeln. Das Lächeln war alles, was sie ihr geben konnte.

Als Annegret das Zimmer verlassen hatte, drehte sie sich wieder zur Wand. »Man braucht ein Ziel im Leben.« Die Worte spukten in ihrem Kopf herum. Sie hatte so viele Ziele, sie wollte eine Familie, sie wollte Kinder, eine Arbeit ...

Doch das alles kam ihr wie ein vergangener Traum vor. Ihr Leben würde nicht mehr lange dauern. Tag für Tag spürte sie, wie es ihren Körper verließ. Aber es stimmte, was Annegret gesagt hatte, das Leben ergab nur Sinn, wenn man ein Ziel hatte, und ihr fiel wieder ein, was sie erledigen musste, bevor sie gehen konnte ...

*

»Ich verstehe nicht, wie es möglich war, dass jemand unbemerkt an der Fassade arbeiten konnte, selbst bei stockdunkler Nacht«, sagte Hella zu dem Mann mit den schütteren weißen Haaren, der in der Pförtnerloge seinen Dienst verrichtete. »Und das, obwohl es einen Sicherheitsdienst und zwei Überwachungskameras gibt.«

»Der Kollege von der Security dreht vor allem seine Runden im Haus, und eine der Kameras zickt schon seit längerer Zeit herum«, erwiderte der Pförtner. »Die fällt zwischendurch einfach aus. Die andere hat vor allem den Hof mit den Parkplätzen für die Mitarbeiter im Visier, verstehen Sie?«

Da gab es nichts zu verstehen. »Sind die Aufnahmen von der Nacht noch gespeichert?«

»Wohl kaum. Die werden wöchentlich gelöscht. Soviel ich weiß, wurden sie aber von Ihren Kollegen gesichtet, und die haben nichts Auffälliges gefunden. Ich denke, Sie haben den Mörder bereits verhaftet?«

»Es geht noch um abschließende Details«, wich sie aus. »Wir müssen wissen, wie Straßenherz arbeitete.« Das war nicht gelogen.

Der Pförtner nickte nur und beugte sich wieder über sein Sudoku.

Draußen wartete Kai Fischbach. Hella hatte ihn zum Seiteneingang der Kellermann Bank bestellt. Natürlich war er nicht davon begeistert gewesen, am Sonntagnachmittag eine Extratour zu drehen, aber er war gekommen. Jetzt hatten sie einen freien Blick auf das Gelände, den Seiteneingang und die Fassade der hinteren Büros.

»Fällt dir etwas daran auf?«, fragte sie ihn, während sie beide auf Straßenherz' bekanntestes Graffiti starrten. Von ihrer Begegnung mit Indigo-Jay am Morgen hatte sie ihm nichts erzählt, sie wollte zuerst seine unabhängige Meinung hören.

»Imposant, kann man nicht anders sagen. Soll wohl ein afrikanischer Elefant sein, nach der Größe der Ohren zu urteilen.«

»Nein, das meine ich nicht …«

»Eine Sache vielleicht«, sagte Fischbach nach kurzer Überlegung. »Mir kommt es fast unmöglich vor, dass nur eine Person dieses riesige Bild gemalt haben soll, dazu in der kurzen Zeit. Allein der Kopf des Elefanten reicht bis in den zweiten Stock.

Ohne Leiter schafft man das nie, und die muss man schließlich transportieren ...«

»Eine Leiter könnte vor Ort gewesen sein.« Die Baustelle auf der Straßenseite gegenüber schien es jedenfalls nicht erst seit gestern zu geben.

»So wie es aussieht, erreicht man den größten Teil der Fläche auch vom Vordach der Seitentür aus«, spann Kai den Faden weiter. »Aber selbst wenn dieser Straßenherz das Objekt in- und auswendig kannte, war es kaum in einer Nacht zu schaffen.«

»Heute Morgen habe ich Indigo-Jay auf dem Friedhof getroffen«, ließ Hella den Kollegen jetzt nicht länger im Ungewissen. »Angeblich hat er Straßenherz dabei beobachtet, wie er an dem Elefanten arbeitete. Und er hat gesehen, dass ihm jemand dabei geholfen hat.«

»Sieh an, und wer?«

»Das ist die Frage, die wir beantworten müssen.«

»Aber wie?«

»Straßenherz und dieser Jemand haben an der Fassade gearbeitet, also müssten dort Fingerabdrücke und DNA-Spuren zu finden sein, besonders auf dem Vordach der Seitentür. Vielleicht haben sie ihre Utensilien dort abgestellt.«

»In der Tatnacht hat Jelinski Handschuhe getragen, Hella. Wahrscheinlich hat er immer mit Handschuhen gearbeitet und der Unbekannte auch. Mit Fingerabdrücken ist also kaum zu rechnen. Wenn wir die Person nicht kennen, die ihm geholfen hat, dann nützen uns selbst DNA-Spuren nichts. Es sei denn, wir werden im Register fündig, doch darauf zähle ich eher nicht.«

»Es wäre immerhin ein Anfang ...«

»Hast du mit Senge darüber gesprochen?«

Darauf gab sie ihm keine Antwort.

»Außerdem hat es inzwischen mehrmals geregnet. Da wird sich kaum noch Material finden lassen, wenn überhaupt ...«

Ohne es zu wissen, hatte Kai Fischbach ihren letzten Funken

Hoffnung ausgetreten. Ihr war nur noch zum Heulen zumute, so wie dem Elefanten, aus dessen Augen dicke blutrote Tränen quollen.

Hella hatte es kommen sehen. Kalorien waren keine Lösung, aber nach einem solchen Tag der einzige Trost. Sie saß auf ihrer Couch im Wohnzimmer und schaute sich selbst dabei zu, wie sie eine Packung dieser Kokos-Törtchen aufriss und eins nach dem anderen in ihren Mund schob. Gierig, hemmungslos, tierisch … Reue? Das zuständige Zentrum irgendwo in ihrem Hinterkopf machte den Vorschlag, sie könne die Reue mit ihrem Frust zusammenlegen, den ihr die glorreiche Idee eingebracht hatte, Stuttgart den Rücken zu kehren und in Braunschweig anzufangen. Dann würden sich Heulen und Zähneknirschen richtig lohnen.

Gegen sechs hatte Daniela angerufen, wollte mit ihr essen gehen, aber Hella hatte sie vertröstet. Zu den neuesten Ergebnissen musste sie ohnehin schweigen, wenn man überhaupt von Ergebnissen sprechen konnte. Außerdem war sie immer noch von ihr enttäuscht. Sie konnte verstehen, dass Daniela ihr verschwiegen hatte, den Magister zu kennen, und sie akzeptierte ihre Gründe, dennoch blieb ein fader Nachgeschmack.

Ein weiteres Kokos-Törtchen ging wie von selbst vom Couchtisch aus auf Wanderschaft. Auch Désirée Jelinski hatte sich getröstet. Das war nicht weiter ungewöhnlich. Vielmehr erregte Verdacht, dass einige der imposanten Ölgemälde an den Wänden des Wohnzimmers fehlten. Bestand zwischen dem jungen Liebhaber und dem Verschwinden der Bilder ein Zusammenhang? Ließ sich dieser Lennart von der Witwe aushalten, erpresste er sie vielleicht sogar? Er war jung, studierte offenbar Kunst. Nach der Beschreibung konnte er durchaus der Unbekannte sein, der Jelinski bei seiner Arbeit geholfen hatte. War es am Ende doch ein Mord im Umfeld der Familie?

Hella betrachtete die Wände ihres Wohnzimmers. Nach wie vor waren sie kahl. Sie hatte die Raufasertapete des Vormieters nur weißen lassen. Ihre Bilder schlummerten noch in den Kartons, und sie verspürte keinen Drang, sie auszupacken und aufzuhängen. Wahrscheinlich lag es daran, dass sie die Wohnung nicht angenommen hatte, und der Wohnung schien es nicht anders zu gehen ...

Ihre Gedanken landeten wieder bei Senge. Würde er ihr wirklich ernsthaft Schwierigkeiten machen, wenn sie sich weiter weigerte, Matthias Weniger für den Mörder zu halten? – Am Ende dieses Tages hatte sie wieder nichts in der Hand. Dabei gab es eine vielversprechende Spur. Denn wenn dieser Helfer nicht der Täter war, warum meldete er sich nicht? Er musste etwas mit dem Tod von Jelinski zu tun haben. Doch für die Existenz dieses Unbekannten gab es nur eine vage Aussage und Vermutungen ...

Das Schrillen der Klingel an der Wohnungstür holte sie zurück. Ob sich Daniela aufgerafft hatte, sie zu besuchen? – Um sie dann bei einer verschärften Kalorienkur anzutreffen? Das Essen mit ihr hatte sie abgesagt, weil sie angeblich einen Fastentag einlegen wollte.

»Komme gleich!« Sie schnappte sich die Tüte mit den Kokos-Törtchen und verschloss sie im Barfach des Fernsehschranks. Dann zog sie ihre Schlappen unter dem Couchtisch hervor und begab sich in den Flur.

Als sie die Wohnungstür öffnete, entspannte sie sich. Warum war sie nicht gleich darauf gekommen? Es konnte nur der Herzensbrecher von nebenan sein. Doch sein Gesicht zeigte keine Regung, in den Händen trug er ein Paket.

»Das ist für dich abgegeben worden«, sagte er und überreichte es ihr feierlich.

Hella drehte das Paket, dessen rätselhafter Inhalt in Bärchenpapier eingewickelt worden war, von einer auf die andere Seite, fand aber weder Adresse noch Absender. »Tut mir leid, Drago«, erwiderte sie und gab es ihm zurück. »Ich kann es nicht annehmen.«

Das Gesicht des Überbringers zeigte unverkennbare Spuren von Enttäuschung. »Warum nicht?«

»Hast du eine Ahnung, wie gefährlich es ist, ein Paket anzunehmen, das du nicht erwartest?«

»Nein, wieso?«

Damit hatte er offenbar nicht gerechnet. »Es könnte eine Bombe drin sein. Ich bin von der Polizei. Vielleicht wollen sich die Gangster aus der Unterwelt an mir rächen.«

»Wirklich?« Er war beeindruckt, versuchte aber, aus der Zwickmühle herauszukommen. »Ich finde, es ist zu leicht für eine Bombe.«

»Es gibt Briefbomben, die wiegen nur ein paar Gramm.«

»Daran habe ich nicht gedacht. Aber das hier sieht ziemlich harmlos aus, findest du nicht?«

»Da bin ich mir nicht so sicher. Wir sollten es von einer Spezialtruppe entsorgen lassen.«

Was ihm wohl dazu einfiel?

»Ich glaube nicht, Hella. Das Paket ist nämlich von mir. Ich wollte nur checken, ob du wirklich von der Polizei bist.«

»Okay, aber dir ist klar, dass du für mich von jetzt an Drago der Checker bist?«

»Klingt gut. Ich habe mich sowieso entschlossen, Polizist zu werden. Da ist immer etwas los.«

»Ich dachte, du willst Koch werden …«

»Man muss flexibel sein im Leben. – Willst du nicht nachsehen, was in dem Paket ist?«

»Also gut, aber auf deine Verantwortung.«

Drago folgte ihr ins Wohnzimmer und setzte sich ohne Aufforderung auf den einzigen Sessel. Erwartungsvoll starrte er auf das Paket, das Hella genüsslich langsam auspackte. Der Inhalt war tatsächlich schockierend: eine Schachtel XXL-Schokoküsse.

Sie wusste im ersten Augenblick nicht, was sie sagen sollte. Der generöse Stifter bemerkte das sofort und lächelte sanft.

»Ich finde, sie passen gut zu dir. Sie sind rund und lecker. Alles Schöne ist rund. In der Natur ist alles rund, warum soll eine Frau nicht auch rund sein?«

Ihre Wangen brannten. Diesen kleinen Philosophen hatte der Himmel geschickt, dachte sie, und ein begnadeter Psychologe war er auch. Sie fühlte sich plötzlich so frei. »Ich danke dir«, sagte sie und konnte ein leises Zittern ihrer Stimme nicht verhindern. »Das habe ich jetzt gebraucht.«

»Ich weiß«, erwiderte er, »du brauchst mich. Du brauchst einen Influencer, das habe ich gleich gewusst. Ich will dein Influencer sein.«

12. DIE VERGANGENHEIT LEBT

Sie war immer ein Sonnenkind gewesen, hatte es geliebt, den ganzen Tag unter dem großen dicken Baobab im Garten des kleinen Hauses zu spielen, das ihren Eltern gehörte. Sie waren stolz, dieses Haus am Rande der Stadt zu besitzen, es stammte noch aus der Zeit, als die Deutschen über das Land und ihre Völker bestimmten. Selbst wenn der Abend kam, wollte sie nicht aufhören zu spielen. Doch ihre Mutter hatte es verstanden, sie ins Bett zu locken. »Ich habe eine neue Geschichte für dich. Aber vielleicht willst du sie nicht hören ...«, sagte sie. Sie war listig, sie wusste, dass ihre Neugierde stärker war. Außerdem würde morgen die Sonne wieder scheinen, einen ganzen langen Tag. Also legte sie sich ins Bett und hörte ihr zu. Sie erzählte von den Tieren und Pflanzen im Etosha-Nationalpark. Jedes Tier, jeder Baum und jeder Busch dort habe einen Namen, habe eine Seele ...

Nicht einer der Bäume ihrer Heimat wuchs hier in diesem kalten Land, und nicht ein Tier ihrer Heimat lebte hier in Freiheit. Früher hatte sie sich immer vor dem Brüllen der Löwen gefürchtet, und das Trompeten der Elefanten bedeutete Gefahr. Doch mit den Tieren im Zoo fühlte sie nur Mitleid.

In ihrem Zimmer war es dunkel jetzt, nur das Licht der Straßenlaternen drang durch die Ritzen der Jalousie. Sie schlief allein, das Bett gegenüber war frei. Zwei Wochen lang hatte sie das Zimmer mit einer jungen Schwangeren teilen müssen. Die hatte nicht ein Wort mit ihr gesprochen, eines Tages war sie plötzlich verschwunden gewesen. Dennoch konnte sie die junge Frau gut verstehen, es war schwer, zur Ruhe zu kommen, wenn man einmal die Heimat verloren hatte.

Sie setzte sich im Bett auf. Er kam immer nachts, der irrsinnige Schmerz, der ihren Körper und ihre Sinne erfasste. Dann hielt sie es nicht mehr aus, nicht im Bett und nicht in diesen vier Wänden. Dann musste sie hinaus, laufen und laufen. – Ohne die kleine Lampe neben dem Bett einzuschalten, zog sie sich an, steckte ihre Füße in die Schuhe, die Annegret, ihre Flüchtlingsbetreuerin, ihr geschenkt hatte, und schnürte sie zu. Dann nahm sie ein zweites Kissen und die Decken aus dem Schrank und rollte sie so zusammen, dass es aussah, als würde sie im Bett liegen und schlafen.

Der Mann von der Security war wachsam, es war nicht leicht, an ihm vorbeizukommen. Lautlos schlich sie den Gang entlang und versteckte sich in der Nähe der Treppe. Sie wusste, wann er seine Runde machte. »0.45 Uhr, keine Vorkommnisse, alles ruhig hier«, sprach er in sein Handy. Dann steckte er seine Zigaretten in die Brusttasche und begann mit der Kontrolle der hinteren Räume. Das war der Moment. Sie entkam über die Treppe nach draußen und lief und lief.

Um diese Zeit waren die Straßen von Braunschweig leer, dieser Stadt, die sie vor allem als nächtlichen Schatten kannte. Ein feiner Regenfilm legte sich auf ihr Gesicht. Sie zog die Kapuze hoch, lief schneller. Sie brauchte nicht zu überlegen, wohin es ging, allein ihre Beine fanden den Weg. Als sie angekommen war, zwängte sie sich durch die Absperrung und begab sich in den Schutz der rohen Betonpfeiler. Dort kauerte sie, unsichtbar für die Kameras auf der anderen Straßenseite. Von hier aus sah sie ihn nicht, aber sie wusste, dass er da war, der weinende Elefant. An diesem Haus klebte namibisches Blut …

»Er ist es, ich habe ihn gesehen, er ist von den Toten auferstanden«, hatte sich Dumas Stimme überschlagen. Gerade war er vom Markt zurückgekehrt, ließ die Taschen im Eingang ihres

Hauses auf den Boden fallen und rannte ihr händeringend entgegen. Sein Gesicht glänzte im Angstschweiß, als wäre er dem Leibhaftigen begegnet. »Du musst mir glauben«, beschwor er sie. »Der Teufel ist zurück in Windhuk.«

Zuerst hatte sie nicht gewusst, was sie darauf sagen sollte. Duma liebte es, Geschichten zu erzählen. Nicht einen Tag in ihrer Ehe mit dem Mann aus dem Ovamboland hatte sie sich gelangweilt, seine Geschichten waren immer so voller Ideen und wilder Fantasie. Aber diesmal schienen es keine Hirngespinste zu sein, Duma war zutiefst erschüttert. »Natürlich glaube ich dir«, hatte sie versucht ihn zu beruhigen. »Wen hast du gesehen?« …

Plötzlich Schritte auf dem knirschenden Geröll. »Duma?«, fragte sie erschrocken in die Dunkelheit hinein. Doch er konnte es ja nicht sein, Duma war tot, erschossen, und es gab keine Geister. Sie selbst hatte ihn begraben. »Wer ist da?«

Eine harte Hand aus dem Dunkel umschloss ihren Hals, sie konnte nicht schreien, nicht einmal mehr schlucken.

»Sieh mal einer an, wen haben wir denn da? Denk nur nicht, Freundchen, dass wir euch Baustellendiebe so einfach davonkommen lassen. Früher oder später schnappen wir euch alle, auch wenn …« Ein kräftiger Mann, dunkel gekleidet, sah in ihre Augen, dann an ihrem Körper herunter. Auf seinem Gesicht erschien ein schäbiges Grinsen. »Oh, eine Frau, aber das wird dir auch nicht …«

Im gleichen Moment stöhnte er auf, und sie konnte wieder frei atmen. Sie stieß ihn von sich und floh. Er lag auf dem Boden und würde ihr nicht folgen, so schnell erholte er sich nicht von diesem Tritt.

Sie zwängte sich durch die offene Stelle im Gitter und befand sich wieder im Zwielicht der Straße. Dort umwehte sie ein kalter Wind, aber der Regen hatte aufgehört. Auf dem Display ihres Handys las sie 1.58 Uhr. Sie musste zurück in die Unterkunft. Hoffentlich hatte der Mann von der Security auch diesmal nichts bemerkt.

*

Montag, Tag sieben der Ermittlungen.

Am Abend zuvor hatte Drago seinem neuen Job als selbst ernannter Influencer alle Ehre gemacht und Hella fast eine Stunde lang den frustrierenden Tag vergessen lassen. Als er sich verabschiedet hatte, weil er um acht ins Bett musste, war die Ratlosigkeit allerdings zurückgekommen. Die ganze letzte Nacht hatte sie sich immer wieder die gleichen Fragen gestellt: Waren die Witwe und ihr junger Liebhaber in den Fall verwickelt? Und wer hatte Jelinski bei der Arbeit an dem Elefanten geholfen?

Am Ende führte nur solide Polizeiarbeit zum Ziel, das wusste sie, aber genau das hatte bislang nichts gebracht. In der Morgenbesprechung redete sie sich heraus, sie müsse noch letzte Befragungen durchführen, um ihre Einschätzung abzusichern. Senge und Tom Seipold ließen sich nichts anmerken, schienen es aber zu genießen, wie sie in ihrem eigenen Saft schmorte. Kai Fischbach sagte nicht ein Wort, kaute nur selbstvergessen an seinen Fingernägeln.

Hella war gerade zurück in ihrem Büro, als es an der Tür klopfte. »Ja bitte!«

Die Sekretärin vom Chef steckte ihren Kopf herein. »Kriminalrat Senge kann es kaum erwarten, Sie zu sprechen.« Da klang Schadenfreude mit. Offenbar hatte sich herumgesprochen, dass man derzeit ungestraft auf ihr herumtrampeln durfte.

Die Tür war nur angelehnt. Senge hatte den Telefonhörer noch in der Hand, als sie sein Büro betrat.

»Was hast du dir dabei gedacht?«

Sie wollte ihn keinesfalls weiter aufstacheln, wusste aber definitiv nicht, was er meinte. »Wobei?«

»Kellermann hat angerufen, war stinksauer. Wieso man ihm nicht mitteile, wenn man beabsichtige, seine Angestellten zu befragen, und das sonntags. Warum wusste ich davon nichts, Hella? Habe ich nicht ausdrücklich …?«

»Ja, das hast du. Es ging um Kleinigkeiten. Da du sehr beschäftigt bist, wollte ich dich nicht damit belästigen …«

»Papperlapapp. Kellermann hat das als Provokation verstanden. Er bot uns seine Zusammenarbeit an, aber du bringst ohne Not Unruhe ins Personal seiner Bank, ohne mir ein Sterbenswörtchen davon zu sagen. Kellermann muss den Eindruck gewinnen, ich hätte meine Leute nicht im Griff. Und das alles, weil eine Kollegin ein Bauchgefühl hat …« Er hatte sich in Rage geredet, und sie ahnte, dass das dicke Ende folgen würde. »Dein Bauch in allen Ehren, Hella, aber ich ziehe jetzt die Reißleine. Für mich ist der Fall endgültig abgeschlossen. Ich kann dich nur davor warnen, meine Instruktionen zu ignorieren. Solange ich in dieser Abteilung das Sagen habe, kocht hier nicht jeder sein eigenes Süppchen!«

Darauf gab es nichts zu erwidern. Sie schwieg, kehrte Senge den Rücken. Unter dem spöttischen Blick der Sekretärin, die offenbar gelauscht hatte, verließ sie das Büro des Kriminalrats und begab sich eine Tür weiter an ihren Schreibtisch, wo sie zum Telefonhörer griff und wählte. Am anderen Ende meldete sich Fischbach.

9.23 Uhr. Das Wetter traf Hellas Gemütslage ziemlich genau. Der zuständige Gott schien sich ebenso wenig für diesen Tag zu interessieren wie sie. Kai Fischbach hatte ein zweites Frühstück in einem der Bäckerläden entlang der Fußgängerzone vorgeschlagen. Mit einem Grinsen im Gesicht kam er vom Tresen zurück und kredenzte ihr eine Schale Milchkaffee, dazu ein Schokocroissant. Sie verstand nicht, dass der Mann so gut gelaunt sein konnte. Obendrein dieser penetrante Salamigeruch, der von seinem Baguette ausging.

»Warum so trübselig? Eine neue Seite der Kommissarin?«, stichelte er. »Bitte enttäusche mich nicht, Hella. Ich bin gerade wieder auf dem Weg, meinen Beruf zu mögen.«

Er hatte ja recht. Ein Profi durfte unmöglich gleich die Waffen strecken, wenn dicke Luft herrschte. Es schien sich nur alles zu wiederholen in ihrem Leben. In Stuttgart hatte sie im Streit aufgehört, und heute hatte Senge sie glatt kaltgestellt ...

»Falls es dich weiter interessiert«, sagte Kai. »Der junge Mann, dem du bei Désirée Jelinski begegnet bist, heißt Lennart Struwe, ist einunddreißig Jahre alt, geboren in Bad Hersfeld, Halbwaise seit er neun war und studiert Malerei in Jelinskis Klasse an der Hochschule im zehnten Semester.«

»Die beiden haben auf mich wie ein altes Ehepaar gewirkt, so vertraut. Und dann die verschwundenen Bilder – ich frage mich ...«

»Du meinst, die beiden könnten den Mord an Jelinski geplant haben und verhökern jetzt die wertvollsten Stücke aus der privaten Gemäldesammlung, um sich eine schöne Zukunft zu machen? Oder noch besser: Die Witwe braucht dringend eine größere Summe, weil jemand für sie den Mord übernommen hat und sie jetzt erpresst?«

»Ist ja gut! Ich weiß, wir haben genug Theorien. Außerdem fehlt ein überzeugendes Motiv. Wenn die beiden sich bereits so lange kennen, warum sollten sie dann ausgerechnet jetzt einen so spektakulären Mord begehen?«

Hellas Handy klingelte. »Kriminalrat Senges Büro, Stengler hier. Die Witwe des Opfers hat angerufen, Frau Budde, und offenbar die falsche Durchwahl erwischt. Schien nicht ganz nüchtern zu sein. Sie wollte nur mit Ihnen sprechen.«

Hella drückte den roten Knopf. »Als hätte die Frau Professor mitgehört. Sie hat nach mir gefragt.«

»Vielleicht ist der Fall doch noch nicht abgeschlossen«, entgegnete Kai und zwinkerte ihr zu.

Die Wohnungstür öffnete Lennart Struwe. Sein Gesicht verfinsterte sich sofort, als er sie erkannte. »Was wollen Sie schon wieder?«, fuhr er Hella an.

»Ihre Partnerin – oder soll ich sagen Lebensgefährtin – hat im Kommissariat nach mir gefragt. Ich wollte ihr den Weg ersparen und bin gleich selbst gekommen«, erwiderte sie. »Aber ich kann ...«

»Nein, nein«, gab er überraschend schnell nach und änderte den Tonfall. »Kommen Sie bitte herein.« Offenbar wollte er eine Vorladung vermeiden.

»Sie kennen ja den Weg ins Wohnzimmer. Bitte entschuldigen Sie die Unordnung.«

Die Fenster zur Straße waren aufgerissen, allerdings lag der Geruch nach Alkohol und abgestandenem Zigarettenrauch immer noch bleischwer im Raum. Die Verkehrsgeräusche von der Herzogin-Elisabeth-Straße machten eine Unterhaltung so gut wie unmöglich, also schloss er die Fenster wieder.

»Bitte setzen Sie sich«, sagte er und nahm selbst in einem der beiden Muschelsessel Platz.

Ihre Blicke trafen sich, in seinem Gesichtsausdruck meinte Hella Spuren von Leidenschaft, Ungeduld und Arroganz zu erkennen. Aber fand man die nicht immer im Gesicht eines jungen, gut aussehenden Mannes, der sich seiner Qualitäten bewusst war?

»Was kann ich für Sie tun?«, fragte er.

»Frau Dr. Jelinski wollte mich sprechen, hier bin ich«, wiederholte sie.

Er wurde sichtlich nervös. »Leider ist sie gerade unpässlich. Sie hat sich hingelegt und kann unmöglich gestört werden.«

»Der Tod ihres Mannes scheint sie wohl sehr mitzunehmen.« Hella war fest entschlossen, diese Wohnung nicht ohne Ergebnis zu verlassen.

»Ja, ich mache mir große Sorgen.«

Sie nahm demonstrativ die kahlen Stellen an den Wänden in den Blick. »Aber wie es scheint, hat sie sich sehr schnell von den Erinnerungen an ihren Mann getrennt.«

»Sie meinen die Bilder? – Nein, die sind beim Restaurator, haben es dringend nötig. Bernhard hat das noch höchstpersönlich in Auftrag gegeben. Aber es ist gut möglich, dass sie danach als Spende dem Museum übergeben werden. Er wollte die Bilder dem Kunstfonds hinterlassen, hat er einmal gesagt.«

Jelinski und Struwe kannten sich also. »Sie waren befreundet?«

»Wir verstanden uns gut, so könnte man sagen.« Es hielt ihn nicht mehr im Sessel. Er erhob sich und begann, im Raum auf und ab zu gehen.

»Wusste Bernhard Jelinski von Ihnen und …?«

»Was meinen Sie?« War er wirklich verwundert, oder versuchte er zu täuschen?

»Es ist doch offensichtlich, dass Sie und Désirée Jelinski ein Paar sind.«

Jetzt lachte er schallend. »Nein, ich glaube, hier liegt ein Irrtum vor. Désirée ist meine Tante, und bevor Sie eine total falsche Fährte verfolgen: Ja, sie ist sehr großzügig und unterstützt mich finanziell, seit meine Mutter gestorben ist. Aber im Augenblick bin ich derjenige, der ihr hilft, und ich schlafe auch hier, weil sie es momentan nicht erträgt, allein zu sein.«

Hella versuchte, sich den Fehlschlag nicht anmerken zu lassen. »Sie kannten also die Eheverhältnisse Ihrer Tante recht gut. Litt sie sehr unter den ständig wechselnden Frauenbekanntschaften ihres Mannes?«

»Da müssen Sie sie selbst fragen, ich …«

»Es geht hier um Mord, Herr Struwe. Da sind auch Sie verpflichtet, alles zu sagen, was Sie wissen.«

Daraufhin blieb er stehen, als hätte er einen Entschluss gefasst, ließ dann das Parkett unter seinen Schritten knarren und setzte sich wieder in seinen Sessel. »Sie geben vermutlich keine Ruhe, bis Sie es erfahren haben«, begann er. »Ja, Bernhard und ich sind aneinandergeraten. Désirée erzählte mir, diesmal würde sie ihn wahrscheinlich verlieren. Sie spüre es. Er soll auch gesagt haben, dass ihm ein neuer Lebensabschnitt bevorstehe.«

»Und Ihre Tante dachte, dass es sich um eine Frau handelte?«

»Ja, sie war fest davon überzeugt. Irgendwann habe es so weit kommen müssen, sagte sie zu mir. Und dann: ›Ich werde mich umbringen, wenn er wirklich geht.‹ Da habe ich mir Sorgen gemacht.«

»Sie sprachen ihn also darauf an?«

»Ja, wie ich bereits sagte, verdanke ich meiner Tante sehr viel. Sie hat mir Mut gemacht, Kunst zu studieren, nachdem ich eine Zeit lang nicht wusste, was ich mit meinem Leben anfangen sollte, und ziemlich abstürzte. Ich weiß, dass ich nicht gerade ein zweiter Warhol bin, aber es erfüllt mich. Ich dachte, ich bin es ihr schuldig, mich für sie einzusetzen.«

»Und wie reagierte Bernhard Jelinski darauf?«

»Ungewöhnlich heftig. Er beschimpfte mich als talentlosen Schmarotzer, der sich jetzt auch noch in seine Ehe einmische.«

»Wann war das?«

»An dem Montagnachmittag vor einer Woche, bevor er ermordet wurde. Er war noch im Museum, kam dann zurück und ging in sein Arbeitszimmer, um etwas zu holen. Désirée war außer Haus, um eine Freundin zu besuchen …«

»Sie wusste also nichts von Ihrem Streit?«

»Nein, ich habe ihr auch nie davon erzählt.«

»Warum nicht?«

»Es war mir peinlich. Ihre Ehe ging mich eigentlich nichts an. Vor allem wollte ich jeden weiteren Ärger vermeiden.«

»Es muss Sie getroffen haben, als Schmarotzer bezeichnet zu werden. Hat Ihr Onkel jemals versucht, Sie loszuwerden?«

»Nein, nicht direkt …«

»Aber es gab Spannungen zwischen Ihnen?«

»Nur in letzter Zeit. An dem Nachmittag haben wir uns angeschrien. Ich habe ihn noch nie so wütend gesehen. Wenn es eine seiner üblichen Affären gewesen wäre, hätte er doch abwiegeln können. Wir waren beide so aufgeladen, dass ...«

»Es zu einer Prügelei kam?«

»Nein. Kurz bevor es eskalierte, schnappte er sich seine Jacke und die Arbeitstasche und ließ mich einfach stehen.«

»So wie es aussieht, sind Sie der Letzte, der Bernhard Jelinski an diesem Tag lebend gesehen hat, Herr Struwe, und Sie sind im Streit auseinandergegangen ...«

Der junge Mann zuckte mit den Schultern, erwartete offenbar die Frage, die sie stellen musste: »Warum haben Sie nicht gleich ausgesagt?«

»Warum wohl? – Weil Sie mich sofort verdächtigt hätten, ihn umgebracht zu haben.«

»Haben Sie?«

»Nein, natürlich nicht. Schon wegen Désirée hätte ich ihm kein Haar krümmen können. Außerdem bewunderte ich ihn ...«

»Wussten Sie von seinem zweiten Leben als Straßenkünstler?«

Aus seinem Gesicht wich plötzlich jede Farbe. Hatte er noch mehr verschwiegen?

»Ich ... nein, ich habe mich nur gewundert, warum er die Zeitungsartikel über Straßenherz so akribisch gesammelt hat, wo ihm doch angeblich nichts über seine Klassiker ging.«

»Sie haben ihm nachgeschnüffelt?«

»Einmal hat er eine Pressemappe auf seinem Schreibtisch liegen lassen, und da ...«

»Herr Struwe, ich muss Sie bitten, mir aufs Kommissariat zu folgen. Dort werden wir Ihre Aussage zu Protokoll nehmen.«

Polizeikommissariat Mitte, Raum 236. »12.34 Uhr. Tötungsdelikt Bernhard Jelinski. Befragung des Zeugen Lennart Struwe,

Neffe der Witwe Désirée Jelinski.« Neben Hella saß Fischbach, wer hinter dem Spiegel saß, wusste sie nicht, aber sie ging davon aus, dass Senge selbst dabei sein wollte. Als Erstes belehrte sie den Zeugen, fragte die Personalien und für das Protokoll die Fakten ab, die sie bereits kannte. »Ihnen ist also aufgefallen, dass sich Bernhard Jelinski für Straßenherz interessierte?«, setzte sie dann die Befragung fort.

Lennart Struwe wirkte beeindruckt. Von dem streitbaren, selbstbewussten jungen Mann, den Hella kennengelernt hatte, war nicht viel übrig.

»Wie ich sagte, besaß Bernhard eine Sammlung von Zeitungsartikeln über Straßenherz, die ich kurz zu sehen bekam, als er einmal die Pressemappe auf dem Wohnzimmertisch vergessen hatte.«

»Und Ihnen ist nicht die Idee gekommen, dass er selbst Straßenherz sein könnte?« Nur wenn sie ihn weiter unter Druck setzte, würde er mit der Sprache herausrücken.

»Nein, höchstens, dass er vielleicht eine Ausstellung zum Thema Straßenkunst plante. Er hatte ja immer wieder neue Ideen …«

»Am Montagnachmittag sind Sie nach eigenen Angaben mit Bernhard Jelinski in Streit geraten. Angeblich hat er, kurz bevor der Streit ausuferte, die Wohnung verlassen. Was hatten Sie zu dieser Zeit in der Wohnung zu suchen, Ihre Tante war schließlich nicht zu Hause?«

»Ihre Freundin hatte irgendwelche Probleme, ich weiß nicht mehr genau. Désirée hatte mir einen Zettel auf den Küchentisch gelegt, sie würde mindestens zwei Stunden außer Haus sein. Aber ich hatte keinen Cent mehr in der Tasche und …«

»Sie wollten also warten, bis sie zurückkam?«

»Ich …« Struwe wurde sichtlich nervös.

»War es nicht so, dass Sie die Demütigungen im Streit mit Ihrem Onkel so getroffen haben, dass Sie ihm anschließend gefolgt sind, um herauszufinden, welche Frau Ihrer Tante den Rang abgelaufen hatte, um sich so an ihm zu rächen?«

»Ich ... bin ihm gefolgt, ja. Es stimmt auch, dass ich vor Wut gekocht und überlegt habe, wie ich es ihm heimzahlen könnte. Aber ich verlor ihn schließlich an einer Ampel aus den Augen, gab es auf und fuhr zurück in meine Bude. Dort blieb ich den ganzen Abend.«

»Zeugen?«

»Außer meiner Katze niemand, nein ...«

»Überlegen Sie genau, Herr Struwe. Haben Sie jemanden angerufen, oder sind Sie angerufen worden?«, setzte Fischbach noch einmal nach.

Struwes Hände zitterten. »Nein, ich wollte ... ich habe noch für eine Prüfung gelernt und im Internet gesurft ...«

Jetzt stand Senge in der Tür. »Danke, Hella. Herr Struwe, Sie können jetzt gehen, aber halten Sie sich zu unserer Verfügung.«

Der junge Mann sprang erlöst auf. Kai Fischbach folgte dem Zeugen und ließ Hella mit dem Kriminalrat allein. Senge brauchte es ihr nicht zu sagen. Sie wusste es selbst: Es war vorbei. Sie musste sich damit abfinden, verloren zu haben. »Ludger, ich ...«

»Schon gut, Hella. Ich kannte deinen Ruf, als du zu uns kamst, schließlich gibt es Personalakten. Du hast immer gründliche Arbeit abgeliefert. Diesmal allerdings ...«, er vermied es, sie anzusehen, »konntest du mich noch nicht überzeugen. Aber ich sehe ein, dass die Ermittlungen noch Zeit brauchen. Die magischen drei Tage sind ohnehin längst überschritten.« Er drehte sich um und verließ den Raum.

»Danke, Ludger«, erwiderte sie erleichtert, aber er konnte sie nicht mehr hören.

13. DÄMONEN

Wie damals als Kind hatte sie den ganzen Tag in einer Traumwelt verbracht und gemalt. Als sie in dieses Zimmer gekommen war, in dem sie seit Monaten lebte, waren die Wände kahl, nicht ein Bild hing dort, nur neben dem Waschbecken ein Kalender mit einem großen »A« für Apotheke. Nach drei Wochen besorgte sie sich bunte Kreide und begann, die öden Flächen aus der Erinnerung zu bemalen: die Häuser und Straßen von Windhuk, den dicken alten Baobab, unter dem sie als Kind gespielt hatte, und natürlich ihr Haus, ihre Eltern, ihre Mutter am Waschtag, ihren Vater mit der Pfeife im Mund, wie er sich auf seinem Lieblingsplatz, der Holzbank vor dem Haus, ausruhte. Es war kaum mehr als ein Jahr her, seitdem sie ihre Heimat verlassen hatte, und doch kam sie ihr bereits wie ein Traum vor. Sie wollte malen, sie musste malen, um sicher zu sein, dass alles nicht Einbildung, sondern ihr wirkliches Leben war – oder gewesen war.

Immer wieder erschien ihr das entsetzte Gesicht von Duma, ihrem Mann: die angstvollen Augen, der vor Grauen verzerrte Mund, Schweiß auf der Stirn. Ja, er musste den Teufel gesehen haben, unaufhörlich stammelte er: »Der Dämon aus der Vergangenheit ist auferstanden.« Am Abend hatte er von den alten Zeiten erzählt, als die Völker von Namibia Sklaven der Weißen waren. Ihre Mutter hatte geweint, so ergreifend erzählte Duma. Er hatte es selbst nicht erlebt, aber er wusste sehr viel aus dieser Zeit von seinen Eltern und die von ihren Eltern. So lange war es her, einige wollten es gern vergessen, aber die meisten konnten es nicht. Dumas Eltern hatten damit begonnen, alte

Fotos und Zeitungsausschnitte über diese Zeit in einer großen Blechdose zu sammeln, auch aus deutschen Zeitungen. Auf vielen der alten Fotos waren deutsche Militärs abgebildet, zusammen mit stolzen Häuptlingen ihrer afrikanischen Stämme. Sie sahen friedlich aus, als wären sie sich einig, aber das täuschte. »Wir dürfen nicht zulassen, dass es noch einmal geschieht. Diese Teufel dürfen niemals zurückkehren und unser Leben zerstören.« Duma stöberte lange in den alten Papieren, bis er gefunden hatte, was er suchte. »Das ist er, ja, das ist er«, überschlug sich seine Stimme fast, und er tippte hektisch mit dem Finger auf das Foto in einem Zeitungsbericht. »Der Satan ist zurück, ich schwöre, dass ich ihn gesehen habe.«

An dem Abend hatte sie Duma in den Arm genommen, und dieser sonst so starke Mann weinte wie ein kleiner Junge. Alle weinten sie und ahnten nicht, dass ihr Leben von diesem Tag an nie mehr das alte sein würde. Duma wurde von nun an ernster. Wo waren sein Lachen, seine Scherze, die sie so liebte? Wo seine fantasievollen Geschichten? Jeden Abend, wenn er von der Arbeit zurückkam, diskutierte er mit Vater und hörte nicht auf, über die Zeiten zu sprechen, in denen Deutsch-Südwestafrika unter den weißen Teufeln zu leiden gehabt hatte. Wenn sie gewusst hätte, wohin es führen würde, wäre sie dazwischengegangen und hätte es ihm verboten.

Aber jetzt war es zu spät. Duma war tot, ihre Zukunft zerstört. Jetzt musste sie hier in diesem Land aushalten, in das sie nie wollte, denn sie hatte einen Auftrag: Sie musste den Dämon vernichten, der an allem die Schuld trug.

*

Auch wenn ihr der Kriminalrat noch Zeit einräumte, änderte es nichts daran, dass Hella Beweise heranschaffen musste, um Jelinskis Stellvertreter, den Magister, vom Mordverdacht zu befreien. Er selbst konnte ihr ja nicht mehr helfen. Lennart Struwe schied als Verdächtiger zunächst aus, es fehlte das überzeugende Motiv. Eine halbe Stunde nachdem Struwe das Kommissariat verlassen hatte, rief Désirée Jelinski bei Hella an, verärgert und offenbar immer noch nicht nüchtern. Sie sollten ihren Neffen gefälligst aus dem Spiel lassen, der Junge habe sicher nichts mit dem Tod ihres Mannes zu tun, wetterte sie. Das habe sie ihr ohnehin sagen wollen.

»Ich bitte um Entschuldigung, aber es ist mein Job, allen Spuren nachzugehen, die wir finden, Frau Dr. Jelinski«, erwiderte Hella, was die Witwe aber keineswegs gnädig stimmte. Sie könne sich die Zeit sparen, noch einmal ohne einen Haftbefehl oder etwas dergleichen vor ihrer Wohnung zu erscheinen. Sie und ihr Neffe würden ohne Rechtsanwalt kein Sterbenswörtchen mehr sagen.

Die Nerven der Witwe lagen blank, aber nicht nur ihre, dachte Hella. Sie musste jetzt cool bleiben. Auch wenn der Täter nicht in Sicht war, sie hatte neue Erkenntnisse. Die Fakten mussten nur in den richtigen Zusammenhang gestellt werden. Bernhard Jelinski hatte also eine für seine Frau beunruhigende Bekanntschaft gemacht, jedenfalls war sie überzeugt, dass es sich um eine Frau handelte, wie ihr Neffe bestätigt hatte. Eine Frau, die kurz davor stand, ihren Platz einzunehmen. Bernhard Jelinski hatte zwar angedeutet, sein Leben ändern zu wollen, aber diese Änderung betraf nicht die Kunst. Sein Beruf und seine Berufung hingen schließlich untrennbar zusammen. In den meisten Mordfällen fand sich der Täter im unmittelbaren Umfeld des Opfers, das war Anfängerwissen. Für Jelinski gehörten das Museum und seine Angestellten dazu. Umso mehr fragte sich Hella jetzt, warum sie vor allem den Magister verdächtigt hatten. Seine Assistentin, Caroline Teichmann, stand ihm doch mindestens ebenso nah, schließlich hatte er beschlossen, sie nach Kanada mitzunehmen. Hatte Jelinski mit einem neuen Leben etwa das in Kanada gemeint und seiner Frau nichts von seinen Plänen erzählt? Wollte er sich vorher noch von ihr trennen? – Wieder ein Motiv, aber wieso mitten in der Nacht und noch dazu in der Weststadt?

14.53 Uhr. Die Mittagspause war längst vorbei. Hella hatte vor, Daniela zum Abendessen einzuladen. Dass sie ihr die Bekanntschaft mit dem Magister verschwiegen hatte, sollte nicht mehr zwischen ihnen stehen. Doch es meldete sich nur die Mailbox. Wahrscheinlich hatte Daniela ihren freien Tag und wollte von niemandem etwas wissen. Nur zu gut konnte Hella das verstehen. Außerdem hatte die Woche erst angefangen, und es würden sich noch genug Gelegenheiten ergeben, sich zu verabreden. Apropos – am Montag waren die Museen geschlossen, aber vermutlich saß Jelinskis Assistentin Caroline Teichmann an ihrem Schreibtisch. Als einzig Verbliebene in der Chefetage hatte sie bestimmt mehr zu tun, als ihr lieb war.

Seit der Fall für den Kriminalrat sozusagen erledigt war, hielt sich Tom Seipold ihr gegenüber auffallend zurück. Offenbar genügte ihm sein Erfolg, und es machte ihm nichts aus, dass Hella lieber mit Kai Fischbach zusammenarbeitete. Am liebsten jedoch ermittelte sie allein, daran hatte sich nichts geändert.

»Wo ist eigentlich Tom?«, fragte sie Kai über die Freisprechanlage, als sie auf den Museumsparkplatz einbog.

»Hatte sich kurzfristig Urlaub genommen. Ist aber bereits wieder im Haus«, war die Antwort. »Ich dachte, du weißt davon. Kann ich etwas für dich tun?«

»Noch nicht, aber ich melde mich später. Bin jetzt im Museum, um mir noch einmal Jelinskis Assistentin vorzunehmen.«

Dass Caroline Teichmann überarbeitet war, brauchte sie nicht erst zu sagen, allein der vollgepackte Schreibtisch verriet es. Immerhin musste die Arbeit zweier Kollegen zusätzlich gemacht werden. Aber einer Frau konnte man das zumuten. Wenn man einer Frau eine Chance gab, dann musste sie für zwei schuften, Hella kannte das.

»Sie werden verstehen, dass ich nicht viel Zeit habe. Wir wollen trotz der unglücklichen Umstände die Realismus-Ausstellung stattfinden lassen und haben nur noch wenige Tage für die Vorbereitungen. Was kann ich also für Sie tun?«, fragte sie kurz angebunden.

»Wie Sie mir bereits mitteilten, wollte Direktor Jelinski seinen Job hier aufgeben und einen Posten in Kanada übernehmen …«

»Ja, in Vancouver. Er hatte das Angebot bekommen, ein multikulturelles Zentrum für eine Stiftung aufzubauen, und bereits fest zugesagt.«

»Und Sie …«

»Ich sollte mitkommen. Er wollte auf meine Mitarbeit nicht verzichten. Natürlich war es für mich eine große Ehre, und ich habe mich sehr darauf gefreut.«

»Zum Leidwesen von Magister Weniger.«

»Ja, das kann ich nicht leugnen, aber letztlich war es nicht meine Entscheidung.«

»Wusste Jelinskis Frau von seiner Absicht, ins Ausland zu gehen?«

Jetzt stutzte Caroline Teichmann, ein rosa Schimmer erschien auf ihren bleichen Wangen. »Hören Sie, ich habe mich nicht in Bernhards Privatangelegenheiten gemischt. Nachdem zwischen uns nichts mehr lief, ging es nur noch um die gute Zusammenarbeit, die war uns beiden wirklich sehr wichtig.«

Warum wurde sie dann gleich nervös?, dachte Hella. »Nach eigener Aussage haben Sie Ihrem ehemaligen Chef viel Arbeit abgenommen, unter anderem auch Persönliches reguliert. Das setzt Vertrauen voraus. Hat Ihnen Bernhard Jelinski wirklich nichts über seine Ehe erzählt?«

»Ich …«

»Bitte vergessen Sie nicht: Jede noch so unbedeutend erscheinende Kleinigkeit kann zur Aufklärung des Mordes beitragen. Wissen Sie, ob er seine Frau nach Kanada mitnehmen wollte oder nicht?«

»Er sprach nicht direkt darüber, nur, dass es an der Zeit sei, ein ganz neues Leben anzufangen ... Er hatte ...«

»Eine neue Beziehung?«

»Ich glaube ... ja.«

»Woran erkannten Sie das? Ist er zum Beispiel in letzter Zeit mehrmals mit ein und derselben Frau erschienen? Fiel ein Ihnen unbekannter Name mehrmals?«

»Nein, das nicht, aber er war so aufgedreht, so euphorisch. So wie in den ersten zwei Monaten, als wir ...« Sie unterbrach sich, offenbar tat es noch weh.

»Sie sind also sicher, dass es sich *nicht* um eine Mitarbeiterin aus dem Museum handelte?«

»Ganz sicher. Das hätte er nicht gewagt ...«

Unzweifelhaft schwang da noch Wut und ein letzter Rest Eifersucht mit. Caroline Teichmann hatte also nach wie vor Gefühle für ihn, bis zu seinem Tod waren es vielleicht sogar Hoffnungen gewesen, dass er zu ihr zurückkäme. Offenbar war es ihr wie Désirée Jelinski und dem Magister ergangen. Sie hatten diesen Mann geliebt, aber diese unerwiderte Liebe war am Ende zu einem Dämon geworden.

»Haben Sie noch Fragen? – Wenn nicht, würde ich jetzt gerne weiterarbeiten ...«

Hella erhob sich von dem Besucherstuhl. »Ich kann verstehen, dass Sie die Erinnerung immer noch aufwühlt. Schließlich hat der Tod Ihres Chefs auch Ihre Pläne durchkreuzt. Aber wenn Ihnen etwas einfällt, das mit dieser neuen Bekanntschaft zu tun hat, lassen Sie es mich wissen.«

16.57 Uhr. Bernhard Jelinskis ehemalige Assistentin hatte bestätigt, dass er offenbar eine neue Beziehung eingegangen war und sein Leben von Grund auf ändern wollte, was zu dem passte, was Lennart Struwe erwähnt hatte. Fehlte immer noch ein konkreter Hinweis auf die Frau, die dahintersteckte. Wenn sie Jelinski nahegestanden hatte, dann würde sie irgendeine Spur in seiner Nähe hinterlassen haben.

Hella hatte die Pförtnerloge am Personaleingang erreicht, als sie kehrtmachte und mit dem Aufzug zurück in den zweiten Stock fuhr. Das Büro des Direktors war nach wie vor versiegelt. Sie hatte die Kollegen von der KTU ausdrücklich gebeten, die Räume möglichst in dem Zustand zu belassen, wie sie sie angetroffen hatten. Abgestandene Luft schlug ihr entgegen, und ein leiser Schauer lief über ihren Rücken, als schwebte der Geist von Straßenherz durch den Raum.

Jelinskis Schreibtisch war – wie man es von einem Künstler nicht anders erwartete – ein kreatives Chaos. Den niedrigen Couchtisch inmitten der Sitzgarnitur bedeckten Plakatentwürfe für die Ausstellung. Ein Büroschrank mit Schubfächern quoll über, Bildbände und Fachliteratur lagen überall verstreut herum. Hella räumte die Pläne von der Tischplatte des Schreibtisches. Zum Vorschein kamen eine Mappe mit Lieferscheinen und ein altes Schreibset mit Federhalter und Tinte – wahrscheinlich antik –, das passende Briefpapier und mit der Hand vorgeschriebene Grußkarten fanden sich in der rechten Schublade. Das Fach auf der linken Seite war vollgestopft mit Erinnerungen und Danksagungen für Einladungen. Er verschickte also handgeschriebene Grußkarten an die Geldgeber seiner Projekte. Der Museumsdirektor in ihm hatte gewusst, wie er die wichtigen Leute der Stadt für seine Sache gewinnen konnte.

Über einem der Regale hingen Fotos von Kanada. Anscheinend hatte ihn die umwerfende Natur dieses Landes bereits länger fasziniert, auch das Rijksmuseum in Amsterdam hatte seinen Platz. Auf dem Regal darunter zwei kleine geschnitzte Tiere aus Holz, eine Giraffe und ein Elefant. Wahrscheinlich eine weitere Erinnerung. Dieser Mann war in der ganzen Welt zu Hause gewesen.

Auch in Jelinskis Büro hatten sich keine Spuren gefunden, die auf seine letzte Beziehung hinwiesen. Wenn es sich dabei um eine seiner Verehrerinnen aus dem Kunstverein handelte, würden ihr und der Mordkommission allerdings endlose Befragungen bevorstehen, dachte Hella. Wieder ging ein Tag der kleinen Schritte zu Ende, und es blieb offen, wer diese Frau war und ob sie überhaupt mit dem Verbrechen an Jelinski in Verbindung stand. Hella suchte eine Nummer auf dem Display ihres Handys und wählte sie an. »Dies ist der Anschluss von Daniela Weinreb. Leider …«

Warum hatte sie Daniela nur so kurz abgefertigt? Sie bereute es längst, aber die Enttäuschung, dass Daniela ihr die Wahrheit verschwiegen hatte, war einfach zu groß gewesen. Vielleicht deshalb, weil sie nie eine Freundin gehabt hatte. Daniela war die Erste, mit der sie sich eine Freundschaft vorstellen konnte. Es war ein so gutes Gefühl, und sie wollte es noch einmal versuchen. »Hier ist Hella. Wahrscheinlich hast du deinen freien Tag. Wenn du deine Mailbox abhörst, ruf mich bitte zurück. Ich würde mich freuen.« Sie wollte das Handy in ihre Jackentasche stecken, als Kai Fischbach anrief.

»Es gibt etwas Neues, Hella …«

»Sag schon, ich kann es kaum erwarten.«

»Nein, nicht im Fall Jelinski. – Ein paar Maskierte haben das Sunshine kurz und klein geschlagen und nicht nur das …«

»Verletzte?«

»Zwei Schwerverletzte. Dieser Dieter und eine andere Person liegen auf der Intensivstation, einer der Transvestiten ist glimpflich davongekommen. Er ist noch vor Ort ambulant versorgt worden und hat erste Fragen beantwortet.«

»Und warum erfahre ich erst jetzt davon?«

»Senge hat den Fall Tom Seipold übertragen. Tom sei ja jetzt frei, und er wolle dich nicht mit zwei Fällen gleichzeitig belasten, hat mir Senges Sekretärin verraten.«

Ausgerechnet Tom Seipold, der das Milieu doch offensichtlich nicht ausstehen konnte, dachte Hella. Plötzlich traf es sie wie ein unerwarteter Tritt in den Magen. »Und wer ist die zweite Person auf der Intensivstation?«

»Eine Frau Ende fünfzig bis Anfang sechzig. Es wurde kein Personalausweis gefunden, und die Kerle haben ihr Gesicht ziemlich demoliert. Rippenbrüche, innere Verletzungen, sie liegt im Koma, und es steht in den Sternen, ob sie durchkommt.«

»In welchem Krankenhaus?«

Als sie »Klinikum« hörte, ließ sie den Motor aufheulen.

»Wir wissen nicht, wie die Frau heißt, konnten nur den Wagenschlüssel sicherstellen. Aber wir gehen davon aus, dass sie nicht weit vom Sunshine geparkt hat«, gab der Kollege von der KTU Auskunft.

»Danke!«, erwiderte Hella und steckte das Handy zurück in ihre Jackentasche. Ihr stand der Leitende Arzt der Intensivstation gegenüber.

»Diese Frau ist schwer misshandelt worden«, sagte er, als sie den Raum betraten. Die lebenserhaltende Technik rund um das Bett lief auf Hochtouren. Der Kopf der leblosen Gestalt darin war mit Verbänden umwickelt, das, was vom Körper sichtbar war, blutverkrustet und mit Hämatomen übersät.

»Wird sie durchkommen?« Mehr wollte Hella in dem Moment nicht wissen.

»Wir tun unser Bestes, das kann ich Ihnen versprechen«, antwortete der Arzt mit sorgenvollem Blick. Er war ein asketischer Mann um die vierzig, der seine Empathie anscheinend noch nicht eingebüßt hatte. »Sie kennen sie?«

»Ich fürchte, ja.« Ein Blick auf die Hände hatte Hella genügt. Es war Daniela. Der Arzt wollte sie hinausbegleiten. »Kann ich hierbleiben?«

»Wir haben sie in ein künstliches Koma versetzt, um sie zu stabilisieren. Sie können jetzt rein gar nichts für Ihre Bekannte tun, Frau Budde.«

»Ich möchte trotzdem bei ihr bleiben.«

Als Einverständnis zuckte er mit den Schultern und gab einer Krankenschwester noch Anweisungen, bevor er den Raum verließ.

»Sind Sie mit ihr verwandt?«, fragte die Krankenschwester.

»Nicht wirklich, aber seelenverwandt«, antwortete Hella und rückte einen Stuhl nahe an Danielas Bett. Ab heute hatten sie und ihre Freundin jedenfalls den gleichen Dämon …

14. DIE UNBEKANNTE

Allein durch die dunkle Stadt. Die Nacht war ihre Freundin geworden, sie stellte keine Fragen, sie deckte alles zu. Doch in ihrem Kopf lebten Bilder. Bilder, die wie Würmer an ihr nagten und sie allmählich auffraßen. Immer wieder sah sie Duma vor sich, ihren Duma, seine Augen waren geschlossen. Er lag in einem Bett im Zentralkrankenhaus von Windhuk. Noch atmete er, aber sie konnten nichts mehr für ihn tun. Sie weinte und weinte, ihr Schmerz war so groß.

»Er wird sterben«, sagte der Arzt. »Die Kugel ist in sein Gehirn gedrungen.«

Sie musste immer daran denken, dass er sich so sehr einen Sohn gewünscht hatte und dass sie ihm diesen Sohn schenken wollte. Es würde nie so kommen. Zwei Tage später war Duma tot. Die Polizei suchte nach dem Täter, doch angeblich fand sie keine Spuren. Am hellen Tag hatte ihn jemand auf der Straße erschossen. Seine Freunde hatten ihm geraten zu schweigen. Das Foto sei schlecht, und der Mann, den Duma angeblich in dem Restaurant erkannt habe, würde dem Mann vor hundert Jahren kaum ähnlich sehen. Aber warum hatte man Duma dann umgebracht? Es passte nicht zusammen …

Sie fühlte, dass sie es ihm schuldig war, die Wahrheit zu erfahren. Doch niemand half ihr. Vater sagte: »Warum die alten Zeiten aufwühlen? Willst du auch sterben?«

»Aber weshalb musste Duma sterben?«, war ihre Gegenfrage.

»Wir werden es nie erfahren.«

Mit dieser Antwort konnte sie sich nicht zufriedengeben.

Duma erzählte gerne Geschichten, aber auch sie war überzeugt, dass er dem Bösen begegnet war und dass das Böse aus der Vergangenheit kam. Vielleicht hatte jemand Angst, erkannt zu werden? Sie jedenfalls lebte noch und musste den Mörder ihres Mannes finden. Seitdem war sie auf der Suche, hatte nie aufgegeben. Doch vor ein paar Tagen war mit einem Schlag ihre letzte Hoffnung gestorben ...

Ihre Beine bremsten von selbst den Lauf, sie rang nach Luft, während in ihren Augen Tränen standen. Sie hatte den großen Platz erreicht, auf dem der stolze Löwe stand. Durch ihren verschleierten Blick kam es ihr vor, als weinte auch er. Das große Haus des Christengottes wuchs vor ihr in den schwarzen Himmel. Wie sie wusste, waren innen die Wände und Decken mit unzähligen bunten Bildern geschmückt. Sie erinnerte sich wieder an die Nacht, in der sie dem maskierten Mann begegnet war. Dem Mann, der ihr neuer Freund wurde ...

Wie so oft, seit sie Namibia verlassen hatte und in Deutschland angekommen war, durchstreifte sie die Stadt. In jener Nacht lief sie entlang des Flusses, es war beinahe Morgen, und die Geräusche von den Straßen der Stadt nahmen immer mehr zu. Ein Mann saß unter der Brücke, wo es gluckste und stank, und sie fragte sich, was er dort tat. Sie schlich sich an. Dann sah sie, wie er die Betonwände der Brücke mit leuchtenden Farben besprühte. Wunderbar, nach langer Zeit der Tränen war ihr Herz vor Freude gesprungen. Die Welt der Farben war auch ihre Welt ...

*

Hella schlug die Augen auf. Sie war eingenickt. Im Halbdunkel des Raums brauchte sie ein paar Sekunden, um zu realisieren, wo sie war. Sie saß in einem Krankenzimmer, ihre Hand lag auf dem Bett neben der von Daniela. Die Beatmungsmaschine gab immer noch dieses grässliche, saugende Geräusch von sich, der Herzschlag ihrer Freundin verlief offenbar regelmäßig, wenn die Amplitude auf dem Bildschirm nicht täuschte. Ansonsten verriet nichts, dass die wie eine Mumie bandagierte Gestalt vor ihr noch lebte. Als Hella einen Blick auf ihr Handy warf, weil sie in dem Gerätewirrwarr keine Uhr entdecken konnte, fiel ihr auf, wie blödsinnig das war. An diesem Ort zwischen Leben und Tod gab es keine Zeit.

Ihre Freundschaft hatte nicht einmal begonnen. Hella hätte gern in Danielas Augen geschaut, aber sie waren geschlossen. Also nahm sie vorsichtig ihre Hand. Oberhalb des Gelenks begannen die Hämatome. Da war Hass am Werk gewesen. Laut Aussage des einzigen Zeugen, der noch in der Lage war zu sprechen, hatten zwei maskierte Männer in Schutzanzügen den Überfall auf das Sunshine verübt. Aus der Inneneinrichtung hatten sie Kleinholz gemacht, nicht ein Stuhl war ganz geblieben. »Ich kenne die Schwerverletzte«, hatte Hella von Danielas Krankenbett aus mit Kai Fischbach telefoniert. »Es ist unsere Gerichtsmedizinerin Dr. Weinreb.«

»Sicher?«

»Ja, ganz sicher.«

»Was wollte denn die Kollegin im Sunshine?« Bestimmt meinte er es nicht so, aber irgendwie klang die Frage in Hellas Ohren verkehrt.

»Vielleicht einen Kaffee trinken?«

Von Kai kam darauf nur kleinlaut: »Wird sie durchkommen?«

»Ich weiß es nicht, Kai, auch der Arzt kann nicht mehr sagen.«

Da half nur noch beten. Aber nein, es gab ja die Polizei, weil beten allein eben nicht half. Das hatte ihr Dad einmal gesagt. Hella stellte sich den Überfall vor, wie Dieter am Tresen spülte und seine beiden Gäste ahnungslos beim Kaffee saßen, munter plaudernd und wie die Hennen gackernd … Plötzlich standen zwei stahlharte Kerle ohne Gesicht vor ihnen …

Danielas Gesicht war fast vollständig bandagiert. Vermutlich waren ihre Nase und ihre Wangenknochen gebrochen. Irgendwo in einer Ecke dieses geschundenen Körpers versteckte sich ihre Seele, eingeschüchtert und verzweifelt, kurz davor, ihn für immer zu verlassen.

»Bleib hier«, flüsterte Hella. »Du bist nicht allein. Ich kann mir vorstellen, wie es dir geht.«

Vielleicht war es dieser Anblick, der die Barriere in ihr zum Einsturz brachte, oder die Nacht der Tränen war endlich gekommen, die Hella ersehnt, vor der sie sich aber auch gefürchtet hatte. Denn ihr Schluchzen war das Eingeständnis ihres Versagens. Bislang hatte sie versucht, das, was vorgefallen war, zu verdrängen. Selbst die Polizeipsychologin in Stuttgart hatte die Geduld verloren. »Wenn Sie nicht mitarbeiten, dann werden wir keinen Schritt vorankommen, Frau Budde«, hatte sie nach der fünften Sitzung zu ihr gesagt. War es also reiner Egoismus, weil sie befürchtete, dass Daniela sie verlassen könnte? Denn von ihr konnte sie Verständnis erhoffen, weil sie selbst gelitten hatte. Daniela konnte sie erzählen, was sie durchgemacht hatte, ohne gleich für eine Psychopathin gehalten zu werden, ausgebrannt und zu schwach, um bei der Polizei noch etwas zu werden …

Wie im Traum hatte alles angefangen. Ihr war ein Held in Uniform begegnet mit diesem verwegenen Lächeln und dem unwiderstehlichen amerikanischen Akzent, ein GI mit definiertem Körper, der sie »Baby« nannte und im Bett zum Juchzen brachte. »Du machst mich glücklich, Baby«, hatte er so oft gesagt, dass sie es bereits nach kurzer Zeit glaubte …

Dad hatte ihr diesen Mann gegönnt. Zwar hatte sie ihm am Tag der Hochzeit angemerkt, dass er seine Prinzessin nur wehmütig jemand anderem anvertraute, aber jede Prinzessin fand irgendwann ihren Prinzen, das sah auch er schließlich ein, nahm sie in den Arm und wünschte ihr Glück. Wenn sie einmal einen Rat brauche, dann solle sie zu ihm kommen. »Ich bin immer für dich da, hörst du? Selbst wenn es nur ein kleines Problem ist.« Alle Väter machten sich Sorgen um ihre Töchter. Doch was sollte ihr schon passieren? Sie schwamm im Glück. Eine Familie würde sie haben, Kinder. Sie hatten zwei Einkommen, vielleicht würde es sogar für ein kleines Haus am Stadtrand von Stuttgart reichen …

Knapp eineinhalb Jahre später, als es anfing und sie noch etwas hätte unternehmen können, machte sie den größten Fehler: Sie nahm es hin und schwieg. Jedes Mal erklärte sie zum letzten Mal, ohne dagegen aufzustehen. Warum hatte sie ihren Vater nicht beim Wort genommen? Bis heute machte sie sich diesen Vorwurf. »Was stimmt nicht, Prinzessin?«, hatte er versucht, ihr den Stein von der Seele zu nehmen. »Hör auf damit!«, hatte sie stattdessen unwirsch reagiert und das Hilfsangebot einfach weggewischt. »Ich bin schon lange keine Prinzessin mehr.« Daraufhin hatte er sie in Ruhe gelassen. Beim nächsten Besuch, nachdem Dad gerade in seine neue Wohnung nach Stöckheim gezogen war, fragte er: »Wolltet ihr nicht Kinder haben?«

Ja, das wollten sie, doch für sie war das kein Thema mehr. Billy dachte da anscheinend anders. »Dein Mann hat sich bei mir beschwert«, sprach Dad sie an, während Billy mit alten Kumpels eine Kneipentour machte. »Er sagte, du solltest dich untersuchen lassen. An ihm würde es jedenfalls nicht liegen.«

Spätestens dann hätte sie ihm die ganze Wahrheit über ihre Ehe beichten müssen. Aber sie hatte sich so verdammt geschämt, dass ausgerechnet ihr so etwas passierte, einer Polizistin, die bei anderen ohne Zögern eingegriffen hätte …

»Es ist jetzt 3.05 Uhr«, flüsterte eine Männerstimme in ihr rechtes Ohr, und sie spürte eine Hand auf ihrer rechten Schulter. »Sie können hier für Ihre Bekannte nichts tun, das sagte ich bereits. Fahren Sie nach Hause und legen Sie sich hin. Morgen haben Sie einen anstrengenden Job. Der Zustand der Verletzten ist stabil. Ich verspreche Ihnen, dass ich Sie anrufe, wenn sich daran etwas ändern sollte.«

Der Arzt meinte es nur gut. Hella war klar, dass sie nicht helfen konnte, es war das schlechte Gewissen, das ihr keine Ruhe ließ. Wenn sie sich früher bei Daniela gemeldet hätte, wäre es vielleicht nicht so weit gekommen, dann hätten sie einen munteren Abend bei Calzone und Rotwein verbracht.

Dienstag, 8.05 Uhr, Polizeikommissariat Mitte. »Du siehst ziemlich mitgenommen aus«, begrüßte sie Senge. Er hatte sie noch vor der Morgenbesprechung in sein Büro beordert. Hella entgegnete nichts darauf. »Wahrscheinlich weißt du es bereits. Ich habe Tom mit dem Fall betraut. Ich glaube, dass du mit beiden Fällen momentan überfordert bist.«

Nicht gerade fair, wie er versuchte, sie mundtot zu machen. »Ich habe die halbe Nacht im Krankenhaus verbracht, wenn du das meinst«, stellte sie klar, worauf er den Mitfühlenden herauskehrte.

»Ach ja, natürlich. Wie geht es Frau Dr. Weinreb? Wir sind alle sehr mitgenommen von dem Vorfall.«

»Sie liegt im Koma. Der Arzt sagt, sie sei stabil.«

»Gott sei Dank, dann gibt es Hoffnung. Tom wird gute Arbeit machen, darauf können wir zählen. Er kennt sich aus und wird sich die einschlägige Szene vorknöpfen.«

Es war nur ein paar Tage her, dass sie mit Tom wegen Magister Weniger aneinandergeraten war. Warum riss sich Tom um einen Fall, der in ein Milieu führte, das er offen verachtete?

»Aber deshalb wollte ich dich nicht sehen. Du hast mir Fakten im Fall Jelinski versprochen.«

Er brauchte sie nicht zu erinnern, dass sie im Wort stand. Sie fragte sich, wie sie ihm das magere Ergebnis als Erfolg verkaufen sollte. »Ja, das habe ich, und ich kann bestätigen, dass sich nach den Befragungen von Jelinskis Neffen und seiner ehemaligen Assistentin der Eindruck erhärtet, dass Jelinski kurz vor seinem Tod eine Affäre hatte ...«

»Das ist alles?«

»Das ist sehr viel«, erwiderte sie trotzig und sah ihm fest in die Augen. Sie fühlte sich miserabel, aber wer nicht kämpfte, hatte bereits verloren.

»Und wer ist diese Person?«

»Das werde ich herausfinden, aber ich brauche noch Zeit.«

Er schlug mit der flachen Hand auf die Schreibtischplatte. »Oh nein, Hella, die kann ich dir leider nicht mehr geben …«

Sein Gesicht lief signalrot an. Doch es ging um mehr.

»Jelinski hatte eine neue Affäre, und laut Zeugenaussage ist eine zweite Person gesehen worden, die ihm nachts bei seinen Arbeiten half. Wenn ich weiß, ob diese Person seine neue Geliebte war, dann sind wir dem wahren Täter auf der Spur. Verlass dich drauf!«

Sie war selbst überrascht, in diesem Moment hatte sie zu einer Strategie gefunden. Es ging allein um die Zusammenhänge. Was wusste sie bislang über diese Person und was verrieten ihr die Fakten?

»Ich melde mich, wenn ich weitergekommen bin.«

»Hella, ich kann dir keinen weiteren …«

Doch sie ließ ihn nicht aussprechen. »Du kannst heute sicher auf meine Anwesenheit bei der Besprechung verzichten«, erwiderte sie nur und drehte sich auf dem Absatz um.

Es konnte einfach nicht sein, dass Jelinskis neue Beziehung keinerlei Spuren in seinem Leben hinterlassen hatte. Irgendeine Kleinigkeit musste sich finden lassen. Er war zwar ein Meister der Tarnung gewesen, aber wenn man von heute auf morgen aus dem Leben gerissen wurde, blieb einem keine Zeit, hinter sich aufzuräumen. Ganz sicher gab es Indizien, die sie nur in den richtigen Zusammenhang bringen musste. Aber wo sollte sie suchen?

Hella saß an ihrem Schreibtisch auf der Suche nach allem, was sich von Jelinskis Graffitis im Internet fand. So wie Kai Fischbach war auch ihr nach wie vor ein Rätsel, wie man ohne aufzufallen einen riesigen Elefanten auf die Fassade einer Bank sprühen konnte, selbst bei finsterer Nacht. Sie holte Szenen der Befragung des Bankers aus ihrem Gedächtnis zurück. Kellermann senior hatte angeblich nicht einmal geahnt, dass sein Freund Jelinski Straßenherz war. Die Aussage drehte sich vor allem um seine Großzügigkeit und seinen Einsatz für das Wohl der Stadt, und immer wieder Senge, der Angst hatte, sie könne etwas Falsches sagen und damit Kellermann zu nahe treten. Ihr fiel ein, dass sich der Banker gewundert hatte, warum Jelinski den Elefanten als Mahnung auf die Fassade gesprüht hatte, wo er doch nur ein Wort hätte sagen müssen, und er, Kellermann, wäre wie immer großzügig gewesen, auch wenn er ohnehin viel für den Tierschutz spendete.

Warum war ihr das nicht gleich aufgefallen? – Vielleicht war der Tierschutz gar nicht gemeint? Vielleicht war der Elefant ein Symbol für …?

Ein kurzes, hartes Klopfen. Kai Fischbach stand in der Tür. »Bitte entschuldige. Ich …«

»Komm rein, du storst nicht. Ich frage mich gerade, wofür der weinende Elefant auf der Fassade der Kellermann Bank außer für den Tierschutz noch stehen könnte …«

»Du weißt ja: kleine Ohren für Indien und große Ohren für Afrika.« Er lachte, aber Hella lachte nicht. »Hast du schon etwas vor, Kai?«

»Eigentlich sollte ich am Computer sitzen und die Spuren im Fall Sunshine abgleichen …«

Der Tag war grau und nasskalt, ein Tag, den es nur zu geben schien, weil die Sonne vertraglich verpflichtet war, morgens auf- und abends unterzugehen. Hella brauchte Kai nicht zu sagen, wohin sie fuhren. Natürlich wusste er, was sie vorhatte. »Eins ist sicher, Hella: Ich halte meinen Kopf nicht hin, wenn Senge ausflippt«, war sein einziger Kommentar dazu.

»Ich nehme alles auf meine Kappe, Kai, aber ich brauche dich als Zeugen.«

Sie sah ihn an wie eine schwache Frau einen starken Mann ansah, und Kai musste wie erwartet grinsen. In dem Moment bog sie links auf den Parkplatz der Bank ein. Sie stiegen aus. Vor dem Personaleingang der Kellermann Bank blieb Hella jedoch plötzlich stehen. Ihr war etwas eingefallen. In Jelinskis Büro hatte sie etwas gesehen, was nicht zu den anderen Sachen passte. Die beiden geschnitzten Figuren im Regal, eine Giraffe und ein Elefant. Sie hatte sie für Touristensouvenirs gehalten …

»Herr Direktor Kellermann ist im Gespräch. Haben Sie einen Termin?«, fragte die gestrenge Sekretärin drei Etagen höher.

Darauf gab es natürlich eine passende Antwort, die ungefähr lautete: »Wir sind die Polizei, wir brauchen keinen Termin, schon gar nicht in einem Mordfall!« Aber nein, so ging es nicht, fiel Hella noch rechtzeitig ein. Es war auch völlig unnötig, dass Kai sich warnend räusperte. Sie wusste, wie sie es anzugehen hatte, um dem Kriminalrat nicht schon wieder einen Grund für einen Anpfiff zu liefern. Es genügte, dass er auch von diesem Besuch vorerst nichts mitbekam. Sie zog ihren Ausweis und lächelte gütig. »Wir warten gern ein paar Minuten.«

Die Sekretärin lief rot an. Vielleicht erging es ihr wie vielen Menschen, wenn sie dem Auge des Gesetzes begegneten. Sie rechneten hektisch ihre Sünden zusammen und fragten sich, ob ihre finsteren Geheimnisse gut genug versteckt waren.

Die Tür öffnete sich nach innen, aus seinem Büro trat Kellermann senior in Begleitung eines weiteren grau melierten Anzugträgers, den er wortreich mit Händedruck und Schulterklopfen verabschiedete. Der Banker hatte alles im Griff, das ließ er jeden spüren, mit dem er zu tun hatte. Ein Mann des Erfolgs, eine gelernte Führungskraft. Ja, dieser Kellermann war Hella aus vollem Herzen unsympathisch. Aber als gelernte Polizistin gehörte es nicht zu ihren Aufgaben, Sympathiepunkte zu vergeben, sondern Kriminalfälle zu lösen.

Kellermann senior erkannte sie offenbar sofort und bat sie in sein Büro, ein hoher Raum mit schneeweißer, stuckverzierter Decke, dessen dunkle Einrichtung traditionsbewusst und gediegen wirkte. Gegenüber einer Galerie von Ölporträts bot er ihnen Platz auf breiten Polstersesseln an.

»Wie Sie sehen, haben wir in Braunschweig Geschichte geschrieben, sind das älteste Haus am Platz. Man vertraut uns«, begann Kellermann, als habe er eine Gruppe von potenziellen Investoren vor sich. »Aber deshalb sind Sie sicher nicht hier, oder täusche ich mich?« Es folgte ein Lachen, das nicht frei von Spott war.

»Danke, dass Sie kurzfristig für uns Zeit haben«, erwiderte Hella. Insgeheim fand sie, dass ihr Anbiedern nicht stand, aber dass ihre entgegenkommende Art richtig war, bestätigte das wohlwollende Lächeln, das auf dem Gesicht des Bankers erschien. So hatte er es gern.

»Im Fall Jelinski fehlen uns noch Antworten auf ein paar Fragen, bevor wir die Akte schließen«, pirschte sie sich heran.

»Wie kann ich helfen?«, fragte der Banker. Sein Blick gab Hella allerdings mehr als deutlich zu verstehen, dass sie besser eine überzeugende Rechtfertigung dafür haben sollte, ihn von wichtigen Terminen abzuhalten. Es lief ihr kalt den Rücken hinunter. Für einen anderen Menschen ein Niemand zu sein, hatte sie noch nie so stark empfunden wie in diesem Moment. »Bei Ihrer letzten Befragung im Kommissariat gaben Sie an, sich zu wundern, dass Bernhard Jelinski Sie nicht einfach auf Ihre Spendenbereitschaft in Sachen Tierschutz angesprochen habe, anstatt ein Graffiti auf die Fassade Ihrer Bank zu sprühen. Auch wir gehen davon aus, dass er das getan hätte. Es liegt also der Schluss nahe, dass es einen anderen Grund dafür geben musste.«

Kellermann schwieg für einen Augenblick, schien sogar erstaunt. Vielleicht weil sich jemand von der tumben Staatsmacht gewählt ausdrücken konnte, noch dazu eine Frau? Typisch für einen alten weißen Mann, dachte Hella. Wenigstens hatte sie es geschafft, ihn zu verblüffen. Ob es ein Vorteil war, würde sich zeigen.

Wie ein Schachspieler, der seine Strategie im Geiste durchspielte, tippte er nachdenklich mit dem Zeigefinger der rechten Hand an seine Stirn. »Ehrlich gesagt, habe ich darüber noch nicht nachgedacht«, erwiderte er dann. »Wie Sie bestimmt wissen, habe ich sofort reagiert und mein Engagement für den Tierschutz erheblich aufgestockt. Die Presse hat sogar darüber berichtet.«

»Vielleicht müssen wir nicht viel weiterdenken. Elefanten leben vor allem in Afrika ...« – dank Fischbach wusste sie Bescheid – »jedenfalls die mit den großen Ohren.«

»Sie sind gut im Bilde.« Kellermann schmunzelte, wieder tippte der Zeigefinger. »Sie meinen also, diesen Elefanten sollte man als Symbol für Afrika betrachten?«

»Ja, und die roten Tränen natürlich für Blut. Afrika weint blutige Tränen.«

»Ich will ganz ehrlich sein, es gibt viele Gründe, weshalb Afrika weinen könnte«, reagierte Kellermann auf einmal betroffen, und er schien es nicht vorzutäuschen. »Mir ist klar, was der Westen seit Jahrzehnten durch verfehlte Entwicklungs- und Wirtschaftspolitik dort unten anrichtet. Aber das ist ein weites Feld. Was sollte ausgerechnet unsere Bank damit zu tun haben?«

»Diese Frage stellen wir uns auch: Was steht in Verbindung mit Ihrer Bank, das Ihren Freund Bernhard Jelinski zu diesem Graffiti veranlasst haben könnte?«

15. DIE SPUR DES GELDES

»Wenn du nicht essen willst, musst du ins Krankenhaus«, sagte Annegret. In ihrem Blick lagen zugleich Vorwurf und Sorge. Jeden Tag der gleiche Kampf, aber sie wollte nicht essen. Sie war hungrig, doch vor allem hungrig nach Gerechtigkeit ...

»Wenn ich nur wüsste, wie ich dir helfen kann«, murmelte Annegret. »Warum erzählst du mir nicht, was los ist?«, fragte sie nicht zum ersten Mal, während sie ihr tief in die Augen sah. »Noch vor einer Woche warst du voller Hoffnung. Was ist bloß passiert? Ich kann dir nur helfen, wenn du mir sagst, was los ist ...«

Sie hatte bereits überlegt, Annegret ihre ganze Geschichte zu erzählen. Sie wollte ihr vertrauen, aber es war zu gefährlich. Vielleicht würde sie sich darüber erschrecken und die Polizei rufen, und die Polizei würde sie festnehmen und einsperren. So wie die »Nampol«, die Polizei von Namibia, damals in ihr Haus in Windhuk eingedrungen war und Duma mitgenommen hatte. Nach drei Tagen kam er zurück, er sah schlecht aus, sie hatten ihm nichts zu essen gegeben, und sein Gesicht und der ganze Körper waren übersät mit blauen Flecken. Sie fragte Duma, was geschehen war, aber sein Mund war verschlossen. Seit diesem Tag schwieg auch der Geschichtenerzähler Duma Okonjo, und niemand wusste, was in seinem Kopf vorging, bis er eines Tages erschossen auf der Straße lag.

»Er will dich schützen«, antwortete einer der Freunde, als sie ihn fragte, warum sich ihr Mann so verändert habe und kaum noch mit ihr spreche. »Er dachte, mit den Weißen könne man reden. Ich sagte zu ihm: ›Lass die Finger davon, Duma, sie sind alle gleich. Sie geben nur, wenn es sich später für sie auszahlt. Es geht immer um Geld.‹«

Sie erinnerte sich selbst daran, dass Duma einmal zu ihr gesagt hatte: »Die Weißen meinen, alles habe seinen Preis. Aber es gibt Dinge, die sind unbezahlbar. Niemals kann man die Seele eines Volkes kaufen, mit keinem Geld der Welt. Und wenn man versucht, sie zu stehlen, dann versündigt man sich und muss bestraft werden.«

Damals verstand sie nicht, was ihr Mann damit sagen wollte, aber sie spürte, dass es gefährlich war, so zu denken. Kurz darauf kam es noch schlimmer, als sie und die Freunde befürchtet hatten. Duma war zu weit gegangen. Erst später erfuhr sie die ganze Wahrheit, aber da war es bereits zu spät. Jetzt war es ihr Auftrag, die Mörder ihres Mannes nicht ohne Strafe davonkommen zu lassen.

Nein, Annegret würde ihre Geschichte nicht verstehen. Vielleicht auch nicht, dass jedes Volk eine Seele hatte, die heilig war. Sie würde sie für verrückt halten, und Verrückte sperrte man ein, überall auf der Welt. Doch dazu durfte es nicht kommen.

Sie dachte an zu Hause. Vater saß vor dem Haus auf seiner Holzbank und rauchte. Mutter stand in der Küche und bereitete Oshingali zu, den köstlichen Brei aus Bohnen, ihr Lieblingsgericht. Dumas Mörder war bis heute nicht gefasst. Vielleicht wollten sie ihn nicht finden.

»Keine Sorge, Annegret«, sagte sie. »Ich esse für dich.«

Annegret lächelte, aber sie war misstrauisch wie alle Deutschen und wartete ab, bis sie den ersten Löffel mit Gemüse in den Mund steckte und das Essen herunterschluckte. Dann erst nickte Annegret zufrieden.

*

12.46 Uhr. Auf dem Weg ins Kommissariat schwieg sich der Kollege auf dem Beifahrersitz aus. »Jetzt sag bloß nicht, ich wäre ihn zu scharf angegangen.« Hella warf Fischbach einen herausfordernden Blick zu. »Man wird das Kind ja noch beim Namen nennen dürfen.«

»Ich hab es gleich gewusst.«

»Bitte nicht so, Kai! Natürlich konnte es ihm nicht schmecken, dass ich die Geschäfte seiner Bank in Zweifel gezogen habe, aber Kellermann ist ein Zeuge wie jeder andere, und es geht hier vermutlich um Mord.«

»Vielleicht hättest du die letzte Frage nicht ganz so …«

»Ich habe nur einen Gedanken verfolgt. Kellermann ist ja bereitwillig darauf eingegangen. Warum sollte es auch ein Geheimnis sein? Eine Bank macht sich ja nicht gleich verdächtig, wenn sie einen Afrika-Fonds auflegt.«

»Er hat deine Fragen geschluckt und beantwortet, weil er wissen wollte, was du denkst. Jetzt weiß er es, und glaub mir, das ist es nicht gewesen. So einer wie der lässt sich nicht von einer kleinen Polizistin auf die Füße treten.«

Kleine Polizistin? Saß etwa jemand im Wagen, der auf Fischbachs Beschreibung passte?

»Ich meine ja nur«, kuschte Kai schließlich kleinlaut.

Natürlich hatte er recht, das wusste Hella auch. »Wenn sich Kellermann senior mit dem Fonds nicht so gut auskennt, weil sein Sohn der Manager ist, werden wir uns eben den Junior vorknöpfen, Kai.«

Die Antwort des Kollegen beschränkte sich auf ein tiefes Stöhnen.

13.07 Uhr, Kommissariat Mitte. Auf dem Gang war es ruhig, und Hella hoffte darauf, dass sich Senge noch in der Mittagspause befand, aber als sie und Fischbach an seinem Büro vorbeigingen, stand jemand in der Tür, dessen Gesichtsausdruck keiner weiteren Interpretation bedurfte.

»Kai, du zuerst«, raunte der Kriminalrat und verschwand

mit ihm im anschließenden Raum. Hella wartete im Vorzimmer auf einem der Besucherstühle, während Roswitha Stengler, die Sekretärin, mit gesenktem Kopf auf dem Keyboard ihres PC klimperte, als hätte sie mit dem Geschehen um sie herum nichts zu tun.

Nach einer Weile ging die Tür auf. Kai kam mit hochrotem Kopf heraus und schlich an ihr vorbei wie ein geprügelter Hund.

»Hella?« Senge hielt ihr die Tür auf und bot ihr mit übertrieben höflicher Geste einen Sitzplatz an. »Ich behandele dich wie ein rohes Ei, aber du lässt mich eiskalt im Stich«, konnte das nur bedeuten. Das Manöver war leicht durchschaubar, und doch traf es sie, schließlich nahm sie ihre Pflicht so ernst wie er.

»Ich brauche dir nicht zu sagen, mit wem ich gerade gesprochen habe«, begann Senge seine Tirade. »Ich brauche dir auch nicht zu sagen, wie sehr du mich enttäuscht hast …«

Warum sagte er es dann, dachte sie. »Was gibt es konkret, Ludger?« Es stand auf Messers Schneide, sie wusste es, aber sie machte nur ihre Arbeit.

»Um es auf den Punkt zu bringen: Ich habe dir Zeit gelassen, um die Spuren- und Zeugensuche zu erweitern, jetzt kann ich dir leider nicht mehr folgen. Und ich dulde es keinesfalls, dass ein einzelner unverbesserlicher Ermittler unsere Polizei in Verruf bringt«, sagte er und klang beängstigend abgeklärt.

»Es ging um einfache Antworten auf einfache Fragen und nicht mehr, völlig frei von irgendwelchen Verdächtigungen, Ludger. Jedem stellt sich die Frage, warum Jelinski den Elefanten auf die Fassade der Bank gesprüht hat, wenn er seinen Freund Kellermann senior doch jederzeit um Geld hätte bitten können. Wozu die Aufregung?«

»Kellermann sieht das mittlerweile anders, wie er mir gerade am Telefon sagte. Du hättest ihn nicht zu Wort kommen lassen. Wie er bereits aussagte, hat seine Bank durch den Elefanten viel Aufmerksamkeit erfahren, kostenlose Werbung sozusagen. Er sei jetzt sicher, dass sich Jelinski auf diese Weise bei ihm als seinem alten Freund für die jahrelange finanzielle Unterstützung bei Kunstaktionen bedanken wollte.«

»Das genügt mir nicht.«

Senges Miene erhellte sich für einen Moment, als hätte ihn ein Geistesblitz getroffen. »Genau das ist es, was ich nicht weiter akzeptieren will, Hella. Hiermit ziehe ich dich mit sofortiger Wirkung von dem Fall ab. Weitere Instruktionen folgen. Vielen Dank für das Gespräch. Du kannst jetzt gehen.« Er erhob sich, den Blick fest auf die Tür gerichtet. Mit dem Mann war nicht mehr zu reden. Wortlos verließ sie den Raum.

Das Wasser, das sie sich zur Erfrischung ins Gesicht spritzte, brachte keine Abkühlung. Innerlich kochte Hella immer noch vor Wut. Das war es wohl mit der Karriere. In Kürze würde es wie ein Lauffeuer unter den Kollegen herumgehen, dass die Neue krachend gescheitert war. Dann würden Zeiten anbrechen, die sie sich lieber nicht vorstellen wollte. Kaum mehr als eine Woche im Dienst und ihre Hoffnung auf einen Neustart war geplatzt. Ausgerechnet hier in Braunschweig, ihrer Heimatstadt ... Wo war ihr Dad, wo war der rettende Anruf, der in letzter Minute die Lage noch drehte?

Sie setzte sich hinter ihren Schreibtisch, griff nach dem Telefonhörer, zögerte, dann rief sie ihn doch an. Als er ihre Stimme hörte, legte er auf. Sie versuchte es wieder.

»Ich hatte dich gewarnt, Hella.« Verständlicherweise war Fischbach ziemlich sauer.

»Ich weiß, Kai. Tut mir leid, dass es dich auch erwischt hat. Aber ich spüre, dass wir nicht mehr weit von der Lösung entfernt sind.«

Kai stöhnte. »Auch wenn ich will, ich kann dir nicht weiter helfen, Hella. Senge hat mir ein Disziplinarverfahren angedroht, wenn ich gegen seine Anordnungen verstoßen sollte.«

»Alles nur Bluff. Außerdem muss er es nicht wissen …«

Es klopfte an der Tür. »Moment, Kai!« Doch der hatte bereits aufgelegt.

»Frau Budde? Darf ich hereinkommen?«, rief eine Männerstimme von draußen, die sie nicht kannte.

»Ja bitte!«

Ein junger Mann in Jeans und abgewetzter Lederjacke trat ein, er hielt ihr kurz seinen Ausweis vor die Nase. »Kleinsiepen von der Internen«, sein Lächeln wirkte völlig ungefährlich, aber Hella wusste, diese Abteilung war mit allen Wassern gewaschen.

»Was gibt es?« Sie war verunsichert. Senge traute sie viel zu, doch das …

»Hat Sie der Kriminalrat nicht aufgeklärt? Wenn ich jetzt an Ihren Computer dürfte. In ein bis zwei Stunden weiß ich mehr.«

Sie räumte ihren Platz. Warum wusste sie nichts von dieser Aktion? Sie war drauf und dran, in Senges Büro zu stürmen, doch dann fiel ihr ein, dass sie sich selbst von der Morgenbesprechung ausgeladen hatte. Wahrscheinlich waren die Kollegen längst im Bild.

In diesem Büro hielt sie es jedenfalls nicht mehr aus. Sie musste etwas tun, aber was? Fest stand nur, dass sie hier nicht mehr viel zu erwarten hatte, also konnte sie den Fall auch zu Ende führen.

Die Kellermanns brauchte sie allerdings nicht mehr aufzusuchen. Ohne Anwalt würden sie kein weiteres Wort sagen, außerdem wussten sie vermutlich, dass Senge jetzt persönlich seine Hand über den Fall hielt. Sie war wieder in einer Sackgasse gelandet. Nur in einem Punkt gab es für sie nicht den geringsten Zweifel: Der Afrika-Fonds stand in Verbindung mit dem Graffiti, und irgendetwas stimmte nicht mit diesem Fonds. Es war die Spur des Geldes, die sie verfolgen musste. Wie jeder Fonds hatte auch dieser Kunden. Wenn Kellermann und Jelinski befreundet waren, dann hatte der Bankier den Museumsdirektor vermutlich auch in finanziellen Dingen beraten. So wie sie Kellermann einschätzte, hatte er sicher Jelinskis Kontakte für seine Geschäfte genutzt. Wahrscheinlich besaß Jelinski selbst Anteile an dem Fonds, was zu überprüfen wäre. Plötzlich hatte sie viel zu tun.

Als Hella im Herzog Anton Ulrich-Museum ankam, war Jelinskis ehemalige Assistentin nicht an ihrem Platz. Eine gute Gelegenheit, sein Büro in aller Ruhe noch einmal abzusuchen. Hella wusste ja, was sie wollte.

Offenbar war nichts verändert worden. Einen Moment zögerte sie, denn sie bewegte sich auf einem schmalen Grat. Dann streifte sie ihre Schutzhandschuhe über, ihre Karriere war ohnehin nur noch ein Flimmern am Horizont. Sie steckte die beiden geschnitzten Holzfiguren, den kleinen Elefanten und die Giraffe, in eine der Asservatentaschen, die sie zur Sicherung von Beweismaterial immer bei sich trug. Die Wahrscheinlichkeit, dass sich Fingerabdrücke oder DNA-Spuren darauf befanden, war nicht hoch, aber ihre einzige Chance lag darin, jedes Indiz akribisch zu untersuchen. Und als sie die Nummer der KTU auf dem Display ihres Handys antippte, war ihr klar, dass es ohne Tricks nicht ging. »Hier Budde, Kommissariat Mitte. Im Fall Jelinski fehlen mir für den Abschlussbericht noch genauere Angaben zu Fingerabdrücken und DNA-Spuren. Konkret geht es um zwei Schnitzfiguren in seinem Büro im Museum.«

Natürlich wusste der Kollege nicht gleich, was gemeint war. Das musste sie ausnutzen. »Ich bin gerade hier und kann euch die Gegenstände selbst vorbeibringen. Also bis gleich!«

Plötzlich eine weibliche Stimme: »Frau Budde? – Was machen Sie denn noch hier? Ich dachte …« Caroline Teichmann stand neben ihr und wirkte energischer und selbstbewusster als bei ihrer letzten Begegnung. Anscheinend hatte sie in kurzer Zeit dazugelernt. Alle, die Verantwortung trugen, bekamen irgendwann diesen Gesichtsausdruck, die einen früher, die anderen später. Ihr war natürlich nicht entgangen, was Hella in der Hand hielt, und vermutlich hatte sie ihr Gespräch mit der KTU belauscht.

»Letzte Beweisaufnahme. Wir gehen jeder Spur nach, damit der Abschlussbericht so detailliert wie möglich ist. Es gibt da noch etwas …«

»Tut mir leid, Frau Budde. Ich bin jetzt gerade sehr in Eile.«

»Nur kurz. Sie haben für das Opfer auch private Besorgungen gemacht, kannten sich in seinen Finanzen aus. Erinnern Sie sich daran, dass Herr Jelinski in einen Afrika-Fonds einzahlte?«

Die ehemalige Assistentin lächelte beinahe nachsichtig. »Das nicht gerade, aber ich weiß, dass die beiden Kellermanns von der Kellermann Bank im Kunstverein dafür geworben haben. Die Kellermanns gehören seit Generationen zum Mitgliederstamm. Vor allem der Junior, Kord Kellermann, hat nichts unversucht gelassen, um Kunden zu gewinnen. Seit es das Onlinebanking gibt, sitzt ihm offenbar die Konkurrenz im Nacken. Sie entschuldigen mich jetzt bitte …«

»Sind Sie im Besitz einer Mitgliederliste des Kunstvereins?«

»Ich nicht, vielleicht finden Sie die in Bernhards Akten-Chaos. Ich gebe Ihnen allerdings gern die Adresse der aktuellen Vorsitzenden Reimann-Enke.«

14.53 Uhr. Nach dem Abstecher in die KTU parkte Hella ihren Wagen in der Dürerstraße. Bereits als Kind hatte sie die beneidet, die im Malerviertel mit seinen geräumigen Häusern und den großen bunten Gärten wohnten. Kollege Fischbach würde sagen: eine Gegend für die mit den dicken Bezügen.

Unter der angegebenen Adresse befand sich ein Notariat Enke. Der Kanzleigehilfe ließ sie gleich vor.

»Danke, dass Sie Zeit für mich gefunden haben, Frau Dr. Reimann-Enke«, sagte Hella und stellte sich vor.

»Keine Ursache. Wie Sie sehen, bin ich für den Kanzleibetrieb außer Gefecht gesetzt. Mit dem Gips wird das Aktenwälzen ziemlich mühsam.« Die Notarin, eine Fünfzigerin mit Bob-Frisur, saß dennoch hinter ihrem Schreibtisch und wirkte ansonsten fidel. »Ein Gartenunfall«, fügte sie hinzu, »ich bin über die Harke gestolpert. Als ich mich abstützen wollte, machte es knacks, und mein Unterarm brach wie ein Streichholz in der Mitte durch … Aber wegen meiner Krankengeschichte sind Sie nicht hier.«

»Es geht um den Fall Bernhard Jelinski. Wir versuchen, die Herkunft von Beweismaterial zu klären«, gab Hella als Grund an. »Und da führen Spuren vom Kunstverein direkt nach Afrika.«

»Was Sie nicht sagen?« Die eher matten Augen der Notarin glänzten auf einmal, als hätte sie einen Joint geraucht. »Dieser Bernhard ist ein verrückter Hund … *gewesen*, muss man ja leider sagen. Aber seit ich weiß, dass er Straßenherz war, ziehe ich noch mehr den Hut vor ihm. Ich hatte mich bereits gefragt, warum er ausgerechnet dem Kellermann einen Elefanten aufs Haus gesprüht hat. Ich kann allerdings kaum etwas dazu sagen. Welche Spur meinen Sie konkret?«

Hella durchlief ein warmer Strom vom Kopf bis zu den Zehen. Endlich funkte jemand auf ihrer Wellenlänge, auch wenn es nicht der Kriminalrat war. »Es handelt sich um den Afrika-Fonds der Kellermann Bank. Wie wir wissen, haben Kellermann senior und junior auch im Kunstverein kräftig dafür geworben.«

»Ja, der Kunstverein …« Die Notarin hielt kurz inne und seufzte. »Er ist der reinste Marktplatz geworden. Eine Hand wäscht die andere, jeder, der etwas zu verkaufen hat, bringt sich in Stellung. Aber ich muss sagen, für das Museum ist er unentbehrlich. Über die Jahre sind hier beachtliche Summen zusammengekommen, die nicht nur dem guten Bernhard geholfen haben, Kunst aus aller Welt in Braunschweig auszustellen. Ohne Geld keine Kunst von Rang. Das dürfte jedem einleuchten.«

»Zurück zu dem Fonds. Darf ich fragen, ob Sie selbst ...?«

»Ja, ich habe vor Jahren Anteile gekauft, aber nicht mehr als zehntausend investiert, wenn ich mich richtig erinnere. Genaueres weiß mein Steuerberater. Wenn nötig, kann ich ihn jederzeit fragen.«

Hella winkte ab. Das wollte sie ja nicht wissen. Es musste etwas anderes sein, das mit diesem Fonds nicht stimmte.

»Kord Kellermann war enttäuscht, dass ich nur so wenig lockermachte«, fuhr die Notarin fort, »und lud mich dann zu dieser Werbetour ein, die er jedes Jahr veranstaltet. Er fährt sogar selbst mit. Die Fahrt soll sich wirklich lohnen, habe ich gehört: Safari im Etosha-Nationalpark, ein fabelhaftes Appartementhotel in Windhuk mit erstklassigem Service und so weiter ...«

»Haben Sie das Angebot angenommen?«

Ihrem Gegenüber entfuhr wieder ein Seufzer. »Ach nein, wissen Sie, mir ist es da unten definitiv zu heiß, und ich habe nicht die geringste Lust, plötzlich ungewollt in den aufgesperrten Rachen eines Löwen zu starren. Wie Sie sehen, ist für mich ein harmloser Blumengarten bereits gefährlich genug.«

Am späten Nachmittag verließ Hella das Notariat. Wieder war sie in den Ermittlungen weitergekommen, aber immer noch fehlte die unmittelbare Verbindung zum Täter. Ihre Gedanken spielten Tetris. Welche der Fakten passten zusammen? Kellermann junior warb im Kunstverein eifrig für seinen Fonds. Um sich die solventen Kunden gewogen zu machen, spendierte er ihnen eine Safari in Namibia und nahm selbst an der Werbetour teil. Was konnte in Zusammenhang mit dieser Werbetour stehen, dass Afrika blutige Tränen weinte? Möglicherweise hatte es direkt mit der Person Kord Kellermann zu tun. Hatte er sich dort unten etwas zuschulden kommen lassen? Etwas, das unaussprechlich war? Seinem Freund Kellermann senior gegenüber hatte es Bernhard Jelinski offenbar nicht erwähnt.

Er tat es in Form dieses Graffiti. Der andere Gedanke war: Siegfried Kellermann hatte Hella gegenüber selbst eingeräumt, dass die Politik – aber nicht nur die – große Fehler im Umgang mit Afrika gemacht habe. Hatte es mit dem leidlichen Thema Korruption zu tun?

Sie drehte den Zündschlüssel um. Die weitere Recherche musste wohl oder übel am PC stattfinden. Wen sollte sie noch befragen, ohne dass Senge davon erfuhr? – Fast hätte sie den Klingelton ihres Handys überhört.

»Wo bist du jetzt, Hella?«, fragte Senge.

»Im Anflug aufs Kommissariat. Ich musste nachdenken«, erwiderte sie. Aber ihr steckte die Angst im Nacken. Was wollte er von ihr? Hatte etwa die Notarin …?

»Bitte melde dich unverzüglich bei mir.«

Vielleicht hing es auch mit der internen Untersuchung zusammen. Aber das würde sie so schnell nicht erfahren, denn sie steckte bereits im Feierabendstau auf der Fallersleber Straße.

Als Hella nach über einer Stunde endlich Senges Büro betrat, schien das den Kriminalrat nicht sonderlich zu berühren. »Ich wollte zwei Dinge mit dir besprechen«, kam er gleich zur Sache. Wenigstens schien er keine schlechte Laune zu haben. Er begann mit der Frage, was sie von der Idee halte, eine kleine Sammelaktion für Dr. Weinreb zu starten. Er fände es angebracht, wenn die Kollegen von der Kripo ein Zeichen der Solidarität setzten. Natürlich war sie damit einverstanden. Dann kam er allerdings auf das eigentliche Thema zu sprechen: »Ich möchte, dass du Tom im Fall Sunshine unter die Arme greifst.«

Sie begriff zunächst nicht. »Ich dachte, Tom leitet die Ermittlungen?«

Doch dann dämmerte ihr, dass er es genau so meinte, wie er es gesagt hatte. Sie war jetzt die Nummer zwei hinter Tom. Senge wurde nicht einmal rot. »Ich möchte, dass du deine Aufgabe gut machst, und verlasse mich auf deinen Spürsinn«, sagte er mit einer merkwürdig eindringlichen Stimme.

Als Hella vom Kriminalrat kam, fühlte sie sich niedergeschlagen, und dann saß immer noch dieser Computerfreak von der Internen hinter ihrem Schreibtisch. »Bin gleich fertig«, rief er ihr unbekümmert zu, als sie in ihrem Büro auftauchte.

»Um was geht es hier eigentlich?«, fragte sie ernsthaft. Dem Kollegen war offenbar nicht entgangen, dass ihr alles andere als spaßig zumute war.

»Kurz gesagt, um die Unterwanderung der Polizei durch die rechte Szene«, erwiderte er. Die Angelegenheit war ihm sichtlich unangenehm. »Wir müssen jetzt den direkten Weg gehen, um Kontakte zu den Rechtsradikalen offenzulegen. E-Mails, Fotos, verdächtiges Material in Verbindung mit rechter Gewalt, verstehen Sie?«

Hella ließ sich auf den Stuhl fallen, der vor ihr stand. Und da suchten sie ausgerechnet bei ihr? Am liebsten hätte sie laut losgelacht. Einfach grotesk, sie zu verdächtigen, ausgerechnet sie, die nur zu gut wusste, was ungezügelte Gewalt bedeutete. Plötzlich standen ihr die alten Bilder vor Augen, die Wunden der Demütigungen rissen auf. Das Trauma war wieder da. Der Anschlag auf das Sunshine, Daniela und jetzt der Kollege von der Internen holten es zurück …

Billy und sie hatten sich gestritten. Es war eine dieser Auseinandersetzungen um Belangloses gewesen, die dann ausgeartet war. Wer zuerst angefangen hatte zu schreien, wusste sie nicht mehr, auch nicht mehr, worum es eigentlich ging. Plötzlich kam Billy auf sie zu und gab ihr eine Ohrfeige, dass ihr Kopf zur Seite flog.

Hätte er doch gezögert, dann hätte es keine Entschuldigung dafür gegeben, dann wäre es im vollen Bewusstsein geschehen und hätte alles, was darauf folgte, überflüssig gemacht. Aber sie hatte ihm geglaubt, dass er die Kontrolle verloren habe, es ihm unendlich leidtue und so weiter. Sie hatte ihm verziehen, so etwas konnte passieren, besonders in seinem Beruf als Soldat, das strenge Regiment, der tägliche Drill, der Stress, warum provozierte sie ihn auch immer, wenn er schlechte Laune hatte?

Beide hatten sie an dem Abend geweint, und es schien, als würde alles wieder in Ordnung kommen, denn nach dem Zwischenfall hatten sie eine wundervoll zärtliche Zeit, eine Zeit, die sie wieder träumen ließ …

»So, das wär's, Frau Budde.«

Hella starrte den Kollegen von der Internen erschrocken an.

»Stimmt etwas nicht?«

»Alles okay, es war nur … Und was haben Sie herausgefunden?«

»Die genaue Analyse folgt in Kürze. Es gibt jedenfalls keinen ersichtlichen Grund, Ihren Computer vorübergehend zu sperren.« Er warf einen Blick auf seine Armbanduhr und erhob sich. »Na, dann wünsche ich einen schönen Feierabend.«

»Ebenso«, erwiderte Hella, aber der Gedanke an den Feierabend bereitete ihr eher Bauchschmerzen.

16. TAG UND NACHT

18.03 Uhr. »Der Zustand von Frau Dr. Weinreb ist auf niedrigem Niveau stabil, und es besteht Hoffnung. Aber sie ist nicht bei Bewusstsein, im Augenblick hat es also wenig Sinn, ihr einen Besuch abzustatten. Sobald sich etwas ändert, rufe ich Sie an ...«

»Tag und Nacht«, erwiderte Hella, und das war keine Bitte, sondern eine Aufforderung.

Der Arzt am anderen Ende seufzte. »Versprochen, Frau Kommissarin.«

Sie drückte die Nummer des Krankenhauses weg, und plötzlich standen Tränen in ihren Augen. Aus Selbstmitleid konnte es nicht sein. Nichts hasste sie mehr. Wahrscheinlich war es immer noch die Wut über Senge. Was hatte er überhaupt mit dem letzten Satz gemeint: »Ich möchte, dass du deine Aufgabe gut machst, und verlasse mich auf deinen Spürsinn«? Angeblich handelte es sich um routinemäßige Ermittlungen im Milieu, in dem sich Tom Seipold doch bestens auskannte. War ihr Ruf bereits so ruiniert, dass sie sich in der zweiten Reihe beweisen musste?

»Tom? – Hier Hella. Ich sollte ...«

»Ja, ja, ich weiß. Die ersten Befragungen habe ich bereits selbst durchgeführt. Leider ohne Ergebnisse. Es ist übrigens nicht das erste Mal, dass das Sunshine zerlegt wurde. Vor drei Jahren hat es einen ähnlichen Vorfall gegeben, den dein Vorgänger bearbeitet hat. Die Suche nach den Tätern blieb damals erfolglos, und so wie es aussieht, haben die Einschlägigen auch diesmal Alibis vorzuweisen. Aber ich schwöre dir, sie werden nicht davonkommen. Wir warten noch die Ergebnisse der KTU ab, dann sehen wir weiter. Für heute kannst du es easy nehmen, Hella, ruh dich aus.«

Easy nehmen ... ruh dich aus, Hella ... Jedes Wort ein Nadelstich. Der Kollege genoss es, sich über sie lustig zu machen. Und sie konnte nichts dagegen tun. Tom war Sieger auf der ganzen Linie.

Auf dem Weg zu ihrer Wohnung fiel ihr eine griechische Taverne auf. Es gab längst nicht mehr so viele griechische Restaurants hier in Braunschweig wie früher. Wo waren sie geblieben? Und wann hatte sie zuletzt Gyros mit Metaxasoße gegessen? – Wenigstens ein Lichtblick in erreichbarer Nähe, der nicht viel kostete. Sie betrat das Lokal und bestellte eine große Portion zum Mitnehmen. Während sie darauf wartete, ließ der Wirt sie nicht aus den Augen. Er gab ihr sogar einen Ouzo aus.

»Vielleicht kenne ich dich«, sagte er und rollte geheimnisvoll die Augen. »Du siehst der Tochter meiner verstorbenen Tante ähnlich.«

Nicht besonders originell, dachte Hella, aber etwas Small Talk kam ihr gerade recht, also ging sie darauf ein. »Wie hieß denn Ihre Tante?«

»Kathyna Budde ...«

Die Erscheinung dieses Mannes sagte ihr nichts weiter. Er war nicht mehr der Jüngste und kaum größer als sie, Halbglatze, schwarzer Schnurrbart, kräftige und stark behaarte Arme. Ein griechischer Gastwirt wie viele andere mit hochgekrempelten Hemdsärmeln und nicht mehr ganz sauberer Schürze.

»Ich dachte, Mutters Verwandte sind alle weg aus Braunschweig ...«

»Ich war ein paar Jahre in Eindhoven, aber dann hab ich es da nicht mehr ausgehalten und bin wieder zurückgekommen. Ich heiße Christos, ich freue mich sehr, dich kennenzulernen.«

»Hella, aber eigentlich Helena, und es stimmt, ich bin Kathynas Tochter. Mein Vater hat immer Kathrinchen zu ihr gesagt ...«

Er trat hinter dem Tresen hervor und umarmte sie mit feuchten Augen, auch Hella ließ ihren Tränen freien Lauf.

*

Es war nach elf. Dunkelheit lag auf der Stadt, der Moment war gekommen. Sie fühlte genug Kraft und Entschlossenheit in sich, um es zu tun. Schließlich hatte sie diese Reise in eine andere Welt nur auf sich genommen, um Gerechtigkeit zu erlangen. Niemals waren sie angeklagt worden, die Täter aus dem Land, das ihrer Heimat so viel Leid zugefügt hatte. Einer unter ihnen war sogar aus der Hölle zurückgekehrt und hatte auch ihr Leben zerstört. Duma und Bernhard waren tot, sie selbst hatte keine Zukunft mehr, ihr letzter Auftrag war, den Mörder zu bestrafen, denn er verdiente keine Gnade …

Der Wachmann war leichtsinnig gewesen, hatte vergessen, die Tür zum Hof abzuschließen, so konnte sie entwischen, ohne abwarten zu müssen, bis er die hinteren Räume des Heims kontrollierte. Die Adresse des Mörders kannte sie von Bernhard, er hatte ihr einmal erzählt, wo er wohnte und das Haus beschrieben. Er wusste nicht, dass dieser Mann Duma ermordet hatte und sie ihn bestrafen wollte. Einmal nur hatte sie zu Bernhard gesagt: »Jedes Volk hat eine Seele, sie muss geschützt werden, und niemand auf der Welt darf sie ungestraft ihrem Volk stehlen.« Bernhard hatte verstanden, was sie meinte. Als er ihr versprach, alles zu tun, um den Mann dazu zu bewegen, sein Unrecht an ihrem Volk einzugestehen und zurückzugeben, was er gestohlen hatte, da hatte sie wieder an die Gerechtigkeit geglaubt und dass alles gut werden würde. Und dass Duma nicht umsonst gestorben war. Deshalb hatten sie den Elefanten gemalt …

Sie schlich an den Fassaden der Geschäftshäuser entlang. Wieder regnete es. Es regnete viel in diesem Land, aber die Menschen wussten nicht, wie reich sie waren. Sie zog die Kapuze ihres Sweaters über den Kopf und begann zu laufen. Sie fühlte sich wie eine Gazelle, die durch die Nacht sprang, doch sie musste auf der Hut sein, denn die Nacht schützte nicht nur sie, sie schützte auch die Raubtiere.

Sie lief schnell, der Weg war weit zum Wohnhaus des Mörders. »Zuckerberg« hieß die Gegend. Jetzt ging es aufwärts, sie atmete schwerer, aber das Ziel war nah. Sie erreichte den Park, in dem ein Schloss stand. Das Haus, das sie suchte, konnte nicht mehr weit sein. Aber es war nicht leicht zu finden, in den Seitenstraßen standen weniger Straßenlampen. Niemand war zu sehen, die Häuser mit großen, eingezäunten Gärten lagen still und stumm vor ihr. Anders als in Windhuk. Dort waren die Gärten nicht eingezäunt, aber kaum jemand kam an einem Haus vorbei, ohne dass ihn ein Hund anbellte.

Das Haus schien sich hinter einer Hecke zu verstecken. Sie war sicher, dass es das richtige war. Ihre Hand glitt in die Seitentasche ihrer Jacke. Sie besaß keine Pistole, sie konnte den Mann nicht erschießen, das wäre einfacher gewesen. Sie besaß nur das Klappmesser, das der Hausmeister immer zum Apfelschneiden benutzte und im Vorgarten des Heims verloren hatte. Jetzt würde sie in dieses Haus eindringen und den Mörder mit diesem Messer töten.

Doch die Hecke war undurchdringlich und der obere Rand des Tors mit langen Metalldornen besetzt. Plötzlich sprang ein Scheinwerfer an und warf sein grelles Licht auf die breite, mit Steinplatten belegte Einfahrt. Ein weißer SUV tauchte auf. Sie presste ihren Körper in das Gestrüpp, sodass ihr die Dornen ins Fleisch stachen. Das Tor sprang von selbst auf. Der Wagen rollte bis an die Haustür.

Jemand kam aus dem Haus. Sie erkannte die Person sofort, es war der Mann, den sie suchte, der Dämon, den sie für immer in die Hölle zurückschicken musste. Er wirkte sehr aufgeregt und redete verzweifelt auf eine Frau ein, die aus dem Auto stieg.

Irgendetwas musste geschehen sein. Die Frau nahm einen Koffer vom Rücksitz des Wagens und folgte dem Mann.

Das Tor zu den Garagen begann sich langsam zu schließen. Aber der Scheinwerfer war so grell wie die Wüstensonne, man könnte sie sehen, wenn sie versuchte, über die Auffahrt auf das Grundstück zu gelangen. Sie hatte Glück, das Licht erlosch mit einem Schlag. Sie rannte zum Tor und zwängte sich im letzten Augenblick durch die Lücke, die Tor und Schloss noch trennte. Als das Licht wieder ansprang, hatte sie fast den Schattenstreifen erreicht und schmiegte sich Sekunden später eng an die Fassade des Hauses. In einem der Räume wurde es hell. Sie kroch bis unter das Fenster, schob dann langsam ihren Kopf in die Höhe, bis sie sehen konnte, was innen vor sich ging. Durch das gekippte Fenster verstand sie, was gesprochen wurde.

»Schon den ganzen Abend über war sie so merkwürdig ruhig«, sagte der Mann. »Zuerst habe ich mir keine Sorgen gemacht. Laura ist ein lebhaftes Kind, da ist es manchmal ganz angenehm, wenn mal nicht so viel los ist. Ich hoffe, Sie verstehen das …«

»Seit wann hat sie dieses hohe Fieber?«, fragte die Frau, die offenbar Ärztin war und ihr Stethoskop anlegte.

»Es kam mir seltsam vor, dass sie heute so ganz ohne Protest ins Bett gegangen ist. Vor einer halben Stunde habe ich noch einmal nach ihr gesehen, und da war ihre Stirn ganz heiß. Es ist doch hoffentlich nichts Schlimmes?« Er nahm jetzt das Kind aus dem Bett und hielt es im Arm. Die Ärztin hörte das Mädchen ab.

»Ihr Herzschlag ist ziemlich schwach. Hat Ihre Tochter heute etwas gegessen, was ihr nicht bekommen ist?«

»Nicht, dass ich wüsste. Meine Frau ist nicht da, sie besucht ihre Schwester in Antwerpen. Ich habe Pizza bestellt, Pizza ist Lauras Lieblingsgericht …«

»Es könnte auch ein Virus sein, aber das kann ich hier kaum überprüfen. Am besten ist, ich bringe die Kleine direkt in die Klinik.«

»Warten Sie, ich komme mit, Frau Dr. Fasolt.«

Er trug das Kind auf seinem Arm hinter der Ärztin her. Die Scheinwerfer vor dem Haus sprangen wieder an, Autotüren knallten, der SUV und ein anderer Wagen fuhren los. Als die Beleuchtung automatisch abschaltete, schlüpfte sie noch schnell durch die Lücke, bevor das Tor ins Schloss fiel.

*

23.46 Uhr. Hella wachte auf, sie war auf der Couch eingeschlafen, nicht einmal ihre Schuhe hatte sie ausgezogen. Der Geschmack von Ouzo und Retsina klebte immer noch an ihrer Zunge.

Es hatte länger gedauert bei Christos. Wenn Griechen sentimental werden ... Und sie waren beide reichlich sentimental geworden. Er hatte Familiengeschichten von früher erzählt und es sich nicht nehmen lassen, sie wie eine Königin zu bewirten. Sie sehe ziemlich gestresst aus, fand er. Als Kriminalkommissarin habe sie natürlich keine Zeit, stundenlang in der Küche zu stehen und vernünftiges Essen zu kochen. Aber jetzt brauche sie sich keine Sorgen mehr zu machen, er würde es nicht zulassen, dass sie verhungere, und ihr Leibkoch werden. Er konnte ja nicht wissen, dass die Position bereits an einen deutlich jüngeren Mitbewerber vergeben war, der gleich nebenan wohnte.

Hella musste Christos versprechen, sich öfter bei ihm blicken zu lassen. Schließlich lebten sie nur ein paar Straßen voneinander entfernt.

Im Zimmer war es dunkel, nur im Flur ihrer Wohnung brannte Licht. Erst jetzt drang das Blinken ihres Handys auf dem Wohnzimmertisch zu ihr durch. Die Mailbox hatte die Nachricht einer müden Männerstimme gespeichert: »Hier Dr. Schnittke, der Leitende Arzt der Intensivstation im Klinikum. Ich kann Ihnen mitteilen, dass Frau Dr. Weinreb aus dem Koma erwacht ist. Sie ist allerdings immer noch äußerst schwach ...«

Hella hörte nicht weiter zu. Sie musste Daniela unbedingt selbst sagen, dass sie alles tun werde, um die Täter zur Strecke zu bringen.

0.13 Uhr. Klinikum Braunschweig. Der Leitende Arzt hatte offenbar seine Schicht beendet.

»Frau Budde?«, sprach sie stattdessen eine jüngere Mitarbeiterin in Weiß an. Hella nickte. »Ich bin Dr. Schnittkes Assistentin und soll Ihnen ausrichten, dass Ihre Bekannte jetzt unbedingt Ruhe braucht. Im Augenblick schläft sie. Auch in nächster Zeit dürfte eine Befragung ziemlich schwierig werden. Bevor die Schwellungen in ihrem Gesicht nicht zurückgegangen sind, wird sie sich nur mit Stift und Block verständlich machen können.«

Als sie das Krankenzimmer betraten, waren Danielas Augen geschlossen.

»Im Augenblick ist alles ruhig, aber der kritische Punkt ist noch nicht überwunden«, erklärte die Assistentin. »Seit sie aus dem Koma erwacht ist, geht es rauf und runter. Wir hoffen, dass sich der Kreislauf in den nächsten Stunden stabilisiert. In etwa fünfzehn Minuten komme ich zurück und sehe wieder nach ihr.«

So lang durfte also ihr Besuch dauern. Hella zog den Stuhl näher an das Bett. Schlag die Augen auf, altes Mädchen, dachte sie und griff nach Danielas Hand. »Wir werden die Schläger schnappen, das verspreche ich dir …«

Hella wusste, was es hieß, mundtot zu sein, auch ohne gebrochenen Kiefer. Allerdings war sie es damals selbst gewesen, die sich den Mund verboten hatte. »Hör auf, Billy, hör sofort damit auf!« So hätte sie ihn stoppen müssen. Stattdessen hatte sie hingenommen, wie er sie mehr und mehr demütigte und degradierte. Sie war nicht mehr seine Schönheit, die Frau, ohne die er nicht leben konnte. Auf einmal war sie der Grund, warum es in seinem Leben nicht mehr so lief, wie er es sich vorstellte, dass er nicht befördert wurde, dass er den Führerschein verloren hatte, dass er immer mehr trank. Und weil sie sich nicht wehrte und die Schuld bei sich suchte, wurde alles schlimmer. Am Ende hatte sie nur noch Angst vor ihm. Im Dienst machte sie Fehler, hätte fast einen Einsatz durch zu frühes Eingreifen gefährdet, weil ihr die Nerven durchgegangen waren. Immer noch hatte sie gehofft, dass Billy sich fangen und ihre Ehe wieder auf Anfang springen würde. Doch es änderte sich nichts. Er warf ihr vor, dass sie keine Kinder hätten, weil sie sich ihm immer öfter verweigern würde. An dem Abend hatte er sie wieder ins Gesicht geschlagen, weil sie nicht mit ihm schlafen wollte. Ihre Nase blutete, und Hella schloss sich im Bad ein. Auf der Ablage unter dem Spiegel entdeckte sie ihr Handy, das sie den ganzen Tag gesucht hatte. Ein Zeichen, sie musste es nur deuten. Endlich tat sie das Richtige und schaltete einen Kollegen ein. Die Konsequenzen musste sie aushalten, wenn sie aus dem Teufelskreis herauswollte: Dass alle auf der Dienststelle davon erfahren und sie ihre Ehe und Billys Karriere ruinieren würde, dass ihr Vater und Vorbild zutiefst enttäuscht wäre. An diesem Abend hatte ihr Kampf begonnen ...

Mittwoch, 8.26 Uhr. Besprechung im Kommissariat. Hella fühlte sich wie gerädert. Nach dem Krankenbesuch war an Schlaf nicht zu denken gewesen. In ihren Träumen war ihr immer wieder Danielas flehender Blick begegnet.

»... neben dem dritten unmittelbaren Tatzeugen, der einen Schock erlitten hat und sich deshalb an fast nichts erinnern kann, habe ich auch alle Hausbewohner befragt. Allerdings will niemand an dem Abend ungewöhnliche Geräusche wie das Splittern von Glas oder Schreie aus dem Sunshine gehört haben ...«

Wahrscheinlich waren sie total eingeschüchtert und hatten Angst, es könnte ihnen etwas Ähnliches passieren wie den Opfern, wenn sie reden, dachte Hella, aber es war Toms Fall, und sie wollte ihn nicht unterbrechen. Schnell konnte es aussehen, als wäre sie eine schlechte Verliererin.

»Kollege Fischbach hat die Medien eingeschaltet. Leider bislang ohne greifbaren Erfolg. Wir warten die detaillierten Ergebnisse der KTU noch ab, dann lasse ich die Fahndung nach den Tätern auf Hochtouren laufen.«

Hellas Blick ging zu Fischbach. Wie ein feiger Überläufer, der sich auf die Seite der Stärkeren geschlagen hatte, kam er ihr vor. »Reiß dich zusammen, Hella! Du willst Daniela doch auch helfen«, ermahnte sie prompt eine innere Stimme, die wie die ihres Vaters klang.

»Kollegin Budde wird noch am Vormittag den Pächter des Cafés befragen, einen gewissen Dieter … Wie hieß er doch gleich?«, mischte sich der Kriminalrat ein.

»Fliege, Dieter Fliege«, ergänzte Tom Seipold.

»Danke, Tom. Der Mann ist jedenfalls selbst Opfer des Anschlags, also Tatzeuge, wollte aber nur mit dir reden, Hella. Es soll ihm heute deutlich besser gehen, im Gegensatz zu Frau Dr. Weinreb kann er zumindest sprechen. Wir freuen uns über Ergebnisse.« Worauf der Kriminalrat mit den üblichen Floskeln das Meeting beendete.

Hella wusste also, was sie zu tun hatte. Die Vermutung drängte sich auf, dass Senge sie in den Fall nur einbezogen hatte, weil sich der wichtigste Zeuge Tom offenbar verweigerte. Oder gab es noch einen anderen Grund?

Auf dem Weg in ihr Büro erreichte sie der Rückruf, auf den sie sehnsüchtig gewartet hatte. Die Ergebnisse der KTU in der Mordsache Jelinski. »Die meisten Fingerabdrücke, die wir an den Holzfiguren ausfindig machen konnten, waren unvollständig oder verwischt, also nicht zu verwerten. Doch an einer der Holzfiguren befanden sich menschliche Gewebespuren in Form von Hautschuppen«, berichtete der Kollege stolz.

»Gut gemacht«, lobte Hella, aber das reichte nicht, schließlich gab es kein Gegenstück. »Wissen Sie eventuell mehr? Geschlecht, Ethnie?«

»Wir wissen, dass es das Gewebe einer Frau ist, und mit größter Wahrscheinlichkeit handelt es sich um eine Afrikanerin. Wenn es ein Souvenir aus Afrika ist, dann werden es wohl die Spuren der Verkäuferin sein, könnte ich mir vorstellen …«

»Danke, Sie haben mir sehr geholfen.«

Es war nicht ausgeschlossen, dass es sich genau so verhielt, wie der Kollege von der KTU vermutete, aber Hella setzte auf eine andere Möglichkeit, die gleichzeitig ihre letzte Hoffnung war.

9.15 Uhr. Ihre einzige Chance war jetzt der Mann, dessen Eitelkeit buchstäblich in den Himmel wuchs.

»Ich habe mich bereits gefragt, wann Sie sich entschließen würden, mir einen Besuch abzustatten, und wenn es nur auf einen Kaffee wäre. Doch wie sagt man? Besser spät als nie«, begrüßte sie Staatsanwalt Klapproth mit unüberhörbarer Ironie in der Stimme, und er schien es wieder zu genießen, dass sein Prachtstück von Oberlippenbart Aufmerksamkeit erregte. Gut gelaunt bot er Hella Platz an, doch in dem Moment, in dem er selbst in seinem ledernen Drehsessel saß, wurde er schlagartig ernst. »Ich freue mich, Sie hier zu sehen, Frau Budde. Wenn Sie mich allerdings im Fall Jelinski sprechen wollen, muss ich Ihnen sagen, dass Sie definitiv zu spät kommen.«

Ihre Befürchtung war eingetroffen. Nicht ein Wort von ihr, aber das Gespräch war bereits beendet. Was hatte sie sich auch gedacht? Dass Klapproth mit wehenden Fahnen auf ihre Seite schwenken und seinem jahrelangen Kollegen Senge, mit dem er sich ausgezeichnet verstand, in den Rücken fallen würde? Wegen einer Neuen, einer notorischen Quertreiberin, die sich in atemberaubender Geschwindigkeit einen schlechten Ruf verschafft hatte? Natürlich wusste Klapproth längst, dass sie den Fall los war …

»Aber wenn Sie schon einmal hier sind, können Sie mir ruhig sagen, was Sie auf dem Herzen haben.«

Offenbar hatte ihn ihre Enttäuschung doch nicht kaltgelassen. Zumindest könnte sie es versuchen. »Ich bin hier, weil ich Sie um etwas bitten möchte, und ja, es geht um den Fall Jelinski.«

Klapproth stöhnte. »Unverbesserlich, so hat Senge Ihr Verhalten genannt. Und ich glaube fast ... Sie werden doch kaum erwarten, dass ich meinen alten Freund Ludger kompromittiere, indem ich ungefragt in einen Fall eingreife, dessen Ermittlungen er jetzt selbst leitet. Zumal er ihn für gelöst hält.«

»Natürlich nicht. Auch mir ist klar, wie brisant der Fall ist und dass er so schnell wie möglich abgeschlossen werden sollte. Ich fürchte nur, dass durch Kommunikationsstörungen ein falsches Bild von der Ermittlungslage entstanden ist ...«

»Soso, *Kommunikationsstörungen* sind also Schuld daran ...« Er verkniff sich jedes Schmunzeln, zwirbelte aber das linke Ende seines Bartes. »Das klingt fast so, als hätten Sie auf eigene Faust weiterermittelt ...«

Es hatte keinen Sinn, weiter um den heißen Brei herumzureden. »Bernhard Jelinski malte seine letzten Werke nicht allein. Es gibt eine zweite Person, die ihm dabei half. Die KTU hat in Jelinskis näherem Umfeld DNA einer weiblichen Person sicherstellen können, die in Verbindung mit seinem vorletzten Projekt, dem Elefanten auf der Fassade der Kellermann Bank, steht. Diese Frau ist vermutlich Afrikanerin ...«

»Klingt ziemlich abenteuerlich, Ihre Geschichte, finden Sie nicht?«

»Sie ist von einem Zeugen mit Jelinski bei der Arbeit beobachtet worden, und anscheinend hatte er eine Affäre mit ihr. Immerhin stand ihm diese Frau näher als alle anderen Zeugen aus seinem privaten Umfeld, denn aller Wahrscheinlichkeit nach wusste sie als Einzige von seinem Doppelleben als Street-Art-Künstler. Wir müssen sie finden und sie befragen. Wenn uns jemand zum Täter führen kann, dann sie.«

»Sie könnte es auch selbst sein und sich längst aus dem Staub gemacht haben.«

Ob absichtlich oder nicht, der Staatsanwalt hatte ihr eine Vorlage gegeben. Die musste sie nur nutzen. »Ich bin ganz Ihrer Meinung. Also sollten wir so schnell wie möglich nach der Frau fahnden, damit sie uns auf den letzten Metern nicht entwischt.«

»Sie sind mir vielleicht eine«, erwiderte Klapproth mit einem Schmunzeln. »Jetzt müssen Sie mir nur noch verraten, wie ich das dem Kollegen Senge erklären soll.«

17. DIE SCHWEIGENDE

Offenbar hatte Staatsanwalt Klapproth sofort die nötigen Maß-
nahmen ergriffen, denn nach kaum einer halben Stunde meldete
sich Kai Fischbach bei Hella. Senge lasse aufgrund neuer Erkenntnisse aus der KTU nach einer Zeugin fahnden: dunkle Hautfarbe,
Malerin. »Respekt, Hella, wie hast du das bloß geschafft?«

»Wieso ich? Wenn Senge sich zu diesem Schritt entschlossen
hat, wird er zwingende Gründe haben. Er leitet jetzt den Fall,
und wie es aussieht, ist der doch noch nicht abgeschlossen.« So
leicht würde sie es Kai nicht machen, wieder die Seiten zu wech-
seln. Er sollte ruhig ein schlechtes Gewissen haben, dass er ihr
von der Fahne gegangen war, dachte Hella. »Und vergiss nicht:
Dem Tempo nach zu urteilen, mit dem Jelinski und seine Helferin dieses Graffiti auf die Fassade gebracht haben, ist sie vermutlich jung und sportlich. – Wenn du die Fahndung eingeleitet
hast, kannst du mit ins Krankenhaus kommen.«

»Wird gemacht, Frau Hauptkommissarin«, entgegnete er,
wahrscheinlich mit einem Grinsen.

Hella musste sich eingestehen, Klapproth unterschätzt zu
haben. Zumindest hatte er einen klaren Kopf bewiesen und ohne
zu zögern eine Entscheidung in heikler Lage getroffen. Sogar
Humor schien er zu haben, was man von Senge nicht gerade
behaupten konnte.

10.41 Uhr. Hella hätte den Wirt vom Sunshine beinahe nicht
wiedererkannt. Sein Gesicht war angeschwollen und übersät
mit Schrammen und Blutergüssen, beide Arme steckten in Gips.

»Sie konnten mich noch einmal zusammenflicken, Frau Kommissarin«, begrüßte Dieter Fliege sie mit dem schmerzlichen Lächeln des Leidgeprüften. »Wie gut, dass es in meiner Nähe keinen Spiegel gibt.«

»Wir beide, Kollege Fischbach und ich, und die ganze Abteilung der Kripo Mitte sind froh, dass Sie über den Berg sind«, sagte Hella feierlich und präsentierte dem Geschundenen den kleinen Blumenstrauß, den Fischbach noch auf die Schnelle besorgt hatte.

»Bitte, bringen Sie mich nicht zum Heulen«, erwiderte Fliege. »Ich kann mir nicht mal die Nase putzen.«

Hella griff in das Schubfach des Nachtkästchens, holte ein Papiertaschentuch heraus und trocknete ihm die Tränen. »Was ist mit den anderen?«

»Daniela Weinreb lag bis vor Kurzem im Koma, ein weiteres Opfer hat einen schweren Schock erlitten und erinnert sich an nichts.«

»Da habe ich ja den Joker gezogen«, kam von Fliege. Seinen schwarzen Humor hatte er offenbar nicht eingebüßt.

»Wenn Sie es so sehen. Jedenfalls sind Sie der Einzige, der uns im Augenblick auf der Suche nach den Tätern helfen kann«, erwiderte Kai Fischbach.

»Ich helfe gern, wenn es mir möglich ist.« Fliege war anscheinend nachtragend. Tom Seipold hatte er nicht verziehen, dass er ihn angegangen war. Kai dagegen akzeptierte er.

»Was genau ist passiert?«, begann Hella die Befragung.

Dieter Fliege hatte sich die Antwort offenbar bereits zurechtgelegt: »An dem Abend war im Laden nicht mehr viel los, und ich hatte angefangen, die Gläser zu spülen, damit ich nur noch kurz durchwischen musste, wenn der letzte Gast gegangen war. Am Schluss saßen noch zwei Gäste – Dani und Freddy Germann – an einem der hinteren Tische und tranken ihren Kaffee. Glaubt mir, ich würde etwas darum geben, wenn ich die idiotische Idee rückgängig machen könnte, den beiden zum Feierabend einen auszugeben. Dann wären sie längst zu Hause gewesen, als die Kerle ...« Ihm schossen die Tränen in die Augen.

»Hatten Sie nicht gesagt, Sie wollten nicht heulen?«, sagte Hella und zückte das Taschentuch. »Es war also reiner Zufall, dass die beiden noch im Café saßen?«, musste logischerweise die nächste Frage sein.

»Davon gehe ich aus.«

»War es eine Gewohnheit der beiden Gäste, sich an bestimmten Tagen im Sunshine zu treffen?«

»Nein, soviel ich weiß nicht, sie kannten sich nicht einmal besonders gut. Ich selbst habe in letzter Zeit etwas kürzer getreten, bin manchmal nicht mehr ganz auf dem Laufenden. Aber nach wie vor treffen sich hier alle ganz locker. Nur manchmal gibt es eine Party mit Gästeliste, vielleicht ein, zwei Mal im Jahr ...«

»Okay, und dann?«

»Plötzlich standen zwei Kerle im Laden, der eine drehte den Schlüssel in der Tür herum. Sie sagten kein Wort, ich hatte nicht einmal Zeit zu schreien, da fing ich mir den ersten Schlag schon ein und ging zu Boden. Ich rappelte mich auf und wollte den Gästen helfen. Aber das war ein Fehler. Hast du die Schnauze noch nicht voll, brüllte mich der eine an, und von da an habe ich einen Filmriss. Irgendwann bin ich im Krankenhaus aufgewacht.«

»Ist Ihnen an den Männern etwas aufgefallen?«

»Wie gesagt, sie waren zu zweit, trainiert, der größere vielleicht eins achtzig, der andere einen halben Kopf kleiner. Wie zwei schwarze Sheriffs sahen sie aus, Overalls, Skimützen mit Sehschlitz, Handschuhe und Baseballschläger.«

»Hatten Sie Blickkontakt mit dem Täter, bevor er Sie bewusstlos schlug?«, fragte Hella.

Fliege zögerte einen Augenblick. »Ja, aber fragen Sie mich bitte nicht, ob ich jemanden erkannt habe. In den Augen stand nur wilder Hass.«

Die Täter hatten den Überfall vorbereitet, sie wollten das Café zerstören, dabei hatten sie es nicht unbedingt auf bestimmte Personen abgesehen. Wer ihnen in die Hände fiel, musste bluten. Auf mehr ließ die Zeugenaussage nicht schließen. Aber ein Rätsel konnte er vielleicht lösen. »Den Befragungen der Hausbewohner konnten wir entnehmen, dass sie angeblich kaum etwas von dem Überfall mitbekamen, bis auf einen, der dann die Polizei gerufen hat. Dabei ist das Mobiliar fast vollständig zerschlagen worden. So etwas kann wohl kaum geräuschlos abgehen, oder?«

»Wenn man sich in jedes Ohr eine Braunschweiger Mettwurst steckt, hört man natürlich nichts.« Ein bitteres Lachen folgte. »Seit der Eröffnung des Sunshine geben sich meine lieben Nachbarn die größte Mühe, mich und meinen Laden wieder loszuwerden. Denen kann nur recht sein, was passiert ist. Die hoffen jetzt, dass ich den Laden dichtmachen muss. Wahrscheinlich versuchen sie, sich aus allem herauszuhalten, oder haben einfach nur Schiss, dass die Kerle auch ihnen einen Besuch abstatten könnten.«

»Oder die lieben Nachbarn stecken selbst dahinter«, dachte Kai Fischbach laut. »Hat sich einer der Mitbewohner besonders darin hervorgetan, Sie loszuwerden?«

»Da fällt mir nur der alte Sagebiel aus dem ersten Stock ein. Der ist fanatisch darauf aus, meinen Ruf zu beschädigen. Aber es gibt genug solche Menschen …«

Der Zeuge wirkte plötzlich matt. Seine Widerstandskraft hatte offenbar ziemlich gelitten. Aber wen wunderte das?

»Danke, Herr Fliege. Sie haben uns sehr geholfen. Gute Besserung.« Hella trocknete ihm noch einmal die Tränen, bevor sie gingen.

»Fliege hat sich Feinde gemacht. Seine Gäste sind eben nicht jedermanns Geschmack. Aber dieser Hass, dieser unglaubliche Hass …«, sinnierte Kai Fischbach später im Dienstwagen.

Der Fall ging unter die Haut, aber jetzt brauchten sie vor allem eine Strategie. »Tom hat sich Flieges Nachbarn bereits vorgeknöpft, doch ich halte es für nötig, diesen Sagebiel noch einmal zu befragen. Schließlich liegt ein neuer Erkenntnisstand vor.« Dass sie sich dabei nicht auf Seipolds Ermittlungen verlassen wollte, behielt Hella natürlich für sich. »Vielleicht bringen uns auch die Ergebnisse der Spurensicherung weiter, und dann sollten wir uns einen eigenen Eindruck von dem dritten Opfer, Freddy Germann, verschaffen, das sich angeblich an nichts erinnern kann.«

Kollege Fischbach sparte sich eine Bemerkung, stattdessen traf sie sein mahnender Blick. Hella wusste natürlich, was er meinte: »Keine Sorge, Kai, es ist Toms Fall und ich werde nichts ohne seine Anweisung tun.« Andererseits erwartete der Kriminalrat von ihr, alles zu geben. Das hatte er selbst zu ihr gesagt, und genau das sollte er haben. Plötzlich Klingelton bei Kai. »Ja, Fischbach.«

Gute Nachrichten, wie sie dem Gesichtsausdruck des Kollegen entnahm.

»Ich bin gerade mit der Kollegin Budde im Fall Sunshine unterwegs ... Ja, Chef, wird gemacht. Natürlich, unverzüglich, wir sind schon unterwegs ... Drehen, Hella! Wir müssen ins Flüchtlingsheim ...«

Ihr schoss das Blut in den Kopf. War sie jetzt Fischbachs Chauffeurin? »Vielleicht könntest du mir ...«

Das Lächeln auf Fischbachs Gesicht war die reine Schadenfreude. »Ich weiß nicht, ob ich das darf. Offiziell bist du ja raus aus dem Fall ...« Aber dann hielt er es selbst nicht mehr aus: »Senge hat bereits Rückmeldung von einer der Flüchtlingsunterkünfte erhalten. Nicht lange nachdem die Suchmeldung raus war, hat eine Helferin im Kommissariat angerufen. Sie würde eine junge Afrikanerin betreuen, auf die die Beschreibung passe.«

Hella schwieg. Bei der nächsten Ampel änderte sie die Fahrtrichtung. Es musste ihr genügen, dass alles nach ihrer Vorstellung lief.

*

Sie hatte die Zeit vergessen, aber es musste ungefähr Mittag sein. Für einen Augenblick meinte sie, die Stimme ihrer Mutter zu hören: »Komm zum Essen, mein Schatz!« Sie wollte schon aufspringen, um ins Haus zu laufen. Aber sie war nicht mehr das kleine Mädchen, das unter dem dicken Baobab spielte. Sie kniete auf dem Boden ihres Raumes in der Flüchtlingsunterkunft und malte an dem großen Wandbild, auch wenn sie wusste, dass es schnell verschwinden würde, wenn sie nicht mehr da wäre. Es würde nicht bleiben wie die Graffiti von Straßenherz. Auch nicht der alte Baobab. In Wirklichkeit war er natürlich viel größer, ein vertrauter Riese, der ihr Haus in Windhuk bewachte. Nur den Schatten ihrer Heimat konnte sie mit ihren Bildern einfangen, aber sie wärmten ihr das Herz und trösteten sie …

Sie machte sich Vorwürfe. Warum hatte sie gezögert, warum hatte sie den Teufel nicht bestraft? Sie war doch nur ein paar Schritte von ihm entfernt gewesen. In dem Augenblick als er seine Tochter in den Wagen der Ärztin legte, hätte sie aus dem Gebüsch springen und den Dämon mit zwei Stichen töten können. Aber sie hatte versagt, seine Tochter hatte ihr leidgetan. Obwohl sie wusste, dass er kein Erbarmen verdiente. Sie konnte diese Ausbeuter nur aufhalten, wenn sie jeden Einzelnen von ihnen in die Hölle schickte. Duma hatte recht gehabt, Dämonen waren keine Märchenfiguren, sie lebten unter uns und holten sich ihre Opfer, wo und wann immer sie wollten. Es war falsch gewesen, Bernhard zu glauben. Er hatte ihr versprochen, dass er mit diesen Leuten reden würde und ihrem Land so viel mehr helfen könnte, als sie offen zu ihren Feinden zu machen. Aber was hatte ihre Graffiti-Aktion gebracht? – Bernhard war tot.

»Komm bitte, Sina, sonst wird alles kalt. Es gibt Rinderroulade mit Rotkraut und Kartoffeln, das magst du doch so gern.«

Es war nicht ihre Mutter, es war Annegret, die sie rief. Der Duft von geschmortem Fleisch erfüllte das Zimmer. Aber warum heute? Sonst gab es Braten nur sonntags. Vielleicht machte sie sich wieder Sorgen, weil sie nicht genug aß. Annegret war eine gute Seele, in Windhuk wären sie sicher Freundinnen geworden.

Sie erhob sich aus der Hocke, ging hinüber zum Waschbecken, um sich den Kreidestaub von den Händen zu waschen. Dann setzte sie sich an den Tisch. Annegret hatte alles vorbereitet.

»Lass es dir schmecken. So etwas Gutes bekommst du so schnell nicht wieder«, sagte sie und folgte mit dem Blick jedem Bissen, den sie sich in den Mund schob. »Das Rezept ist noch von meiner Großmutter, die kam aus Schlesien. Sicher weißt du nicht, wo das liegt. – Genauso wenig wie ich wusste, wo Namibia liegt.«

Sie schwieg, wie immer, wenn Annegret etwas von Deutschland erzählte, auch wenn sie alles verstand. In ihrer Heimat sprachen viele Deutsch, es gab Straßen mit deutschen Namen, und die meisten alten Häuser waren von Deutschen erbaut worden. Sie hatte diese Sprache auch gelernt. Sie verstand fast alles, was sie hörte, aber sprechen wollte sie nicht, und seit Duma ermordet worden war, bereitete es ihr beinahe Schmerzen, mit ihrem Mund Worte dieser Sprache zu formen.

»Das Apfelkompott ist auch selbst gemacht. Eigentlich wollte ich es dir erst …« Annegret wurde auf einmal traurig, sie war überhaupt ein sorgenvoller Mensch und lachte nur selten. Aber diesmal war sie traurig wie bei einem Abschied, als hätte sie das letzte Mal für sie gekocht …

Schritte auf dem Flur. Jemand klopfte an die Tür ihres Zimmers. Annegret rief: »Ja bitte!« Eine kleine Frau und ein Mann um die sechzig mit dünnen Haaren auf dem Kopf traten ein. Die Frau starrte wie gebannt auf ihre Bilder.

»Kriminalpolizei Braunschweig, wir möchten zu Frau Hasina Okonjo«, sagte der Mann, ihren Namen las er von einem Zettel ab.

Wer konnte sie an die Polizei verraten haben? Sie blickte in Annegrets Augen, die voller Tränen standen. Annegret, was hast du getan?

*

Die Wände des Raums waren ringsum bemalt, in satten Farben wuchsen die Bilder einer exotischen Welt bis an die Decke. Geheimnisvolle Grüntöne für das Hochland und ein warmes Goldgelb für die Wüstendünen. Über dem benutzten Bett auf der linken Seite war die Silhouette eines Leoparden zu erkennen, eine Stadt mit leuchtend bunten Häusern bedeckte die Flächen links und rechts der Eingangstür. Zweifellos von jemandem gemalt, der künstlerisches Talent besaß, der Sinn für Harmonie hatte und dem ein paar Stücke Kreide genügten, um sich auszudrücken. Nur der Geruch von Rinderroulade und Kartoffeln passte nicht dazu.

Hasina Okonjo, offenbar auch die Malerin des Panoramas, saß am Tisch neben der Frau, die vermutlich die Polizei eingeschaltet hatte. Ihre Augen richteten sich auf sie, als wäre sie im Schreck erstarrt.

»Sind Sie Frau Okonjo?«, fragte Hella noch einmal etwas sanfter. Die junge Frau, kaum älter als Ende zwanzig, war offensichtlich völlig überrascht und eingeschüchtert von dem plötzlichen Auftreten der Polizei. Eine Antwort auf die Frage blieb sie schuldig, wandte jetzt sogar den Blick ab.

»Ja, so heißt sie«, antwortete stattdessen die Frau neben ihr, eine Mittfünfzigerin mit hängenden Mundwinkeln.

»Und Sie sind Frau Annegret Neuhaus, die Betreuerin?«

»Ja«, erwiderte die Angesprochene in gedämpftem Tonfall, als hätte sie ein schlechtes Gewissen.

»Wir benötigen Ihre Aussage im Mordfall Bernhard Jelinski, Frau Okonjo. Wir gehen davon aus, dass Sie mit ihm in Kontakt standen«, ließ Kai Fischbach seinen beruhigenden Bariton schnurren. Ohne Wirkung, Hasina Okonjo schwieg, während ihr Blick alles sagte: Sie hatte Angst, und der Staatsmacht traute sie kein Stück.

»Spricht sie Deutsch?«, fragte Fischbach.

Die Betreuerin nickte.

»Verstehen Sie uns?«, sprach Hella die junge Frau noch einmal selbst an. Aber sie sperrte sich. Ein hartes Stück Arbeit stand ihnen bevor, doch daran ging kein Weg vorbei. »Bitte kommen Sie mit, Frau Okonjo. Wir werden Sie im Kommissariat als Zeugin befragen. Keine Angst, es passiert Ihnen nichts.«

Die Frau verbarg ihr Gesicht in den Händen und rührte sich nicht von der Stelle.

»Bitte machen Sie uns keine Schwierigkeiten, wir brauchen Ihre Zeugenaussage, nicht mehr.« Fischbach ging einen Schritt auf die Namibierin zu, doch er sah offenbar schnell ein, dass sie sich im Status einer Zeugin befand und er sie nicht abführen konnte wie eine Tatverdächtige.

»Wenn Sie mit uns zusammenarbeiten und die Wahrheit sagen, dann können wir Ihnen helfen, so gut es geht«, versuchte es Hella und näherte sich der jungen Frau. Sie hatte feine schlanke Hände, ihr zu vielen kleinen Zöpfen gedrehtes Kopfhaar war mit Kreidestaub gepudert, wie auch das T-Shirt und die Shorts, die sie trug. »Bitte, helfen Sie uns«, sagte Hella und berührte sanft ihre Schulter.

Es dauerte eine Weile, bis die junge Frau reagierte, schließlich erhob sie sich wortlos von ihrem Stuhl und folgte Fischbach zur Tür. Der Flüchtlingsbetreuerin schenkte sie keinen Blick mehr.

Die Fahrt zurück ins Kommissariat übernahm Kai Fischbach. Auf dem Beifahrersitz saß Annegret Neuhaus, die sich zu einer

Aussage bereit erklärte hatte, und hinter ihm Hasina Okonjo. Hella hatte sich bewusst neben die Zeugin auf die Rückbank platziert. Man musste kein Psychologe sein, um zu erkennen, dass die junge Frau stark verunsichert war. Sie würde nur mit ihnen reden, wenn sie sich an Hellas Gegenwart gewöhnte und sie ihr Vertrauen gewann. Aufdringlichkeit würde die Zeugin in ihrem Misstrauen bestärken, egal welche Rolle sie bei den Ereignissen gespielt hatte. Die einzige Möglichkeit war, sie zu überzeugen, dass sie von der Polizei nichts zu befürchten hatte und sich ihre Kooperation auszahlen würde.

Hella hatte es nicht anders erwartet. Senge begegnete ihr kühler als Packeis.

»Staatsanwalt Klapproth teilte mir mit, dass sich die Beweislage geändert hat, was natürlich noch mit einer DNA-Gegenprobe bestätigt werden muss. Allerdings können wir es uns nicht leisten, Zeit zu verschwenden. Kollege Fischbach wird Frau Neuhaus befragen, im Anschluss wird sich Kollegin Budde mit der angeblichen Mitarbeiterin des Ermordeten befassen. Kollegin Budde kennt sich ja bestens aus, schließlich hat sie die Ermittlungen in dem Fall lange genug selbst geleitet.«

Die Vernehmung fand wie immer in Raum 236 statt. Während Kollege Fischbach seine Arbeit machte, saß Hella neben Senge hinter dem Spiegel.

Annegret Neuhaus, neunundfünfzig, geboren in Horumersiel, war eine bewundernswerte Frau, die sich während der großen Flüchtlingswelle zunächst in Hannover eingesetzt hatte. Als der erste Ansturm abflaute und in Braunschweig, wo sie seit dreißig Jahren wohnte, neue Flüchtlingslager entstanden, blieb sie dabei und half im Ehrenamt Geflüchteten und gestrandeten Existenzen. Auf Fischbachs Frage nach Hasina Okonjo begann die Zeugin unbefangen mir ihrer Aussage.

»Wie Sina nach Deutschland kam, ist nicht ganz klar. Die Reise verlief jedenfalls über das Mittelmeer und den Balkan und muss unbeschreiblich gewesen sein. Irgendwann geriet sie ohne Papiere in eine Kontrolle und landete dann hier in der Unterkunft. Die wenigen Daten, die wir anfangs von ihr hatten, konnten wir ihr nur mit Mühe entlocken, ihr Geburtsdatum und dass sie aus Windhuk, Namibia, stammt. Die Überprüfung lief dann über die Botschaft. Aber was spielt es für eine Rolle, wo die armen Teufel herkommen? Fest steht, dass ihnen jemand helfen muss. Es sollte auch klar sein: Ich habe mich nicht gemeldet, um Sina Schwierigkeiten zu machen. Ganz im Gegenteil. Ich kann mir nicht vorstellen, dass sie mit dem Mord auch nur das Geringste zu tun hat. Nie im Leben kann dieses Mädchen jemandem etwas antun, geschweige denn einen Mord begehen …«

»Sie haben richtig gehandelt, Frau Neuhaus«, beruhigte Fischbach die Frau, die sich offenbar Selbstvorwürfe machte. »Es geht zunächst nur um die Aussage von Frau Okonjo. Wir vermuten, dass sie in Kontakt mit Bernhard Jelinski stand, Näheres über den Mord wissen oder sogar Zeugin der Tat gewesen sein könnte. Bitte helfen Sie uns weiter, damit wir die Angelegenheit so schnell wie möglich abschließen können. Ist Ihnen oder dem Wachpersonal in den letzten Wochen und Monaten aufgefallen, dass Frau Okonjo die Unterkunft nachts verlassen hat?«

»Ja, einmal hat der Wachmann eine Meldung abgesetzt, dass sie angeblich nicht in ihrem Zimmer sei, aber als er den Raum später noch einmal kontrollierte, war sie wieder da. Es stellte sich dann heraus, dass der Wachmann gern mal einen … Na, Sie wissen schon. Die Sache kam nicht mehr zur Sprache. Der Wachmann hat seitdem besser aufgepasst. In der Nacht, als der Mord geschah, brannte bei ihr die ganze Zeit das Licht, sie hörte leise Musik, und als der Wachmann die üblichen Kontrollen machte, saß sie vor einer der Wände und malte an ihrem unendlichen Bild. So hat er es mir selbst erzählt.«

18. AUGE IN AUGE

Die Befragung von Annegret Neuhaus ergab keine weiteren Anhaltspunkte, die Hasina Okonjo in direkten Zusammenhang mit Bernhard Jelinski und dem Tötungsdelikt gebracht hätten. Sie sei eine stille und friedfertige Person, die offenbar stark unter Heimweh litt, gab sie zu Protokoll. In den letzten Tagen sei sie schlagartig apathisch geworden und habe kaum gegessen.

Die Tatsache, dass sie kurzzeitig verschwunden und wieder aufgetaucht war, konnte als Indiz dafür gelten, dass sie vielleicht öfter nachts unterwegs war. Aber da sich der Wachmann als unzuverlässig erwiesen hatte, blieb das lediglich eine Vermutung. Mehr Gewicht hatte die Aussage eines seiner Kollegen, der bestätigte, dass Hasina Okonjo die Tatnacht in ihrem Zimmer in der Flüchtlingsunterkunft verbracht habe, was ausschloss, dass sie gleichzeitig Zeugin sein konnte.

Eine wenig ermutigende Ausgangslage für ein Verhör. Hella fühlte Mitleid mit der jungen Frau. Eingeschüchtert, wie sie ihr gegenübersaß – der schlanke, zerbrechlich wirkende Körper, das feine ovale Gesicht mit den großen, verängstigten Augen –, wollte sie die Zeugin am liebsten beschützen.

Aber auch für Hella ging es hier um alles. Auf den ersten Blick war nachvollziehbar, was Annegret Neuhaus ausgesagt hatte. Von der Zeugin ging eine gewisse Traurigkeit aus. Ob sie mit dem Tod von Bernhard Jelinski zusammenhing? So wie Hella Jelinski einschätzte, konnte ein Mann wie er einfach nicht anders, als sich Hals über Kopf in diese Schönheit zu verlieben. Zumindest war nicht auszuschließen, dass es zwischen beiden gefunkt hatte. Doch das musste sie aus Hasina Okonjos eigenem Mund hören.

»Mein Name ist Hella Budde«, begann sie mit ruhiger Stimme. »Ich bin Kriminalhauptkommissarin und bearbeite den Mordfall Bernhard Jelinski. Ich befrage Sie als Zeugin, nicht als Verdächtige. Bitte helfen Sie mir bei meinen Ermittlungen, niemand legt Ihnen etwas zur Last.«

Die Zeugin starrte weiterhin teilnahmslos auf die Tischplatte.

»Verstehen Sie mich?«, fragte Hella noch einmal, obwohl Annegret Neuhaus bestätigt hatte, dass sie gut Deutsch verstand. »Bitte geben Sie mir ein Zeichen, nicken Sie.«

Ein Kampf gegen das Schweigen. Aber nur mit Geduld würde sie etwas erreichen. Hasina Okonjo schien zutiefst verletzt worden zu sein. Die junge Frau hatte eine innere Abwehrhaltung aufgebaut, und es würde Hella nicht voranbringen, sie mit harten Bandagen anzufassen. Nur ein Nicken, dachte Hella, das würde ihr vollkommen genügen. Es war still im Raum, das, was da klopfte, war ihr Herz. Es galt, die Zeugin nicht zu bedrängen, auch nicht mit Blicken ...

Dann nickte sie, zögerlich, kaum erkennbar. Ein Anfang war gemacht.

»Bitte schauen Sie sich dieses Foto an. Kennen Sie diesen Mann?«

Langsam hob Hasina Okonjo den Kopf.

»Kennen Sie diesen Mann?«

Der Mund der Zeugin blieb versiegelt.

Hella musste dieses Schweigen brechen. Hinter dem Spiegel saß der Kriminalrat und sägte weiter an ihrem Stuhl. »Wir haben zwei kleine Holzfiguren in Herrn Jelinskis Büro gefunden, vermutlich ein Geschenk von ihnen. Darauf sicherten unsere wissenschaftlichen Mitarbeiter DNA-Material von einer Frau. Die Ergebnisse werden heute noch vorliegen. Bitte reden Sie, wir müssen sonst annehmen ...«

Ja, die Zeugin verstand, was sie sagte. Auf einmal bebten ihre Lippen, Tränen schimmerten in ihren Augen.

»Frau Okonjo, wir ...«

»Nennen Sie mich Sina«, erwiderte sie mit unerwartet fester Stimme.

*

Sie hatte Annegret immer für eine Freundin gehalten. Doch Annegret war eine Verräterin, sie hatte sie an die Polizei verraten. Nur warum? Niemand hatte bemerkt, dass sie sich nachts aus der Unterkunft geschlichen hatte, und sie war immer rechtzeitig zurück gewesen, bevor der Wächter seine zweite Runde begonnen hatte. Nur einmal hatte sie sich verspätet, aber das war nicht weiter aufgefallen. Vielleicht bluffte die Kommissarin, aber was, wenn sie wirklich Spuren auf den beiden Holzfiguren gefunden hatten?

»Kennen Sie diesen Mann, Sina?«

Es war Bernhard. Auf dem Foto sah er jünger aus, sein Lächeln wärmte ihr Herz. Er war ein herzlicher und ein so begabter Mann gewesen. Sie bereute nichts. Auch wenn er sie am Schluss enttäuscht hatte, denn nichts von dem, was er versprochen hatte, war eingetroffen. Sie solle Geduld haben, hatte er von ihr verlangt. Doch wie lange, hatte er nicht gesagt. »Ja, ich kenne ihn.«

Der Kommissarin war anzumerken, wie erleichtert sie war, sie musste den Mörder finden, das war ihr Job. »Er heißt Bernhard Jelinski. Aber ich habe ihn nicht ermordet. Ich war in meinem Zimmer und malte an meinem Bild.«

»Wie haben Sie erfahren, dass er getötet wurde?«

»Annegret hat mir aus der Zeitung vorgelesen. Ich war sehr traurig.«

»Wo haben Sie ihn kennengelernt? In Windhuk?«

»Nein.« Diese Frau wollte alles wissen, aber sie würde ihr

nicht alles erzählen, auch wenn die Polizisten sie schlagen würden. Sie musste raus hier, denn sie hatte einen Auftrag zu erfüllen.

»Wo haben Sie ihn also kennengelernt?«

»Hier, in Braunschweig.«

Sie schien ihr nicht zu glauben. Die Deutschen glaubten immer nur die Wahrheit, die sie sich vorstellen konnten.

»Wann und wo genau?«

»Vor fast einem Jahr, nachts unter der Brücke am Fluss.«

»Und was machte er da?«

»Er malte ein Bild auf Beton, ich habe ihn gesehen und bin zu ihm gegangen. Er ist ein Künstler und ich bin eine Künstlerin. Er malte wunderbar, mein Herz hat stark gefühlt ...«

War das korrektes Deutsch? Mein Herz hat stark gefühlt? Egal.

»Sie haben ihn also in der Nacht bei der Arbeit überrascht und angesprochen?«

»Ja.«

»Und daraus hat sich eine Freundschaft entwickelt?«

»Ja.«

»Auch mehr?«

»Ja.«

»Und Sie schenkten ihm diese Figuren aus Holz?«

»Ja, ich habe sie geschnitzt. Sie waren alles, was ich aus meiner Heimat noch besaß.«

Ein großer, schlanker Mann betrat den Raum, er roch nach Zigaretten und sah ihr nicht in die Augen. Er flüsterte etwas in das rechte Ohr der Kommissarin ... Musste sie jetzt ins Gefängnis? Es war doch nichts Falsches daran, jemandem etwas zu schenken, deshalb konnte man nicht eingesperrt werden ...

»Wir machen eine kleine Pause«, sagte die Kommissarin zu ihr, als der Mann gegangen war. »Möchten Sie einen Kaffee?«

✳

»Nach unseren Ermittlungen ist es kein Geheimnis, dass Jelinski in Sachen Frauen nichts anbrennen ließ. Selbst wenn die Geschichte mit der nächtlichen Begegnung stimmen sollte, wissen wir nicht, wie lange diese Beziehung dauerte«, fackelte Senge nicht lange. »Es zählt einzig und allein die Tatsache, dass sich die Zeugin laut überprüfbarer Aussage in der Tatnacht in ihrer Flüchtlingsunterkunft aufhielt. Der Wachmann, der in der Spätschicht eingeteilt war, wird das jedenfalls schriftlich bestätigen. Demnach kann sie weder Täterin noch Zeugin sein.«

Schweigen. Sie starrten beide durch den Spiegel in den kahlen Vernehmungsraum, wo die Zeugin Hasina Okonjo regungslos am Tisch vor ihrem Becher mit Kantinenkaffee saß.

»Aber sie kann uns vielleicht Informationen zum Tatmotiv geben«, war Hellas letzte Chance. Der Klingelton ihres Handys unterbrach Senge, noch bevor er protestieren konnte. »Danke, Kollegen, für die prompte Erledigung«, erwiderte Hella auf die Nachricht und wandte sich an Senge: »Die KTU hat Folgendes bestätigt: Das DNA-Profil auf den Schnitzfiguren entspricht dem der Zeugin Okonjo. Hier passen verschiedene Aussagen zusammen: Augenzeuge Indigo-Jay hat Straßenherz mit einer weiteren Person bei ihrer nächtlichen Arbeit beobachtet. Offenbar war diese zweite Person Hasina Okonjo. Sie war seine Geliebte und seine Assistentin, zumindest bei einem der letzten Projekte.«

Der Kriminalrat verzog keine Miene. »Ich gebe zu, dass wir etwas von dem Geheimnis um Straßenherz lüften konnten, aber noch sind wir deinem Täter dadurch keinen Schritt näher gekommen. Damit du meinen guten Willen siehst, werde ich auch am Tatort einen DNA-Abgleich vornehmen lassen. Sollte das kein Ergebnis bringen …«

»Ich bin sicher, dass die Zeugin noch mehr zu sagen hat.«

»14.26 Uhr. Fortsetzung der Vernehmung der Zeugin Hasina Okonjo im Tötungsdelikt Jelinski«; sprach Hella ins Mikro. »Warum sind Sie nach Deutschland gekommen, Sina?«

Die Zeugin wirkte plötzlich sehr verunsichert. Das konnte mehrere Gründe haben. Vielleicht befürchtete sie, schon bald abgeschoben zu werden. Schließlich war sie jetzt allein und den Behörden ausgeliefert. Im Aufnahmeprotokoll stand, dass sie verwitwet war und in Deutschland ein neues Leben beginnen wollte. Hier hatte sie angeblich aber weder Verwandte noch Freunde.

»Ich habe meinen Mann verloren«, antwortete Sina Okonjo, »und ich wollte weg aus Namibia für ein besseres Leben. Ich wollte Kunst studieren und malen.«

»Haben Sie Bernhard Jelinski geliebt?«

Sie senkte verschämt den Blick. »Er war ein besonderer Mann, und ich habe ihn bewundert. Ich habe ihm gegeben, was ich hatte, weil ich wollte, dass er mich liebt und mir hilft.«

»Und er gab Ihnen Gelegenheit, mit ihm zu arbeiten?«

»Ja, es war das Beste, was mir in meinem Leben bisher passiert ist.«

»Aber warum haben Sie ihm in der Tatnacht nicht geholfen?«

Diese Frage schlug ein. Anscheinend machte sie sich Vorwürfe.

*

Die Kommissarin war schlau. Sie musste gut überlegen, bevor sie auf ihre Fragen antwortete. Ein falsches Wort, und sie würde hinter Gittern landen.

»Bernhard brauchte mich nicht, das Hai-Graffiti war nicht groß, er konnte es allein schaffen.«

»Sie wussten also, dass es ein Hai werden sollte?«

»Ja, wir haben vorher darüber gesprochen, und er erklärte mir, wie es aussehen würde.«

»Sagte er Ihnen auch, warum es ausgerechnet ein Hai werden sollte?«

»Ich habe nicht genau verstanden, worum es ging, aber die Idee gefiel mir sehr. Ein Bild, das starke Gefühle sendet.«

»Den Elefanten, der rote Tränen weint, haben Sie gemeinsam auf die Wand gesprüht ...«

»Ja.«

»Hat Bernhard Jelinski Ihnen erklärt, warum er das Bild ausgerechnet auf die Fassade der Kellermann Bank sprühen wollte? Hatte es etwas mit Afrika zu tun?«

Die Kommissarin lächelte freundlich, aber es war eine gefährliche Frage.

»Ja, er liebte Afrika. Die afrikanische Kunst kommt aus der Kraft der Natur, sagte er einmal, und noch etwas anderes. Ich habe es aber vergessen ...«

Die Kommissarin sah ihr fest in die Augen, offenbar spürte sie, dass sie den wahren Grund verschwieg. Es war ein Kampf mit den Augen, und die Kommissarin war eine harte Kämpferin, aber sie war nicht so stark wie ihr Schweigen.

»Sie wissen also bis heute nicht, was dieses Bild bedeutet?«

»Afrika weint ...«

»Und warum weint Afrika?«

Was für eine Frage? Als ob diese Frau den Grund nicht wüsste. Sina spürte plötzlich, wie ein Zittern durch ihren Körper ging. Es war die Wut, die Wut, die sie von ihrer Heimat bis in dieses kalte Land getrieben hatte. Sie konnte sie nicht mehr zurückhalten, sie hätte der Kommissarin gern ins Gesicht geschrien: »Weil ihr meinen Mann getötet habt! Weil ihr mein Volk versklavt, bestohlen und beleidigt habt ...«

Die Tür ging auf. Der große Mann im Anzug kam wieder herein. Diesmal lächelte er sie an, und seine Stimme klang freundlich. »Bis hierhin vielen Dank, die Vernehmung ist beendet. Bitte halten Sie sich zu unserer Verfügung, Frau Okonjo, wir melden uns, wenn weitere Fragen auftauchen sollten.«

*

Ausgerechnet jetzt zog Senge die Reißleine, wo sie die Zeugin fast so weit hatte.

»Der Weg ist hier zu Ende, Hella. In dem Fall habe ich nicht nur die Aufgabe, eine Mitarbeiterin vor sich selbst zu schützen, sondern auch zu verhindern, dass man uns vorwerfen kann, wir würden einem wehrlosen Menschen etwas in den Mund legen, das er weder gedacht noch gesagt hat«, stellte der Kriminalrat klar, als die Zeugin den Verhörraum verlassen hatte.

Hella schäumte, auch wenn seine Argumente nicht von der Hand zu weisen waren. Sie wusste nur eins: Sie durfte Sina Okonjo nicht aus den Augen verlieren, und wenn sie sie selbst observieren müsste.

Senge verfolgte allerdings eine andere Agenda: »Es gibt genug zu tun, Hella. Stehen im Fall Sunshine nicht noch Befragungen aus?«

Sie fühlte sich mies und sehnte sich nach ihrer Couch in ihrem Wohnzimmer. Wenn sie nach diesem Fall noch Hauptkommissarin sein sollte, würde sie sich eine ähnliche für ihr Büro anschaffen, auch wenn sie sie aus eigener Tasche bezahlen müsste. Für eine kurze Auszeit blieb nur der Platz hinter ihrem Schreibtisch, außerdem meldete sich ihr Magen. Gleich zwei Interessenten hatten sich bei ihr als Leibkoch beworben, aber niemand war da, wenn sie Hunger hatte. Bevor sie den Automaten in der Kantine plündern würde, rief sie den Wachmann der Flüchtlingsunterkunft an. Der versprach ihr, Sina Okonjo im Auge zu behalten.

Kai Fischbach war nicht zu erreichen, es lief nur die Ansage seiner Mailbox. Wahrscheinlich hatte er den Fahrdienst für die

Zeugen Neuhaus und Okonjo übernommen und darüber hinaus die Nase voll von dem Fall Jelinski. Auf frustriertes Geschwätz von ihrer Seite konnte er vermutlich gut verzichten. Ja, sie war frustriert. Ja, sie wollte mit jemandem reden ... Das Handy. »Budde.«

»Hier ist Dr. Fabritius, die Assistenzärztin aus dem Klinikum. Die Patientin Weinreb ist stabil. Sie können jetzt mit ihr reden, sagt der Oberarzt.«

Auf der Fahrt ins Klinikum kreisten Hellas Gedanken um die Befragung von Hasina Okonjo. Kurz bevor Senge das Band zerrissen hatte, war sie so weit gewesen, aus sich herauszugehen. Wenn Jelinski sie in seine Projekte eingebunden hatte, dann kannte sie auch seine Botschaften. Straßenherz ging es immer um Themen, nicht um bunte Bilder. Außerdem verstand Sina Okonjo ausgezeichnet Deutsch. Die Zeugin verschwieg etwas, aber warum? Es musste mit Namibia zu tun haben, mit dem blutenden Elefanten. Wie hingen die Kellermann Bank und ihr Afrika-Fonds mit dem Fall zusammen? Sina stammte aus Windhuk, Kellermann junior ging dort auf Werbetour. Das konnte kein Zufall sein. Und eine Frage hatte Hella bisher völlig vernachlässigt: Sina Okonjo war Witwe, wie war ihr Mann zu Tode gekommen? Hella brauchte jetzt Recherche, sie brauchte Fischbach.

Im Vergleich zur Intensivstation wirkte das Krankenzimmer beinahe freundlich, allein weil ein Fenster Tageslicht hereinließ. Der Kopf der Person, die im Bett lag, war immer noch bis zur Unkenntlichkeit bandagiert, doch aus den Sehschlitzen richteten sich zwei hellwache Augen auf sie.

»Ich bin so froh, dass du wieder da bist«, sagte Hella mit zittriger Stimme. Sie hätte Daniela am liebsten umarmt und losgeheult. Aber das Umarmen war technisch nicht möglich, und das Heulen hätte kein Ende genommen. Daniela ließ nur ein paar kehlige Laute vernehmen, während sie mit der Hand auf den Nachttisch verwies. Dann fuhr sie das Kopfteil des Bettes hoch und tippte etwas in das Tablet, das Hella ihr auf die Knie gelegt hatte: *Ich freue mich auch, dass ich nicht auf dem Seziertisch eines Kollegen gelandet bin. Danke für die Blumen, Hella, Gruß an die Abteilung der Kripo. Mehr später, wenn meine Sprechmaschine wieder funktioniert.*

»Eigentlich wollte ich Calzone mitbringen. Aber der Arzt hat gesagt, bei dir gingen momentan nur Smoothies. Und Calzone als Smoothie ...«, erwiderte Hella.

Die Antwort kam prompt: *Schade, dass ich nicht lachen kann.*

»Wart's ab, du weißt doch: Wer zuletzt lacht ...« Hella drückte sanft Danielas rechte Hand. Im Augenblick hatten sie wahrlich beide nichts zu lachen. »Dir ist klar, dass ich auch hier bin, um dich zu befragen.«

Ihre Freundin hob leicht die Hand. Also los, sollte das anscheinend heißen.

»Ist dir etwas aufgefallen, was die Täter verraten könnte?«

Finger flogen über die Tastatur des Tablets. Danielas Feinmechanik funktionierte offenbar wieder. *Nein. Dieter hat uns noch einen Absacker spendiert und spülte dann die Gläser an der Theke. Wir unterhielten uns über alles Mögliche.*

»Die Täter erschienen also ganz plötzlich, verschlossen die Eingangstür von innen. Hat einer von ihnen noch etwas gesagt oder gedroht, bevor sie damit begannen, den Laden zu zerlegen?«

Es ging alles sehr schnell, der Größere der beiden sprach mit Dieter, schien wütend auf ihn zu sein. Der andere zögerte nicht lange, stand plötzlich vor unserem Tisch und schlug mit beiden Fäusten auf uns ein.

Dass er mit einem der Schläger noch kurz vor der Tat gesprochen hatte, davon hatte Dieter Fliege nichts erzählt.

»Hattest du den Eindruck, dass Fliege den Mann kannte?«

Danielas Finger antworteten: *Keine Ahnung. Das, was ich von dem Abend noch weiß, liegt hinter dicken Schleiern.*

Hella musste Kai Fischbach den neuesten Stand der Ermittlungen mitteilen, aber vor allem hatte sie jetzt einen Grund, ihn dringend um Rückruf zu bitten.

Anscheinend hatte ihre Freundin bemerkt, dass sie unruhig wurde. *Lass dich wieder blicken,* erschien auf dem Bildschirm, *wir könnten uns gegenseitig unsere Kindheit erzählen oder zusammen von Calzone träumen.*

Hella musste lachen, worauf ihr Magen sie darauf aufmerksam machte, dass sie immer noch nichts zu Mittag gegessen hatte.

16.48 Uhr. Wo steckte er nur? Hella konnte verstehen, dass Fischbach nicht ständig zwischen den Stühlen sitzen wollte, aber deshalb musste er nicht gleich sein Handy ausschalten. Sie schlug die Fahrertür ihres Dienstwagens zu, nachdem sie im Hof des Kommissariats geparkt hatte, und überlegte, ob sie sich in den nächsten Bus setzen und nach Hause fahren sollte. Aber ihre Gedanken standen nicht still, drehten sich um die Fragen, die sie Sina Okonjo nicht mehr stellen konnte. Wenn Fischbach ihr nicht helfen wollte, musste sie selbst recherchieren. Was machte eigentlich Tom Seipold? Als Leiter der Ermittlungen im Fall Sunshine konnte sie erwarten, dass er sich wenigstens einmal am Tag mit ihr in Verbindung setzte. Sie wählte seine Nummer, aber auch er ging nicht ans Handy.

Der Automat im Kantinenvorraum gab nur noch das Notprogramm her: ein Sandwich mit Ei und ein zweites mit Mortadella. Wenigstens der Milchkaffee war heiß und süß.

Als sie ihr Büro betrat, lag ein Zettel auf dem Schreibtisch:
Schau in deinen PC! Recherche erledigt. Dein hilfsbereiter Kollege Kai.

PS: Habe mir den Nachmittag und Abend aus privaten Gründen freigenommen.

Immerhin ließ er sie nicht hängen, dachte sie, bevor sie in das halbe Eibrötchen biss, das nach Fisch schmeckte.

Über Siegfried und Kord Kellermann konnte ich kaum etwas finden. Der Name Kellermann und die Stadt Windhuk verbindet vor allem ein gewisser Heinrich Kellermann. Er war Kaufmann in der Kaiserzeit, eine Art Konsul in Deutsch-Südwestafrika und der Begründer der Kellermann Privatbank. Scheint ein ziemlicher Schinder in den deutschen Kolonien gewesen zu sein. Der Name Duma Okonjo ergab allerdings keine Treffer. Wie ich dich kenne, fragst du dich, wie er gestorben ist ...

Die drei Punkte sollten vermutlich bedeuten: Mach, was du willst, aber lass mich in Ruhe damit! – Und doch hatte Hella das Gefühl, dass die Antworten auf ihre Fragen zum Greifen nahe waren. Sie klickte die Adressen der Seiten an, die Kai herausgesucht hatte. Darunter der Prospekt des Afrika-Fonds der Kellermanns. Vater und Sohn Kellermann stellten sich als Brückenbauer zwischen ihren aufgeschlossenen Kunden und dem jungen, erwachenden Afrika vor.

Auffallend war die Ähnlichkeit der Gesichter von Siegfried Kellermann und seinem Sohn, wenn sie nebeneinander auf einem Bild zu sehen waren. Auch der Begründer der Bank war zweifellos ihr Vorfahr, wie die alten, verblichenen Fotos um neunzehnhundert bestätigten. Darauf war Heinrich Kellermann in Feldherrn-Pose zu erkennen, umgeben von Häuptlingen im Stammesschmuck. Unheimliche Zeiten, unvorstellbare Zeiten ...

Doch das brachte Hella nicht weiter. Was hatten Sina Okonjo und Straßenherz mit dem Fonds der Kellermann Bank zu tun? Der Ruf der Bank schien tadellos zu sein, aber warum blutete der Elefant? – Sie griff zum Telefon.

»Frau Okonjo schläft, ihr geht es nicht gut. Frau Neuhaus wollte ihr gerade das Abendessen bringen, aber das hat sie verweigert. Versuchen Sie es morgen wieder, Frau Kommissarin«, teilte der Pförtner mit und legte auf.

19. EIN URALTES GESETZ

18.47 Uhr. Hella wollte sich einen neuen Kaffee aus der Kantine holen, als ihr Senge auf dem Gang begegnete. Die Aktentasche in der Hand bedeutete, er machte Feierabend.

»Gibt es etwas Neues im Fall Sunshine?«, fragte er. Vor kaum einer Woche waren sie noch neugierig aufeinander gewesen. Jetzt sahen sie sich nicht einmal mehr in die Augen.

»Es gibt Ungereimtheiten in den Aussagen der Zeugen, ich werde mich gleich morgen darum kümmern. Wo ist übrigens Tom? Ich kann ihn nicht erreichen.«

Dem Kriminalrat war offenbar nicht danach, ihre Frage zu beantworten. »Tom hat bis auf Weiteres frei, Hella, ich verlasse mich ganz auf dich. Und ich erwarte keine verstiegenen Theorien, sondern saubere Polizeiarbeit. Schönen Abend noch.« Ohne eine Reaktion ihrerseits abzuwarten, ließ er sie einfach stehen. Aber was hatte sie erwartet? Natürlich gefiel Senge nicht, dass sie ihn gegen den Staatsanwalt ausgespielt hatte. Wahrscheinlich erwartete er in Kürze neuen Ärger. Und damit hatte er nicht ganz unrecht …

Zurück am PC prüfte sie noch einmal, was Kai Fischbach recherchiert hatte. Einen Duma Okonjo fand sie mit keiner Suchmaschine. Dazu bestand auch kein Grund, wenn er etwa eines natürlichen Todes gestorben war.

21.05 Uhr. Ihre Recherche driftete ab, ein Mordmotiv war immer noch nicht in Sicht. Allerdings wusste Hella jetzt mehr über die Geschichte Namibias. Von den ehemals deutschen Kolonien in Afrika hatte sie in der Schule kaum etwas erfahren. Aber jetzt war nicht die Zeit für Vergangenheitsbewältigung. Das machten andere. Sie hatte ein Kapitalverbrechen aufzuklären.

22.28 Uhr. Hella hatte die Suche im Internet aufgegeben, sich in den Bus gesetzt und war nach Hause gefahren. Jetzt stand sie paralysiert vor dem halb leeren Kühlschrank in ihrer Küche und wartete auf einen Nervenzusammenbruch. Selbst das Schrillen der Klingel an ihrer Wohnungstür konnte sie nicht aufrütteln, auch wenn sie ahnte, dass der einzig wahre Seelentröster nahte. Aber ihr verheultes Gesicht könnte ihn erschrecken. Außerdem war es für heute zu spät, und er sollte längst im Bett sein. Nach dem dritten Versuch gab er auf.

Später fand sie im Flur einen Zettel auf den Holzdielen mit einer Botschaft in Großbuchstaben: *WO BIST DU? DRAGO*

Ja, wo war sie, und vor allem: Wo wollte sie hin?

*

Das deutsche Essen hatte ihr nie besonders geschmeckt, und nachdem Annegret sie verraten hatte, würde sie ihr zuliebe auch keinen Bissen mehr davon anrühren. Bereits vor Stunden hatte sie sich ins Bett gelegt, sie wollte nichts mehr hören und nichts mehr sehen. Annegret war besorgt gewesen, sie hatte sogar ein bisschen geweint. »Bitte versteh mich doch, Sina. Ich habe die Polizei eingeschaltet, weil ich wusste, dass du in der Nacht des Mordes hier warst und ich dich vor jedem Verdacht schützen wollte.« Doch eine Freundin lieferte man nicht der Polizei aus. Sie hatte Glück gehabt, dass dieser große Mann die Vernehmung abgebrochen hatte. Wahrscheinlich säße sie sonst hinter Gittern.

Draußen auf dem Gang tappten die Schritte des Wachmanns. Ihre Armbanduhr zeigte 22.59 Uhr an. Heute kam er etwas früher als sonst. Sie zog die Decke über ihren Kopf. Er blieb vor jeder Tür stehen, öffnete aber nur selten, um zu kontrollieren, ob die Insassen auch da waren und alles seine Ordnung hatte. Diesmal öffnete er ihre Tür, trat zwei Schritte in den Raum.

»Okonjo?«, fragte er. Seine Stimme dröhnte fast in der Stille. Er stank nach kaltem Zigarettenqualm, den sie bis unter ihre Bettdecke roch.

»Was ist?« Sie zeigte ihm ihr Gesicht. Er sollte ganz sicher sein, dass niemand anderes im Bett lag.

»Alles gut, weiterschlafen!«, raunte er, drehte sich um und trottete aus dem Zimmer. Sie hörte, wie sich seine Schritte auf dem Gang entfernten. Es dauerte etwa zehn Minuten, bis er seinen Platz an der Pforte einnehmen und auf den Monitoren die Übertragungen der Überwachungskameras wieder kontrollieren würde. Bis dahin musste sie verschwunden sein. Sie sprang aus dem Bett, zog Jeans und Sweater über die nackte Haut. Sie wusste nicht, ob Dumas Mörder in seinem Haus war, aber sie würde so lange dorthin laufen, bis er seine verdiente Strafe erhalten hätte.

*

Kam das Geräusch aus der Küche, oder hatte sie geträumt? Hella musste auf ihrer Couch im Wohnzimmer eingeschlafen sein, doch die Entspannung war nur kurz. Kaum, dass sie die Augen geöffnet hatte, brach eine Lawine von Selbstvorwürfen über sie herein. Ihr wurde plötzlich bewusst, dass sie einen großen Fehler gemacht hatte. Wie konnte sie Sina Okonjo einfach laufen lassen? Und warum hatte sie die Zeugin nicht observiert, wie sie sich das vorgenommen hatte? Wenn sie richtiglag, war Sina kurz davor, ihr Leben restlos zu ruinieren, und brachte sich dazu selbst in größte Gefahr.

Damit nicht genug. Wie konnte sie sich so irren? Natürlich spielte die Vergangenheit eine Rolle, eine entscheidende sogar. Alles passte zusammen: die Familienähnlichkeit der Kellermanns, Heinrich der Schinder, dass Sina Okonjo Künstlerin war und das Graffiti auf der Fassade der Bank. Kunst, Geld, Blut und Tränen. Die junge Frau war aus dem Südwesten Afrikas gekommen, um in Deutschland ein uraltes Gesetz zu erfüllen: das Gesetz der Rache.

Jede Minute zählte. Hella griff zum Handy, doch es lag nicht neben ihr auf dem Couchtisch. Das Geräusch aus der Küche musste ein Anruf gewesen sein. Jetzt war nicht die Zeit, sich weitere Fragen zu stellen, es genügte, wenn sie der Wahrheit nahe genug gekommen war. Und richtig, eine Nachricht auf der Mailbox. »Hier Rixner«, meldete sich eine männliche Stimme, »der diensthabende Wachmann von der Flüchtlingsunterkunft. Ich sollte zurückrufen, wenn sich Sina Okonjo auffällig verhalten würde. Ich habe ihr Zimmer deshalb zweimal kontrolliert. Bei meinem Elf-Uhr-Rundgang lag sie noch in ihrem Bett, aber eine halbe Stunde später war sie verschwunden. Ich habe auf der Toilette nachgesehen, Fehlanzeige. Es ist möglich, dass sie das Gelände unerlaubt verlassen hat.«

Es war drei Minuten nach Mitternacht, Hella hatte kein Auto und die Adresse wusste sie auch nicht mehr … Fischbach, nur er konnte sie retten, er hatte die Berichte über die Befragungen geschrieben und kannte alle Daten. Ihre Hände zitterten, als sie seine Nummer eingab. »Kai, geh ran! *Gefahr für Leib und Leben*. Ich brauche dich unbedingt *jetzt*!« Zwei Minuten, in denen ihre Nerven zu zerreißen drohten, dann seine verärgerte Stimme an ihrem Ohr: »Meine Frau hat Geburtstag, Hella. Ich habe ihr versprochen, dass uns der Abend ganz allein gehört.«

»Es geht um Leben und Tod, Kai. Willst du verantworten, wenn wir morgen eine Leiche haben, nur weil …?«

»Ehrlich, ich hab so die Nase voll von euch Alphaweibchen. Die eine so, die andere so … Ich kann doch nichts dafür … Sandra, fang nicht wieder damit an …«

»Ich warte auf dich, Kai«, erwiderte Hella halblaut. Jetzt hatte sie auch noch Fischbachs Frau gegen sich aufgebracht.

*

In einem der Zimmer, die zum Garten lagen, brannte Licht. Er war noch wach. Er würde nicht im Schlaf durch einen schnellen, glatten Schnitt ihres Messers sterben. Sie würde ihm vorher noch ins Gesicht sagen, dass er nichts als ein feiger Mörder war, ein geldgieriger Schinder wie einer seiner Vorfahren, die sich über Namibia erhoben hatten ... Verdammt, mit einem Schlag blendete sie grelles Licht, das in ihren Augen schmerzte, die Kameras unter dem Dach bewegten sich, sie war zu weit auf die Wiese geraten. So schnell sie konnte, kroch sie unter einen Wacholderbusch. Doch zu spät, sie war bemerkt worden. In dem großen Raum, der anscheinend das Wohnzimmer war, ging das Licht an, die Terrassentür öffnete sich ... *Er* betrat mit einem Glas in der Hand die Steinplatten. Aus dem Haus klang leise Musik. Er schien allein zu sein und nicht mehr nüchtern.

»Mach, dass du wegkommst, du Mistvieh«, rief er und hielt sich die linke Hand über die Augen, um besser sehen zu können.

Jetzt war die Gelegenheit gekommen. Während er weiter in den Garten hinaustrat, schlich sie an der Hauswand entlang über die Terrasse ins Haus. Besänftigende Musik umhüllte sie in dem weitläufigen Zimmer, was ihre Wut jedoch noch steigerte. Sie versteckte sich hinter dem Kaminofen und wartete, bis er zurückkam, ihr den Rücken zukehrte und die Terrassentür schloss. Als er sich umdrehte, beschien die Deckenleuchte sein Gesicht, er war es, da gab es keinen Zweifel. Sie fühlte den Messergriff in ihrer Hand ...

*

Fischbach drückte aufs Gas, die Straßen der Innenstadt waren fast leer, sie erwischten gerade eine grüne Welle. Vielleicht schafften sie es, einen weiteren Mord zu verhindern.

»Kai, ich ...«

»Schon gut. Es ist das letzte Mal.« Seine Stimme klang so erschreckend endgültig.

»Sina Okonjo ist aus der Flüchtlingsunterkunft verschwunden, sie hat etwas vor, Kai«, versuchte Hella noch einmal, ihn auf ihre Seite zu bringen. »Das hat bestimmt mit den Kellermanns zu tun. Ich verwette meinen Dienstgrad dafür.« Aber selbst das konnte dem Kollegen kein müdes Lächeln entlocken.

Zuckerberg. Die Straße, in die Fischbach jetzt einbog, lag im matten Licht der Straßenlaternen. Auf der Suche nach der Hausnummer drosselte er die Geschwindigkeit, der Motor schnurrte leise. Villengrundstück grenzte an Villengrundstück. Jedes umzäunt und offenbar gut gesichert. Blieb die Hoffnung, dass Sina Okonjo ihr Ziel noch nicht erreicht hatte. Außer einem nächtlichen Jogger, der mit seinem Dobermann von der linken auf die rechte Straßenseite wechselte, war niemand zu sehen. Als sie den Mann und seinen Hund erreichten, nickte er ihnen freundlich zu. Doch kaum waren sie an ihnen vorbei, sah Hella im Seitenspiegel, wie der Mann sich plötzlich ans Herz fasste, zusammenbrach und auf dem Gehsteig liegen blieb ...

*

Das Messer fest in der Hand, trat Sina unhörbar aus dem Schatten des Kaminofens. Er wandte sich von der Terrassentür ab und bemerkte sie sofort. Er schien aber nicht sehr erschrocken zu sein, als sie ihm plötzlich gegenüberstand. Vielleicht hatte er bereits so viel getrunken, dass er vor nichts mehr Angst hatte.

»Wer sind denn Sie, und was wollen Sie?«, fragte er. Seine Stimme klang immer noch fest und schneidend, die Stimme eines Mannes, der wusste, was er wollte, der es gewohnt war, anderen seinen Willen aufzuzwingen. »Und ich dachte schon, es wäre Rudi, der Problemwolf.« Er lachte schallend, wobei er seine Zähne bleckte. Es würde ihr leichtfallen, ihn zu bestrafen, dachte sie. Aber er zeigte nicht die geringste Angst.

»Wenn es Ihnen um Geld geht, muss ich Sie enttäuschen. Nach dem letzten Einbruch habe ich die Strategie geändert. Sie werden hier keine Wertsachen finden, den Safe habe ich ausbauen lassen. Selbst die Bilder an den Wänden sind nur Kopien. Der Inhalt meiner Brieftasche steht Ihnen allerdings gern zur Verfügung. Es müssten etwa dreihundert Euro sein, damit Sie nicht ganz umsonst gekommen sind.«

»Ich bin Sina Okonjo«, erwiderte sie. »Ich will Ihr Geld nicht.«

Er blickte sie verständnislos an. »Was? Sie wollen kein Geld? Schon deshalb sollte ich mir Ihren Namen merken, wie war er noch gleich?«

»Sina Okonjo, ich bin die Frau von Duma Okonjo aus Windhuk.«

»Natürlich, Windhuk, eine schöne Stadt, unsere Familie hat viele gute Freunde dort, aber Ihr Name sagt mir leider nichts. Was kann ich für Sie tun? Möchten Sie sich nicht setzen?«

Sie sollte ihn hier und jetzt abstechen, diesen Heuchler. Ja, er war es, der Duma getötet hatte. Sie fühlte es ganz stark. Dumas Freunde hatten es ihr erzählt, dieser Mann steckte hinter dem Mord.

»Sie täuschen mich nicht! Sie wissen, weshalb ich hier bin.«

Sie machte zwei Schritte auf ihn zu, zog das Messer aus der Tasche und richtete die Spitze gegen seine Brust. Die Angst flackerte in seinen Augen. Vor Schreck fiel das Whiskeyglas aus seiner Hand und zersprang auf dem Steinboden. Etwas von der

Flüssigkeit spritzte in ihr Gesicht und für eine Sekunde ... Aber da hatte er bereits ihr Handgelenk gepackt und drehte ihren rechten Arm auf den Rücken.

*

Erst als sie der Krankenwagen erreicht hatte, und der Hund, der zähnefletschend sein bewusstloses Herrchen bewachte, mithilfe eines Nachbarn unter Kontrolle gebracht worden war, konnten sie sich aus der Situation befreien. Jetzt standen Hella und Fischbach vor dem Gartentor des Bankier-Bungalows am anderen Ende der Straße. Die Außenbeleuchtung auf dem Grundstück sprang an und überzog die Gartenanlage mit einem grellen, fast weißen Licht. Auch der Raum hinter dem großen Panoramafenster war noch hell erleuchtet. Kein Geräusch war zu hören, bis auf das leise Summen der Großstadt im Hintergrund.

»Und jetzt?«, fragte Kai.

»Klingeln, was sonst!« Hella drückte den Metallknopf in der Schließanlage. Ihr Herz schlug bis zum Hals. Wenn sie Pech hatten, war alles längst vorbei. Niemand öffnete, sie drückte noch einmal den Knopf. Nichts rührte sich. Endlich erschien jemand an der Tür. Es war der Mann, der ihr noch nie persönlich begegnet war, den sie aber von Fotos aus dem Internet und von Jelinskis Beerdigung her kannte: Kord Kellermann, der Junior. Er lebte also. Die Gartentür sprang auf. Eine Treppe aus Naturstein führte hoch zum Eingang.

»Kriminalpolizei Braunschweig, Herr Kellermann?«

»Ja, aber was zum Teufel wollen Sie hier um diese Zeit?«

»Es besteht Grund zur Annahme, dass Sie in großer Gefahr sind. Wir wollten sichergehen, dass ...«

»So? Da kann ich Sie beruhigen. Hier ist alles in Ordnung, alles ruhig. Ich habe erst kürzlich die neueste Sicherheitstechnik einbauen lassen. Hier gibt es für Diebe nichts zu holen ...«

»Darum geht es nicht. Ihr Leben ist in Gefahr. Sind Sie allein im Haus?«

»Ja, meine Frau besucht ihre Schwester in Antwerpen und kommt erst morgen zurück. Meine Tochter liegt mit einem Virus im Krankenhaus, den noch niemand kennt. Ich mache mir große Sorgen. Bitte entschuldigen Sie, ich habe etwas getrunken und will mich jetzt hinlegen …«

In dem Moment näherte sich ein Auto, das Flügeltor vor der Auffahrt öffnete sich für einen silbergrauen Porsche, der erst vor den Garagen stoppte. Kellermann senior stieg eiligst aus und sah seinen Sohn entgeistert an. »Was ist passiert?«

»Ich erkläre dir gleich alles, Papa, wenn die Herrschaften … Kann ich noch etwas für Sie tun?«

»Polizei?« Offenbar erkannte Siegfried Kellermann sie wieder. »Wenn man die einmal am Hals hat, wird man sie nicht mehr los.«

»Es besteht Lebensgefahr für Ihren Sohn, Herr Kellermann, wir sind auch zu seinem Schutz hier. Wir würden gern einen kurzen Blick ins Haus werfen, um sicherzugehen, dass keine weitere Gefahr droht.«

»Wie gesagt, das ist nicht nötig, Fenster und Türen sind mit Alarmanlagen gesichert.«

»Darf ich fragen, warum Sie Ihren Sohn noch so spät aufsuchen, Herr Kellermann?«, fragte Hella.

»Ich wüsste nicht, was Sie das angeht. Mein Sohn hat etwas Dringendes mit mir zu besprechen, das sollte Ihnen genügen. Wenn Sie uns jetzt also bitte entschuldigen!«

Die beiden sahen sich jeden Tag von morgens bis abends in der Bank, und dann suchte der Senior mitten in der Nacht seinen Sohn auf, um mit ihm etwas zu besprechen? Hier stimmte etwas nicht. Um sich Eintritt in das Haus zu verschaffen, brauchte Hella allerdings einen triftigen Grund. Da spürte sie, wie etwas schwer auf ihrer Schulter lag: Fischbachs Hand. Das Spiel war aus, versuchte er ihr auf die sanfte Art beizubringen, sie hatten verloren.

»Wir wollten nur sichergehen, dass ...«

»Natürlich«, beeilte sich Kellermann junior zu sagen und zog den Vater an der Jacke ins Haus. »Ich melde mich, wenn mir etwas verdächtig vorkommt.«

Er kehrte ihnen den Rücken zu, als ein lautes Klirren aus dem Inneren des Hauses zu vernehmen war. Es klang wie das Zerschlagen von Porzellan. Fischbach zog seine Dienstwaffe, sie schoben sich an den Kellermanns vorbei, sicherten die Diele und gelangten ins Wohnzimmer. Dort mussten sie nicht lange suchen. Hinter dem Kaminofen, umgeben von den Scherben einer Bodenvase, lag eine Person auf dem Marmorboden, die Hände auf dem Rücken gefesselt, der Mund mit Klebestreifen verschlossen. Es war Sina Okonjo.

20. DIE GESTOHLENE SEELE

Sina Okonjo zitterte immer noch am ganzen Körper. Wenn Hella jemals einen verzweifelten Menschen gesehen hatte, dann war es diese junge Frau.

»Beruhigen Sie sich«, versuchte sie, ihr auf dem Weg ins Kommissariat die Angst zu nehmen. »Sie sind bei uns sicher, allerdings werden Sie weitere Fragen beantworten müssen.«

Noch in seinem Haus hatte Kord Kellermann eingeräumt, die Frau gefesselt und geknebelt zu haben, um sich vor ihrer Messerattacke zu schützen. Doch bereits da war der Senior dazwischengegangen, verbot seinem Sohn den Mund und bestellte seinen Anwalt unverzüglich ins Kommissariat. Auf Fischbachs Anruf hin erschien Senge in entsprechend gedämpfter Laune.

»Ich werde Klapproth benachrichtigen, damit er der Vernehmung beiwohnt, falls Kellermann zurückschlagen sollte. Und das wird er, darauf könnt ihr euch verlassen«, raunte er Hella zu, bevor er bei den Kellermanns für die Umstände um Verständnis bat.

Der Familienanwalt der Kellermanns benötigte kaum fünf Minuten, um seine Mandanten aus der Schusslinie zu bringen. Als Opfer des Überfalls stecke Herrn Kellermann der Schreck noch in den Knochen, er brauche jetzt dringend Ruhe und stünde am nächsten Tag für eine Befragung zur Verfügung. Dagegen war nichts einzuwenden.

Im Verhörraum saß Hella die Zeugin gegenüber, die – so sah es aus – zugleich Täterin und Opfer war. »0.57 Uhr. Vernehmung Hasina Okonjo, neue Akte: Hausfriedensbruch, Nötigung, Androhung von körperlicher Gewalt, Morddrohung ist zu prüfen.«

Dass Kord Kellermann die junge Frau nicht in sein Haus eingeladen hatte, lag auf der Hand. Nur die ganze Geschichte konnte Sina Okonjo noch helfen, ihren Kopf aus der Schlinge zu ziehen. »Sie sind in das Haus eingedrungen und haben Herrn Kellermann mit einem Messer bedroht, wie er ausgesagt hat. Stimmt das?«

Keine Antwort. Doch Hellas Geduld war am Ende. Sina Okonjo musste reden, hier und jetzt.

»Wenn ja, warum? – Wollten Sie die Nummer von seinem Safe?«

Anscheinend traf die letzte Frage die junge Frau in ihrer Ehre. »Ich wollte sein Geld nicht. Ich wollte ihn töten«, erwiderte sie mit verzweifeltem Mut, offenbar ohne an die Konsequenzen zu denken. Man musste kein Psychologe sein, um zu erkennen, dass sie an einem Punkt angekommen war, an dem ihr Leben seinen Inhalt verloren hatte. In dem Zustand hatte Hella Mitleid mit ihr, aber es ging um mehr.

»Aus welchem Grund wollten Sie ihn töten?«

»Er ist ein Mörder, er hat meinen Mann Duma ermordet.«

»Haben Sie gesehen, wie er ihn ermordet hat?«

»Nein, ich habe es nicht gesehen, aber ich weiß es. Dieser Mann hat Dumas Leben ausgelöscht, weil er nicht zurückgeben wollte, was unserem Volk gehört.« Der Moment war gekommen. Hasina Okonjo war bereit zu sprechen.

*

Der Polizist mit den grauen Haaren schob ihr einen Kaffee und ein bleiches Sandwich über den Tisch. Das Zittern, das ihren Körper befallen hatte, konnte sie nicht abstellen. Ein Zeichen, dass sie am Ende war. Und doch war sie nicht ganz verlassen, der da oben hatte diese Kommissarin und ihren Kollegen geschickt, um sie vor dem Teufel zu schützen. Wer konnte schon sagen, was er sonst mit ihr gemacht hätte?

Der Kaffee wärmte, sie nahm noch einen zweiten Schluck, während der Blick der Kommissarin auf ihr lag wie der einer Freundin. Sie wollte ihr so gern vertrauen.

»Ich lernte einen hübschen jungen Mann aus dem Ovamboland kennen«, begann sie, als erzählte sie eine von Dumas Geschichten. »Er lachte viel und kannte viele lustige Geschichten von den Tieren in der Savanne und in der Wüste. Er sammelte nicht nur Geschichten, er liebte auch die Kunst unserer Völker in Namibia. Er war stolz auf die Seele unserer Kultur. Ich liebte Duma sehr und er mich, wir heirateten und wollten eine Familie gründen ...«

In dem Augenblick füllten Tränen ihre Augen, der Schock kam zurück. Sie dachte an den Moment, in dem sie Duma das letzte Mal gesehen hatte. Im Krankenhaus von Windhuk war er auf einem Tisch aus Stahl gelegen, die Augen geschlossen, je eine Schusswunde in seinem Kopf und in der Brust. Vor Wut und Schmerz hatte sie fast den Verstand verloren ...

»Was passierte dann?«

»Eines Tages kam Duma nach Hause. Ich hatte ihn nie so aufgeregt gesehen. Der Dämon ist auferstanden, er ist wieder da, sagte er. Von diesem Tag an veränderte er sich. Er war nicht mehr mein Duma, er lachte nicht mehr, er war nur noch ernst und verschlossen ...«

»Welcher Dämon?«

»Ich fragte ihn, aber er antwortete nur: ›Es ist besser, wenn du nicht zu viel weißt.‹ ›Ich bin deine Frau‹, sagte ich. Darauf er: ›Deshalb will ich dich schützen.‹«

»Und Sie gaben sich damit zufrieden?«

»Ja, ich fragte Duma nicht mehr, aber ich sprach mit seinem besten Freund darüber. Duma treibe ein gefährliches Spiel, sagte er mir, er wolle, dass der Deutsche, den er vor dem Hotel erkannt hätte, etwas zurückgebe, was einer seiner Vorväter unserem Volk gestohlen habe. Dieser Mann sei ein Sohn von einem Sohn von diesem ...« Sie hatte den Namen nicht mehr ausgesprochen, seit sie Bernhard davon erzählt hatte, man konnte ihn nur ausspucken: »*Kellermann.*«

Die Kommissarin nickte, als wüsste sie bereits davon. »Wissen Sie, ob Ihr Mann Kellermann bedrohte oder erpresste?«

»Nein, ich weiß es nicht. Sein bester Freund hat ihn gewarnt, aber er war selbst Zeuge, als Duma eines Tages in das Hotel ging.«

»Und Ihr Mann erzählte Ihnen wieder nichts?«

»Ich fragte ihn nicht, er sollte sich keine Sorgen machen um mich. Am nächsten Tag ging er zum Markt, und ich sah ihn nicht lebend wieder.«

Das Zittern wurde wieder stärker.

»Sie müssen etwas essen, Sina, dann wird es Ihnen besser gehen«, sagte die Kommissarin und klang fast so besorgt wie Annegret. Aber ein Schluck von dem Kaffee genügte ihr. Es war kalt in dem Raum, und das grelle Licht brannte in ihren Augen.

»Sie hatten Duma erschossen, meinen Duma.« Es war immer noch unfassbar, als hätte sie eben von seinem Tod erfahren.

»Sie wissen nicht genau, wer es getan hat?«

»Es konnte nur dieser Dämon oder jemand von seinen Leuten gewesen sein, wer sonst?«

»Und was hat die Polizei ermittelt?«

»Den Mörder haben sie nie gefunden. Bis heute ist niemand dafür bestraft worden.«

»Und Sie wollten ihn bestrafen?«

Lügen konnten ihr nicht mehr helfen. »Ja, diese Mörder und Diebe sollten nicht wieder ungestraft davonkommen wie damals ...«

»Das also hat Sie in Wahrheit nach Deutschland geführt?«

*

Sina Okonjo war intelligent genug, um zu wissen, dass Rache gesetzlos war. Aber da offenbar niemand den Täter zur Verantwortung zog, hatte sie sich in den Kopf gesetzt, den Täter selbst zu bestrafen. Nachvollziehbar, dachte Hella. Die junge Frau bestätigte ihr, dass sie befreundete Angestellte in dem Hotel in Windhuk nach dem Namen des Deutschen gefragt habe. Sie erfuhr darüber hinaus, dass er Banker sei und in Braunschweig lebe. Auf die Frage hin, wie sie nach Deutschland gekommen sei, antwortete sie: »Ich habe es vergessen, ich weiß nur, dass ich mein ganzes Geld verloren habe. Ich hatte Hunger, ich habe gefroren. Aber ich durfte niemals schwach sein, denn ich musste überleben, um den Mörder zu bestrafen. Dann kam ich nach Braunschweig …«

»Und waren ganz allein …«

»Ja, ich war allein, ich hatte keine Kraft mehr, und alles war fremd. Ich war eingesperrt in der Flüchtlingsunterkunft und fühlte mich wie in einem Gefängnis.«

»Aber nachts haben Sie sich davongeschlichen …«

»Manchmal, ich hielt es nicht mehr aus.«

»Dann sind Sie Bernhard Jelinski begegnet.«

»Ja, in einer Nacht, es war fast Morgen. Ich habe ihn erschreckt, als er unter der Brücke ein Graffiti sprayte, und fast hätte er mich mit seinem Messer …« Sie lächelte, als sie an ihn dachte. »›Halt, ich will dir nichts tun, ich will dir nur zusehen. Ich bin auch Malerin, weißt du?‹ So ungefähr sagte ich zu ihm. Er hatte zuerst Angst vor mir … vor mir …«

Sie lachte laut auf, aber Hella sah die Tränen in ihren Augen.

»Wir sprachen nicht lange miteinander. Ich sagte ihm, wie gern ich wieder malen würde, und er fragte mich, woher ich käme. Ich sagte, aus Namibia, und er war sehr interessiert …«

»Und danach wollten Sie den Mörder Ihres Mannes nicht mehr bestrafen?«

»Ich dachte jeden Tag daran, aber ich wusste nicht genau, wann und wie ich es machen sollte, ich hatte nicht einmal eine

Waffe. Nach ein paar Tagen erkannte ich Bernhards Gesicht in der Zeitung, und ich wollte ihn wiedersehen. Ich schickte eine kleine Holzfigur in sein Museum. Nami, die Giraffe. Duma hatte einmal eine Geschichte von der Giraffe Nami erfunden, und ich habe die Figur selbst geschnitzt.«

»Und wo trafen Sie sich mit Bernhard Jelinski?«

»Immer nachts auf einem Parkplatz, wo es dunkel war.«

Deshalb fiel die Beziehung auch niemandem auf, dachte Hella.

»Haben Sie Bernhard Jelinski erzählt, warum Sie nach Deutschland gekommen waren, ich meine, den wahren Grund?«

Sina Okonjo zögerte einen Augenblick, dann antwortete sie. Ihre Stimme klang müde, aber auch sie schien fest entschlossen, die Geschichte zu Ende zu bringen. »Zuerst nicht, aber als ich ihm mehr vertraute, erzählte ich ihm alles über den Mord an Duma, dass ich gekommen bin, seinen Mörder zu bestrafen. Bernhard kannte ihn, diesen Kellermann. Rache zu nehmen sorge nicht für Gerechtigkeit, sagte er. Ich habe es eingesehen. Er wollte mit dem Mann reden, dass er die Bibel meines Volkes zurückgibt. Doch dann meinte Bernhard, wir sollten es mit Kunst versuchen, alle Braunschweiger sollten sehen, dass Namibia weinte, weil man seine Kunst, seine Seele gestohlen hatte. Aber niemand verstand, was die blutigen Tränen auf dem Graffiti bedeuteten ...«

»Sicher waren Sie enttäuscht. Stritten Sie sich mit Bernhard Jelinski darüber?«

Die junge Frau zuckte zusammen. Sicher ahnte sie, was Hella als Nächstes fragen würde.

*

Sollte sie der Kommissarin erzählen, wie wütend sie gewesen war und was sie Bernhard an den Kopf geworfen hatte? Beleidigt hatte sie ihn sogar: »Du hast nur versprochen, mir zu helfen, damit ich mit dir schlafe.« Obwohl sie wusste, dass es nicht so war. Aus Wut wollte sie ihm sogar ins Gesicht schlagen, aber er hatte sie gepackt und geküsst und … Doch die Polizei suchte einen Mörder, und sie durfte sich nicht noch verdächtiger machen.

»›Wir müssen Geduld haben‹, war alles, was er sagte. ›Manche Dinge brauchen Zeit.‹«

»Bernhard Jelinski war angeblich gut mit den Kellermanns befreundet …«

»›Man muss diplomatisch sein, der Weg der Diplomatie ist eben länger‹, sagte Bernhard.«

»Und auf diesem langen Weg ist Bernhard Jelinski zu Tode gekommen. – In der Nacht des Mordes waren Sie also in Ihrem Zimmer in der Flüchtlingsunterkunft und malten an Ihrem großen Bild?«

»Ja.«

»Aber Sie wussten, dass Ihr Freund Bernhard an einem neuen Projekt arbeitete und wo …«

»Ja, ich wusste es, aber ich war nicht da, und ich habe ihn nicht getötet.«

Sie waren dort angekommen, wo sie angefangen hatten. Die Kommissarin seufzte. »Sie stecken in Schwierigkeiten, Sina«, sagte sie mit müder Stimme. »Wir müssen Sie in Gewahrsam nehmen. Sie sind mit Tötungsabsicht in die Villa Kellermann eingedrungen und haben den Eigentümer laut Ihrer eigenen Aussage mit einem Messer bedroht. Wenn Sie einverstanden sind, wird mein Kollege Ihnen einen guten Anwalt besorgen. Morgen um 9.30 Uhr sehen wir uns wieder.«

*

2.05 Uhr. Senge stand vor dem offenen Fenster in seinem Büro und rauchte. Dass er sein Prinzip durchbrach, im Dienst auf seine Zigaretten zu verzichten, machte ihn fast menschlich.

»Ich bin auf deiner Seite, Hella«, versuchte er zwischen zwei tiefen Lungenzügen die Spannung herauszunehmen.

Hella nahm es zur Kenntnis, allein ihr fehlte der Glaube.

»Wir wissen jetzt, was angeblich in Windhuk geschah«, fuhr er fort. »Aber nichts ist handfest belegbar, nicht einmal, dass Duma Okonjo in diesem Hotel mit Kellermann junior zusammentraf. Auch wenn ich die Kollegen in Windhuk um Mitarbeit bitte, werden wir kaum weiterkommen. Kellermann wird alles abstreiten, vermutlich hat er das bereits im Zusammenhang mit dem Mord in Namibia getan. Am Ende wird es darauf hinauslaufen, dass Sina Okonjo wegen Tötungsabsicht an Kord Kellermann angeklagt wird. Das sei kaum zu vermeiden, hat auch Staatsanwalt Klapproth gesagt, bevor er gegangen ist. Er lässt dich übrigens schön grüßen ...«

»Wir kennen jetzt jedenfalls den Grund, weshalb Jelinski und Sina Okonjo die Fassade der Bank bemalt haben. Und der steht eindeutig in Verbindung mit der Familiengeschichte der Kellermanns. Es geht um die Rückgabe von Raubkunst. Sicherlich hat Jelinski seinen alten Freund Kellermann darauf angesprochen, aber sie sind sich nicht einig geworden, und da hat Jelinski zur Sprühdose gegriffen.«

»Kellermann wusste angeblich nicht einmal, dass Jelinski Straßenherz war ...«

»Und wenn doch?«

»Für mich steht jedenfalls fest: Wenn die Kellermanns morgen alles abstreiten, können wir einpacken.«

21. RELIKTE

»Es gibt Momente, da sind Emotionen dein Feind Nummer eins, denn sie verstellen dir die klare Sicht.« Der Spruch ihres Vaters ging Hella durch den Kopf, als sie am nächsten Morgen Senge im Gespräch mit den Kellermanns antraf. Wenn sie Erfolg haben wollte, musste sie die Regel beachten.

Siegfried Kellermann, der Senior, hatte seinen Anwalt mitgebracht, eine graue und stille Eminenz mit abgeklärtem Gesichtsausdruck. Der Banker schien gut aufgelegt zu sein.

»Ich biete Ihnen heute wiederholt meine Zusammenarbeit an. Wie Sie wissen, haben mein Sohn und ich bei Ihren Kollegen bereits freiwillig eine DNA-Probe hinterlassen. Aber Sie werden verstehen, dass ich meinen Rechtsbeistand, Herrn Dr. Engholm, mitgebracht habe, um es nicht ausufern zu lassen.«

Hella belehrte zunächst den Zeugen. Natürlich wusste Kellermann längst, dass er als Vater nicht aussagen musste, wenn er damit seinen Sohn belasten würde. Also verschwendete sie keine Zeit: »Ihr Sohn hat angerufen und Sie gebeten, möglichst schnell in seine Villa am Zuckerberg zu kommen?«

»Ja, wie Sie bereits wissen.«

»War das nicht ungewöhnlich zu so später Stunde? Hat er Ihnen gesagt, worum es geht?«

»Nein, Kord sagte nur, dass ich ihm helfen müsse, er sei völlig ratlos. Da bin ich gleich los.«

»Wir fragen uns, weshalb Ihr Sohn Sie und nicht sofort die Polizei verständigt hat.«

»Sie können es selbst bezeugen. Er war ganz aufgelöst und,

wie er sagte, nicht mehr nüchtern. Ich finde sein Verhalten verständlich, er wollte nichts falsch machen.«

»Er war aber nicht betrunken genug, um die Einbrecherin zu fesseln und zu knebeln …«

»Er musste schließlich diesen Messerangriff irgendwie abwehren und die Täterin außer Gefecht setzen.«

»Kannten Sie die junge Frau?«

»Nein, nie gesehen.«

»Dann wussten Sie auch nicht, dass sie aus Namibia stammt?«

»Nein, woher auch, ich …«

»Das Land, in dem Ihr Sohn Jahr für Jahr Werbefahrten veranstaltet, um Investoren für den Afrika-Fonds Ihrer Bank zu gewinnen.« Hella war bewusst, dass sie bereits die Spur gewechselt hatte. Natürlich blieb es dem Anwalt nicht verborgen.

»Mein Mandant hat Ihnen doch gesagt, dass er die Frau nicht kennt. Wenn es weiter keine Fragen zur Sache gibt, dann sind wir hier offenbar fertig.«

Da irrte Kellermanns Anwalt. Hella war noch lange nicht fertig. »Diese junge Frau beschuldigt Ihren Sohn Kord Kellermann, in Windhuk ihren Mann ermordet zu haben.«

Kellermann durchfuhr es wie ein Schock. »Wie bitte? Davon höre ich zum ersten Mal. Da will uns offenbar jemand schaden. Ich bezweifle, dass diese Frau glaubwürdig ist. Mein Sohn ein Mörder? – Das halte ich für einen üblen Scherz.«

»Ein übler Scherz aus der Kolonialzeit. Es geht um Raubkunst, Herr Kellermann. Bestimmt sagt Ihnen der Name Heinrich Kellermann etwas, Ihr Urahn und Gründer der Kellermann Bank, ein Mann, der in Namibia einen Namen hat, aber keinen guten.«

Siegfried Kellermann wirkte plötzlich verunsichert. Zum ersten Mal sah Hella den Banker in dieser Verfassung. Doch er war gut gepanzert.

»Frau Hauptkommissarin. Mein Mandant hat mehr als genug gesagt. Wir beenden hier die Befragung zu dem Überfall.«

Genau das durfte Hella nicht zulassen, auch wenn Senge gleich hereinplatzen würde ... Aber er kam nicht. »Es dreht sich hier nicht nur um den Überfall, es geht hier um Ihre Existenz, Herr Kellermann. Ich rate Ihnen ...«

»Wollen Sie mir etwa drohen? Das ginge wirklich zu weit.«

»Offenbar befindet sich in Ihrem Familienbesitz eine wertvolle Bibel, die Heinrich Kellermann dem namibischen Volk gestohlen hat. Duma Okonjo, der in Windhuk ermordet wurde, hat sie von Ihrem Sohn zurückgefordert.«

»Davon weiß ich nichts. Engholm, ich glaube ...«

»Ist diese Bibel in Ihrem Besitz?«

Kellermanns Anwalt erhob sich bereits.

»Wir werden Ihre Bank und Ihr Privathaus auf den Kopf stellen, bis wir sie gefunden haben.« Sie wusste, dass sie alles auf eine Karte setzte und die Art der Befragung grenzwertig war. In dem Augenblick zögerte Kellermann. Anscheinend verstand er diese Sprache am besten. Er sank zurück in den Stuhl und lächelte.

»Sie bleiben im entscheidenden Augenblick hart und scheuen selbst vor Drohungen nicht zurück, meinen Respekt. Manchmal muss man durch die Wand gehen, um Ergebnisse zu erzielen.« Mit einem Wink bedeutete er seinem Anwalt, sich wieder zu setzen. »Niemand kann die Geschichte zurückdrehen, ich nicht und Sie nicht. Ja, ich bin immer noch im Besitz dieser Bibel, und glauben Sie mir, ich wäre sie gern los. Sie ist ein Relikt der Schuld meines Ururgroßvaters, die wie ein Fluch auf den Kellermanns lastet. Ich war froh, dass sich die Wut in Südwest langsam legte, leider habe ich nie den richtigen Augenblick gefunden, die Bibel und die anderen Insignien zurückzugeben. Ich hatte die Sorge, dass das Aufsehen dem Geschäft schaden könnte. Wir leben in sensiblen und zugleich rücksichtslosen Zeiten. Ein gefundenes Fressen für die Presse, die ganze Geschichte wieder ans Licht zu zerren …«

»Aber Ihr Sohn hatte die Gelegenheit, sie zurückzugeben. Duma Okonjo hat sicher versucht, mit ihm zu verhandeln. Warum hat er …?«

»Mein Sohn wusste nichts davon. Ich hatte es ihm nie erzählt. Er sollte nicht auch mit diesem Fluch belastet sein.«

»Aber Bernhard Jelinski wusste von diesem Fluch und von der Bibel und den Stammes-Insignien.«

»Ja, ich habe sie ihm angeboten. Sie sollten unauffällig in den Fundus des Museums wandern. Ich verlangte kein Geld dafür, es wäre eine anonyme Spende gewesen. Aber er lehnte ab. Ich sollte die Relikte der namibischen Botschaft mit einer Entschuldigung überreichen. So wäre allen am Ende gedient, und ich käme mit einem blauen Auge davon.«

»Aber das haben Sie nicht getan.«

»Leider nicht. Ich konnte mich nicht dazu entschließen. Wir haben uns deshalb gestritten, Bernhard und ich. Aus heutiger Sicht wäre es sicher klüger gewesen.«

»Und dann prangte eines Morgens das riesige Graffiti an der Fassade Ihrer Bank. Sie wussten, was es bedeuten sollte, und Sie fühlten sich bedroht …«

»Ich ahnte, worauf das Bild anspielte, aber ich fragte mich, woher Straßenherz davon wissen konnte.«

»Sie wussten also nicht, dass Ihr Freund der unbekannte Straßenkünstler war?«

»Nein, das sagte ich bereits bei der ersten Befragung.«

»Haben Sie mit Bernhard Jelinski darüber gesprochen?«

»Ich wollte, aber da war er bereits tot.«

Die Befragung war nicht erfolglos gewesen, das räumte sogar Senge hinterher ein.

»Kellermann hat Licht in die Sache gebracht, sich jedoch

gleichzeitig aus der Schusslinie genommen. Außerdem hat er ein wasserdichtes Alibi, und einen Auftragsmord traue ich ihm definitiv nicht zu. Schließlich sind wir nicht in Russland«, meinte der Kriminalrat im Nebenzimmer des Vernehmungsraums. »Wenn sich der Junior allerdings auch herauswindet, wird es eng für uns werden.«

Hatte Senge wirklich *für uns* gesagt? Hella konnte es kaum glauben. Offenbar versuchte er, die Kurve zu kriegen. Aber ihr fehlte die Zeit, um weiter darüber nachzudenken. Ihr gegenüber saß Kord Kellermann, Vorstandsmitglied der Kellermann Privatbank AG und designierter Nachfolger seines Vaters an der Spitze des Unternehmens. Er war nicht gerade das Abziehbild seines Vaters, körperlich größer gewachsen, schlank, trainiert. Die Familienähnlichkeit äußerte sich lediglich im Gesichtsausdruck, den die starken Backenknochen und die schnurgerade ausgeprägte Nase entschieden wirken ließ. Wenn man wollte, konnte man die Autoritätsperson darin erkennen. Ihm zur Seite saß wieder Engholm, der Familienanwalt.

Anfangs bestätigte Kellermann junior das, was sein Vater vor ihm ausgesagt hatte. Zu vermuten waren Absprachen zwischen beiden.

»Sie kannten die junge Frau also nicht …«

»Nein, wie ich bereits sagte, ich habe sie nie zuvor gesehen.«

»Plötzlich stand die junge Frau also in Ihrem Wohnzimmer und bedrohte Sie mit dem Messer.«

»Ja, so ist es gewesen. Natürlich hatte ich Angst um mein Leben.«

»Verlangte sie etwas von Ihnen? Geld, Wertgegenstände?«

»Sie faselte unverständliches Zeug. Ich sagte ihr, dass sie in meinem Privathaus keinen Safe finden würde. Auch die Bilder an der Wand seien Kopien, aus Versicherungsgründen. Ich bot ihr Bargeld an, etwa dreihundert Euro hatte ich in meiner Brieftasche. Aber sie wollte nicht.«

»Dann ging sie mit einem Messer auf Sie los, und Sie konnten sie überwältigen und fesselten sie.«

»Ja.«

»Aber Sie benachrichtigten nicht sofort die Polizei, sondern zuerst Ihren Vater.«

»Ja, ich bin in Panik geraten und wollte nichts falsch machen. Mein Vater wohnt auch in der Gegend. Es konnte sich also nur um Minuten handeln, und wir hätten uns bei Ihnen gemeldet. Aber Sie waren bereits da …«

»Haben Sie Anzeige erstattet?«

»Ich werde es noch tun.«

»Es ist seltsam, dass die Täterin offenbar nicht wusste, was sie wollte, finden Sie nicht? Hatten Sie den Eindruck, dass sie verwirrt war?«

Der Anwalt startete einen neuen Versuch. »Es ist nicht die Aufgabe meines Mandanten, sich Gedanken über die Motive und den Geisteszustand einer Person zu machen, die beabsichtigte, ihn zu töten. Ich denke, wir können hier abbrechen.« Kellermann schien sichtlich erleichtert.

»Haben Sie wirklich nicht verstanden, was die Einbrecherin zu Ihnen gesagt hat?«, fasste Hella nach. »Vielleicht wollte sie Sie für einen Mord in Windhuk bestrafen, den *Sie* begangen haben?«

Der Anwalt sog pfeifend die Luft zwischen seinen Zähnen ein. Kellermann wich die Farbe aus dem Gesicht, allerdings ließ er sich nicht aus der Reserve locken. »Sie überraschen mich. So viel Fantasie hätte ich der Polizei gar nicht zugetraut. Dafür sind Sie mir aber eine Erklärung schuldig«, erwiderte er unverhohlen zynisch.

»Bitte, Herr Kellermann«, mischte sich der Anwalt ein. »Ich kann Ihnen nur empfehlen …«

Aber Kellermann konnte das offenbar nicht auf sich sitzen lassen. Er blieb und hörte zu.

»Die junge Frau ist von Namibia bis nach Deutschland gekommen, um den Mörder ihres Mannes zu bestrafen, und sie hat ausgesagt, dass Sie dieser Mann sind.«

»Sie meinen wohl, sie will sich rächen. Ich sagte Ihnen, dass ich nichts mit irgendeinem Mord zu tun habe und dass ich die Frau nicht kenne. Das genügt wohl.«

»Der Ermordete hieß Duma Okonjo. Sie wollen also ernsthaft behaupten, dass Sie ihm nie begegnet sind? Es gibt Zeugen, die bestätigen können, dass Sie ihn in Ihrem Hotel in Windhuk getroffen haben.«

Schweigen. Hella war sich bewusst, dass sie zu weit gegangen war, bislang bestand nicht einmal Kontakt zu den Behörden in Windhuk.

Prompt erhob sich Kellermann. »Wenn Sie irgendetwas nachweisen können, dann stehe ich Ihnen gern wieder zur Verfügung, Frau Hauptkommissarin. Kommen Sie, Engholm!« Der Anwalt wischte sich den Schweiß von der Stirn, offensichtlich erleichtert, die Situation wieder im Griff zu haben.

Sie hatte die Grenzen bereits überschritten, jetzt durfte sie nicht stehen bleiben. »Ich werde Ihnen sagen, warum Sie Ihren Vater mitten in der Nacht angerufen haben«, erwiderte Hella. Kellermann erstarrte. »Nicht nur, weil Sie überfallen wurden und nicht wussten, wie Sie mit der gefesselten Frau umgehen sollten. Sie hatten ihm vorher nie von dem Zwischenfall in Windhuk erzählt, weil Sie ihn nicht beunruhigen wollten. Schließlich mussten Sie Erfolge nachweisen. Der Afrika-Fonds war Ihre letzte Chance. Nachdem Sie zuvor mehrere Millionen in den Sand gesetzt hatten, musste es dieses Mal reibungslos klappen. Und Duma Okonjo hatte Ihnen gedroht, Ihre Geschäfte zu sabotieren und die unrühmliche Vergangenheit der Familie in das Bewusstsein der Leute zurückzuholen. Da wussten Sie sich nicht anders zu helfen, als ihn zu beseitigen.«

»Das klingt ja wie im Kriminalroman«, erwiderte Kellermann, aber immerhin ließ er sich darauf ein, und sein angestrengtes Lächeln verriet, dass Hella auf der richtigen Spur war. »Damit Sie sehen, dass ich kooperieren möchte, räume ich ein, dass im Investmentbereich der Bank, für den ich zuständig bin, Fehler gemacht wurden. Das ist kein Geheimnis und lässt sich leicht recherchieren. Aber das ist länger als zwei Jahre her. Wir haben unterdessen die Verluste mehr als ausgeglichen …«

»Aber damals stand alles für Sie auf dem Spiel, und Sie konnten sich ein Scheitern nicht leisten.«

»Nichts als haltlose Unterstellungen, Frau Budde, das ist doch auch Ihnen klar. Außerdem sind wir nicht in einem Verhör!« Der Anwalt schnaubte vor Ungeduld.

»Ich frage noch einmal: Haben Sie Besuch von Duma Okonjo erhalten, Herr Kellermann?«

Als Banker war er gewohnt, kurzfristig Entscheidungen zu treffen. Was hinter dieser Stirn ablief, konnte Hella nur ahnen, aber dass ihn eine glatte Lüge teuer zu stehen kommen würde, war ihm zweifellos bewusst.

»Seit es den Fonds gibt, versuche ich, finanzstarke Kunden zu gewinnen, und veranstalte Reisen nach Namibia, um sie zu einem Investment zu motivieren …«

»Ja, das wissen wir, Werbeveranstaltungen mit allem Drum und Dran.«

»Wenn Sie so wollen. Selbstredend bin ich darauf angewiesen, dass alles ohne Zwischenfälle funktioniert. Diese Reisen sollen Eindruck machen, denn es geht um Millionen.«

»Und da kommt Ihnen so ein Mann in die Quere …«

»Er sprach ganz gut Deutsch, verlangte von mir eine Bibel und andere Gegenstände, die seinem Volk gehörten und die wir, die Familie Kellermann, ihnen gestohlen hätten. – Ich wusste nichts davon. Für mich war das völlig neu. Mir war bekannt, dass mein Vorfahr Schuld auf sich geladen hatte, aber nicht, dass er reli-

244

giöse Gegenstände oder Ähnliches gestohlen haben sollte. Ich dachte, dieser Okonjo wollte mich einfach nur erpressen, und habe ihm Geld geboten. Aber es ging ihm nur um diese Gegenstände. Ich wusste mir nicht mehr zu helfen ...«

»Und da haben Sie kurzen Prozess gemacht?«

»Nein, ich habe mit einem alten Freund, einem Einheimischen, geredet, der mir bei der Organisation der Reisen seit Jahren hilft. Er hat mir versprochen, gegen Geld die Angelegenheit diskret zu erledigen. Aber niemand hat von *beseitigen* gesprochen. Ich konnte es selbst nicht glauben, als ich hörte, dass der Mann, den man mitten auf der Straße erschossen hatte, mein Erpresser war ...«

»Ich muss doch feststellen, Frau Hauptkommissarin, dass es sich hier um die Befragung eines Opfers von einem Überfall handelt und nicht um das Verhör eines Verdächtigen in einem Mordfall«, fuhr der Anwalt dazwischen, offensichtlich auch, um seinen Klienten daran zu hindern, sich selbst immer mehr in den Fall zu verstricken.

»Sie wussten natürlich, was der Elefant mit den blutroten Tränen auf der Fassade Ihrer Bank bedeutete«, ließ sich Hella nicht abbringen. »Er stand für die Verbrechen, die auch Ihre Familie an den Einheimischen in den ehemaligen deutschen Kolonien begangen hatte. Deshalb wollten Sie das Graffiti so schnell wie möglich loswerden. Das hat bereits Ihr Vater in der ersten Befragung bestätigt. Der wusste allerdings nichts von den weiteren Zusammenhängen. – Aber erst dann wurde es richtig gefährlich für Sie ...«

»Das geht zu weit. Mein Mandant ist nicht gewillt, Ihren wilden Spekulationen weiter zuzuhören.« Engholm war empört, »Herr Kellermann hat zu dem Überfall alles ausgesagt, was er weiß. Daher ist die Vernehmung für uns beendet.« Er erhob sich, und Kellermann widersprach nicht. Ausgerechnet jetzt, als Hella ihn festnageln wollte.

»Einen guten Tag wünsche ich«, sagte der Anwalt scharf und griff nach seiner Aktentasche, die auf dem Tisch lag.

In dem Augenblick ging die Tür auf. Der Kriminalrat. Auch das noch. »Neue Untersuchungsergebnisse der KTU vom Tatort in der Weststadt. Es sind DNA-Spuren aufgetaucht, die auch Sie interessieren dürften«, sagte Senge, sein Blick traf aber nicht Hella, sondern Kellermann. Dann beugte er sich zu ihr herunter und flüsterte ihr etwas ins Ohr, das sie nicht verstand. Worauf er ihr auf die Schulter klopfte und, ohne sich noch einmal umzuschauen, den Raum verließ.

DNA-Spuren, Weststadt? Das bedeutete … »Da ist noch etwas, das Sie mir erklären müssen, Herr Kellermann«, wandte sich Hella jetzt an den Banker, dessen Gesichtsmuskulatur hektisch zu arbeiten begann, »und es liegt ganz in Ihrem Interesse, die Frage zu beantworten: Wie kommt *Ihre* DNA an den Tatort?«

»Ich muss dringend um eine Unterredung bitten, Herr Kellermann. Andernfalls sehe ich mich außerstande …« Doch auf die erhobene Hand seines Mandanten hin verstummte der Anwalt, und seine heruntergezogenen Mundwinkel bestätigten, dass er den Einfluss auf ihn verloren hatte. Hellas Chance, die Sache zu Ende zu bringen. »Was führte Sie mitten in der Nacht ausgerechnet in die Weststadt? Ein Kundenbesuch wird es kaum gewesen sein.« Kellermann war nicht so stark wie sein Vater, auch nicht so redegewandt, aber sie musste ihm helfen: »Wir können Ihnen nur Brücken bauen, wenn Sie mir jetzt Rede und Antwort stehen. Ich frage Sie deshalb noch einmal: Wie kommt Ihre DNA an den Tatort?«

»Also gut«, sprang Kellermann an, und die Erleichterung war ihm anzumerken. »Ich wusste, dass der liebe Bernhard, Vaters angeblich bester Freund, Straßenherz war. Einmal, als wir uns stritten, hat er sich verraten …«

»Ging es in dem Streit um die Relikte aus Namibia?«

»Ja. Nachdem er bei Vater mit dem Vorschlag abgeblitzt war, für die Taten seines Ururgroßvaters vor den Afrikanern zu Kreuze zu kriechen, hat er mich auf den Vorfall in Windhuk angesprochen. Er würde die Frau des ermordeten Schwarzen kennen, sie könnte bezeugen, dass ich hinter dem Mord stecke. Um mich selbst aus der Schusslinie zu bringen, sollte ich die Insignien mit einer Entschuldigung zurückgeben, ansonsten ...«

»Ansonsten?«

»Könnte demnächst die ganze Stadt unsere Schuld an den Massakern der Kolonialzeit von der Fassade der Kellermann Bank ablesen.«

»Aber das haben Sie nicht ernst genommen?«

»Nein, ich begriff erst später, was er damit meinte, als ich die Bescherung mit eigenen Augen sah.«

»Und da war Ihnen auch klar, dass Jelinski Straßenherz sein musste ...«

»Woher sonst sollte Straßenherz von unserer Unterhaltung erfahren haben, wenn nicht von Jelinski. Da lag der Schluss nicht mehr weit, dass er es selbst war.«

»Wie ging es weiter?«

»Ich wollte noch einmal mit Jelinski reden, um die Wogen zu glätten und eine Vereinbarung zu treffen, aber nicht, ohne selbst ein Druckmittel in der Hand zu haben. Ich ließ ihn von einer Detektei Tag und Nacht beschatten und hatte Glück. Kurz darauf ist er in der Weststadt aktiv geworden. Ich fuhr noch in der Nacht selbst dorthin und stellte ihn zur Rede, drohte, ihn als Straßenherz auffliegen zu lassen, wenn er versuchte, mir zu schaden ...«

»Und wie hat er reagiert?«

»Er lachte mir ins Gesicht und sagte, dass Straßenherz von dieser Nacht an nur noch Legende sei, aber es könne mir bestimmt nicht recht sein, wenn die Presse von dem Vorfall in Namibia erfahren und kein einziger Bürger dieser Stadt einen Fuß mehr über die Schwelle der Kellermann Bank setzen würde …« Die Hände des Zeugen zitterten leicht.

»Und da haben Sie zugestochen …«

Er zögerte, sah aber offenbar ein, dass es zum Leugnen zu spät war. »Neben ihm lag ein Messer, ich weiß nicht, wozu er es verwendete. Er drehte mir den Rücken zu, ließ mich stehen und sprayte einfach weiter. Mich packte die Wut, ich verlor die Übersicht, sah plötzlich rot. Dann hatte ich auf einmal das Messer in der Hand und …«

»Sie stachen zu.«

»Ja. Nur ein Mal, aber er rührte sich nicht mehr. Er war tot. Mit einem Messerstich. Das wollte ich nicht. Ich war entsetzt, lief zum Wagen und …«

»Was haben Sie mit der Tatwaffe gemacht?«

»Ich habe sie mitgenommen und später in die Oker geworfen.«

Schweigen. Nur Kellermanns schwerer Atem war zu hören.

Dann die Tür. Senge und ein Kollege, den Hella noch nie gesehen hatte, betraten den Raum.

»Herr Kord Kellermann, ich verhafte Sie wegen des dringenden Verdachts, Bernhard Jelinski getötet zu haben – Ende der Vernehmung«, gab Hella noch für das Protokoll ins Mikro, bevor Kellermann abgeführt wurde.

22. BETTGESPRÄCH

Zwei Tage später, 10.17 Uhr, Klinikum Braunschweig, Zimmer 322.

Hella saß an Danielas Bett.

Muss ein irres Gefühl gewesen sein, nach dem scheinbar aussichtslosen Kampf gegen alle noch den Sieg eingestrichen zu haben, stand auf dem Bildschirm ihres Tablets, den sie ihr vor die Nase hielt. Zwischen dem Verband blinkte sie ein euphorisches Augenpaar an.

Die Wahrheit war, dass sich Hella vermutlich kaum anders gefühlt hatte als Kord Kellermann, den sie leer und zerschlagen abführten; dass sie Senge keine zwei Minuten später verziehen hatte, auf die fadenscheinige Ausrede hin, er habe unter enormem Druck gestanden, und da könne es schon einmal passieren, dass man falsch abbog. Nicht einmal seine Niederlage hatte sie ihn spüren lassen.

»Ich habe mich besonders über Klapproths Gratulation gefreut«, antwortete sie. »Letztlich verdanke ich es dem Staatsanwalt, dass alles noch gut ging.«

Neugierig entriss ihr Daniela das Tablet. *Was wird jetzt aus Kellermann und aus Sina?*

»Der alte Kellermann beschützt seinen Sohn, der Junior hat sein Geständnis bereits widerrufen. Das wird ein Gezerre werden. Wie am Ende die Strafe aussieht, weiß niemand. Wenigstens hat sich Kellermann senior bereit erklärt, die Insignien aus der Kolonialzeit in der Botschaft in Berlin persönlich zu überreichen. Eine Entschuldigung wird es in irgendeiner Form auch geben. Senge hat sich für Sina Okonjo eingesetzt. Es steht im Raum, ob Kord Kellermann sie überhaupt anzeigt. Annegret Neuhaus, die Betreuerin, kümmert sich jetzt vor allem um Sina. Das ist so ziemlich alles.«

Aber nicht für Daniela. Energisch klimperte sie auf dem Tablet. *Was ist mit dem Überfall im Sunshine? Du kannst uns doch nicht einfach fallen lassen!*

»Keine Sorge. Fahndung läuft.«

Du meinst ...?

»Ja, der Fall Sunshine hat sich ganz plötzlich aufgeklärt. Und das noch am selben Nachmittag.«

Daniela setzte sich kerzengerade im Bett auf und klappte ihr Tablet zu.

»Senge hat mir den neuen Kollegen vorgestellt, der Tom Seipold ersetzt ...«

»Hm?«

»Ja, Kollege Seipold verlässt uns wohl auf eigenen Wunsch ...«

»Hm?«

»Ich kann dir nicht sagen, ob es mit der internen Untersuchung wegen Rechtsextremismus zusammenhängt. Ich hatte allerdings schnell das Gefühl, dass Tom dringend Luftveränderung braucht.«

»Hm!«

»Der Neue muss noch lernen, scheint aber ganz umgänglich zu sein. Nach den Vernehmungen der beiden Banker war ich hundemüde und wollte nur noch nach Hause, als Dieter Fliege aus dem Krankenhaus anrief. Er sagte, er müsse mich unbedingt sprechen, und zwar nur mich. Also fuhr ich zu ihm. Der Mann sah aus wie ein Gespenst, das niemals schläft. Aber auch mit meinen Nerven stand es nicht mehr zum Besten. ›Ich will Sie nicht lange aufhalten‹, begrüßte er mich. ›Ich bin schuld, dass es so weit gekommen ist. Ich ... Es tut mir leid, es tut mir wirklich so leid ...‹ Fliege war völlig aufgelöst und fing an zu weinen. Ich musste ihm die Tränen aus den Augen wischen, seine Arme stecken ja immer noch in Gips.«

»Hm.«

»›Was tut Ihnen leid?‹, fragte ich. Schließlich redete er. Er sei total verschuldet. In seiner Not habe er Versprechungen gemacht, die er nicht einhalten konnte. Natürlich hatte der Gläubiger aus dem Milieu dafür wenig Verständnis, und als Fliege an dem Abend die Schläger, ohne es zu wollen, noch provoziert hatte, flippten sie aus. – Die gute Nachricht ist: Wir wissen, in wessen Auftrag die Geldeintreiber gehandelt haben. Die schlechte: Wir können die Täter nicht identifizieren. Kommt es zu Zwischenfällen, werden sie meistens von den Auftraggebern nach Bulgarien oder Rumänien zurückgeschickt, tauchen dort ein Jahr unter und erscheinen unerkannt wieder auf der Bildfläche. Das Sunshine wird wohl geschlossen bleiben.«

Daniela klappte noch einmal ihr Tablet auf. *So weit, so gut. Und was macht die rastlose Kriminalhauptkommissarin an ihrem freien Tag außer Krankenbesuchen?*

»Sie geht ins Museum, was sonst?«, antwortete Hella. Natürlich nicht ohne Drago, ihren neuen Influencer. Und anschließend würde sie ihn auf eine Jumbo-Portion Gyros in Christos' Taverne einladen.

EIN HERZLICHES DANKESCHÖN

Anna und Sven für die innovative Unterstützung.

Dem ganzen Gmeiner-Team, das mir den Weg zu einem neuen Kultur-Krimi bereitet hat.

Sonja für den ersten, liebevoll kritischen Blick aufs Ganze.